新潮文庫

第四解剖室

スティーヴン・キング
白石　朗他訳

本書をシェーン・レナードに捧《ささ》げる。

第四解剖室■目次

目次

わたしはまず、ひと組のトランプからスペードのカードすべてとジョーカーを抜きだした。Aからキングまで、これで一～十三。ジョーカーは十四。それから十四枚をシャッフルして、テーブルにならべていった。出てきたカードの順序が、すなわち本書の作品収録順になった——出版社が送ってよこしたリストで作品にふられていた番号をもとにしたのである。意外なことに、これで文学的な風合の強い作品とストレートなホラーが、非常にバランスよく配置されることになった。わたしはまた、それぞれの作品の前かうしろに——作品の内容から適切と思われるほうに——解説を追加した。つぎの短篇集では、タロットカードで収録順を決める。

編集部註《ちゅう》
ただし本書では、原書で十三番目となっている「ライディング・ザ・ブレット」が、原著者との契約上の理由により収録し得ないこととなりましたので、収録作品数は十三篇となっております。ご了承下さい。

第四解剖室

序文――うしなわれた（も同然の）技術を実践していくことについて

わたしはこれまで何回も創作の喜びについて書いてきたし、この期《ご》におよんでまたぞろおなじフライパンを温めなおすのも芸がないが、ここでひとつ告白しておきたいことがある。正直にいうなら、わたしはこの仕事のビジネス面に、いささか常軌を逸した素人《しろうと》丸出しの喜びを感じてさえいる、ということだ。馬鹿《ばか》をやらかすことも好きなら、ささやかながらメディアの相互授粉をすること、限界に挑戦することも好きでたまらない。これまでにも、映像小説のこころみに手を染め（《悪魔の嵐《あらし》》《ローズ・レッド》）、往年の連載小説を真似《まね》て分冊形式の長篇を書き（『グリーン・マイル』）、さらにはインターネットで連載小説を発表してきた（『ザ・プラント』）。そんなことをしてきたのは、いま以上に金を稼ぎたいからではないし、いわんや新しい市場《マーケット》を開拓したいからでもない。ひとえに〝書く〟というこの作業そのものや成果、あるいはその技術などを異なる側面から見たいという気持ちからであり、そうすることで執筆のプロセスにつねに新風を呼びこみ、結果として生みだされる製品――いいかえるなら小説――の質をつねにできるかぎり高めたいからにほかならないのだ。

右の段を書くにあたって、わたしは最初「(作品を)つねに新しくたもちたい」と書きかけたが、誠実な態度をつらぬくために、そのフレーズを削除した。というのも、これをお読みのみなさん、この期におよんでそんなことを書いたところで――このわたし自身こそ例外かもしれないが――いったいだれが騙《だま》されてくれましょう？　最初に小説が売れたとき、わたしは二十一歳、カレッジの三年生だった。そんなわたしも、いまでは齢《よわい》五十四になり、ふだんボストン・レッドソックスの野球帽を載せている、重量約一キロの生体コンピュータ／ワードプロセッサを通して、かなり大量の言葉を世に送りだしてきた。小説を書くという行為が、わたしにとって目新しいものでなくなって久しいが、だからといってその魅力が薄れてきたかといえば、断じてそんなことはない。けれども、わたしが小説を書く行為を新鮮に感じたり、つねに興味のあるものにしたりする方法を見つけていなければ、作品はたちまち古びて退屈なものになりはてるはずだ。そんなことが起こってほしくはない。わたしの書いたものを読んでくれる人たち(つまり、そう、あなたのことだよ、わが愛読者氏)を騙すのは本意ではないからだし、わたし自身を騙すような真似もしたくないからだ。なんといっても、わたしたちはおなじ船に乗りあわせた者同士。いってみれば、これはわたしとあなたのデートだ。デートだったら楽しくなければ嘘《うそ》。踊らなくては嘘だ。

さて、そのことを念頭においたら、またほかの話をしよう。妻とわたしはふたつのラジオ局を所有している。スポーツ中継専門局のWZON－AMと、クラシック・ロック専門のWKIT－FMだ（ちなみにわたしたちは、その種のロックを〝バンゴア・ロック〟と呼んでいる）。きょうび、ラジオ局の経営はなかなかに多難だ。いくつもの局がひしめきあっているのに、充分な聴取者がいないバンゴアのような土地ならなおのこと。ここにはコンテンポラリー・カントリー専門局もクラシック・カントリーの局もあるし、オールディーズ局もクラシック・オールディーズ局もあるうえに、ラッシュ・リンボーやポール・ハーヴィー、ケイシー・ケイセムらの番組まできけるのだ。スティーヴとタビーのキング夫妻が所有するラジオ局は、どちらも長年の赤字つづきだ――深刻な赤字ではないにしても、気になって仕方ない程度の赤字ではある。わたしとて、できれば勝者になりたいし、アーブズで（というのは〝聴取率調査会社アービトロンの調査で〟という意味で、まあ、テレビ業界におけるニールセン視聴率のようなものだ）勝利を獲得できれば、そのあいだだけは年度末決算の赤字を減らしつづけることもできる。前に説明されたところでは、バンゴア市場全体に流れこんでくる広告費はただでさえすくなく、一枚のパイがあまりにも多くのスライスに切りわけられているのだという。

そこで、ひとつ名案を思いついた。ラジオドラマを書こう。それも、メイン州ダラムの街で成長しつつあったわたしが、よく祖父といっしょに（まあ、祖父のほうは年老いつつあったわけだが）きいていたようなラジオドラマを。そう、ハロウィーン・ドラマだ！　もちろん、ハロウィーンの晩にオーソン・ウエルズがラジオ番組《マーキュリー・シアター》で放送した、有名な――いや、悪名高いというべきか――ラジオドラマ仕立ての『宇宙戦争』のことはよく知っていた。Ｈ・Ｇ・ウエルズの宇宙人侵略もの小説の古典を、臨時ニュースと現場からの中継リポートの形に再構成したのは、ウエルズの着想だ（それも文句なく天才的な着想である）。おまけに、これが大成功をおさめた。大成功をおさめすぎたものだから全国的なパニックを引き起こし、翌週の《マーキュリー・シアター》でウエルズ（Ｈ・Ｇではなくオーソンのほう）は正式に謝罪をした（賭《か》けてもいいが、そのときウエルズはほくそ笑んでいたにちがいない――このわたしもまた、あれに匹敵する大仕掛けでもっともらしい嘘を思いつけたら、かならずやほくそ笑むに決まっているからだ）。

オーソン・ウエルズも大成功をおさめられたのだから、わたしにもできないことはない――わたしはそう思った。ウエルズが脚色したラジオドラマはダンス音楽で幕をあけるが、わたしのドラマは〈傷だらけの野獣〉を絶叫するテッド・ニュージェントの歌声ではじまる。そこにアナウンサーが割りこんでくる。ＷＫＩＴの実在のパーソナリティだ（そういえば、昨今ではＤＪという言葉をだれもつかわない）。

「ＷＫＩＴニュースのＪ・Ｊ・ウエストです」アナウンサーはそういう。「いまわたしはバンゴアの中心部に来ています……ピカリング・スクエアにざっと千人の人々が詰めかけて……地上にむかって降下しつつある巨大な銀色の円盤のような物体を見あげています……少々お待ちを……マイクをもちあげれば、みなさんにもこの音がきこえるかもしれません……」

こんなふうにして、わたしたちはレースに出場する。効果音は自前のスタジオにある機材でつくればいいし、出演者には地元の大衆劇団の人をあてればいい。でも、いちばんの利点は？　なにをさしおいても、いちばんの利点は？　出来あがったドラマを録音して、全国津々浦々のラジオ局に番組を配給できることだ！　そこから得られた収入は〝創作活動による収入〟ではなく、〝ラジオ局の収益〟になるだろう、とわたしは思った（し、顧問会計士も同意してくれた）。これこそが広告収入の不足を回避するための方法だし、ひょっとすると年度末にはラジオ局が黒字になるかもしれないではないか！

ラジオドラマを書くと思うだけで昂奮《こうふん》に胸がときめいたし、おかかえ作家としてのわが才能を駆使することで、ラジオ局を黒字企業に押し上げられるかもしれないと思うと、さらに胸がときめいた。で、結果はどうだった？　わたしには無理だったのである。なんども努力はしたが、わたしが書いたのはどれもこれも、ただのナレーションとしかきこえないものばかりだった。〝心の目〟に見えてくるような種類のドラマではなく（往年の《サスペンス》や《ガンスモーク》といったラジオドラマをご記憶のお年を召された方なら、わたしがなにをいいたいかがわかるだろう)、本の朗読テープめいたしろもの。いや、その気にさえなれば番組の全国配給も夢ではなかったし、いくばくかの金を稼ぎだしてくれたことには確信がある。しかし、ドラマが成功をおさめはしなかったはずだともわかっている。退屈なものになっていただろうし、そんなものを放送すれば聴取者を騙すことになったはずだ。ドラマは空中分解していたし、わたしには修理方法がわからなかった。そんなわたしには、ラジオドラマの執筆がこの世からうしなわれた技術のひとつに思える。わたしたちは、昔そなわっていた〝耳できいて心の目でドラマを見る能力〟をうしなった。いまでも覚えているが、あるラジオドラマで特殊効果係の男が中空の黒い木のブロックを拳《こぶし》の関節でこんこんと叩《たた》く……するとわたしの心の目には、埃《ほこり》だらけのブーツを履いたマット・ディロン保安官が〈ロングブランチ・サルーン〉のバーにふらりとやってくる情景があざやかに見えてきたものだ。いまではもう見えてこない。そうした日々は過去になった。

シェイクスピア・スタイルの戯曲の執筆——弱強五歩格の無韻詩で見事な喜劇や悲劇をつくりあげる技術——もまた、現代ではうしなわれた技術だ。もちろんいまでも、カレッジ劇団の『ハムレット』や『リア王』に観客があつまりはする。しかし、ひとつ自分に正直になろう——たとえブラッド・ピットがハムレットを演じ、ポローニアスをジャック・ニコルソンが演じてテレビで放映されたとしても、《ウィーケストリンク／一人勝ちの法則》や《月世界サバイバー》といった番組を相手にして、どれだけ健闘できるとお思いか？　それに、いまでも『リア王』や『マクベス』といったエリザベス朝演劇の精華に足を運ぶ人々は存在するが、ある芸術様式を楽しむという心のありようと、そうした芸術様式で新たなものを創作するという行為のあいだには、何光年ものへだたりが存在するのだ。いまでもときおり、ブロードウェイやオフ・ブロードウェイで無韻詩をもちいた演劇を上演しようとするこころみがなされてはいる。そうしたこころみは、例外なく失敗しているのが事実だ。

詩は、うしなわれた技術ではない。詩はかつてない隆盛を誇っている。もちろん、やぶに身を隠しているおなじみの馬鹿集団（マッド誌のスタッフライターたちは、昔そう自称していたものだ）はいるし、見かけ倒しの人間と天才の区別もおぼつかない読者はいるにせよ、詩という芸術様式を実践している人々のなかには輝かしい才能をもった人々が数多くいる。嘘だと思うなら、近所の書店に足を運んで文芸雑誌の棚をチェックしてみるといい。箸《はし》にも棒にもかからない詩が六篇あれば、すぐれた詩が一篇か二篇は見つかるはずだ。断言してもいいが、屑《くず》と宝石の比率として、この数字は決してわるくない。

短篇小説もまた、うしなわれた芸術ではないにしても、絶滅の危機に瀕《ひん》しているという点では詩よりも深淵《しんえん》のへりに近い場所に位置しているといえる。わたしの短篇が最初に商業誌に売れたのは、古きよき時代といえる一九六八年だが、当時のわたしも短篇小説の市場が縮小の一途をたどっていることを嘆いていた。パルプ雑誌はすでに消え失《う》せ、ダイジェスト雑誌も風前の灯、週刊誌（たとえばサタデイ・イヴニング・ポスト誌）も死に絶えつつあった。それから幾星霜《いくせいそう》、わたしは短篇小説の市場がひたすら縮小していくさまを目《ま》のあたりにしてきた。いまなお、若き作家たちが寄稿者むけの献呈誌だけを報酬に作品を発表できる場でありつづけている小雑誌に神のお恵みを。そうした若き作家たちが寄せてくる玉石混淆《こんこう》の原稿の山を、いまなお読んでいる編集者たちに神のお恵みを（二〇〇一年の炭疽《たんそ》菌《きん》恐怖劇のあとともなればなおさらだ）。さらに、いまなお未発表の短篇小説をあつめたアンソロジーの企画にゴーサインを出すこともなくはない出版社にも、神のお恵みを。しかし神は彼らにお恵みをあたえるために、丸一日をついやす必要などありはしない。それをいうなら、コーヒーブレイクをつぶす必要さえないのだ。ほんの十分か十五分で充分。というのも、彼らの数がとてもすくないからであり、しかも年を追うごとにひとり、あるいはふたりと人数が減っていくからだ。小説雑誌、若き作家たちにとって希望の星である小説雑誌はもうどこにもない（この〝若き作家たち〟にはわたし自身もふくまれるが、わたし自身はそういった雑誌に小説を発表したことはなかった）。何回もくりかえし復刊への努力がなされたものの、かのアメージング・ストーリーズ誌はもう存在しない。ヴァーテックス誌に代表される興味ぶかいＳＦ

雑誌もなくなったし、いうまでもないことながらクリーピイ誌やアーリイ誌といったホラー雑誌も廃刊になっている。そう、こうしたすばらしい定期刊行物のすべてが消え去って久しいのだ。わたしがいまこの文章を書いているいま、かのウィアード・テールズ誌が再生にむけてよろめき歩いている。だいたいにおいて、こうした再生への努力は失敗する。くだんの無韻詩演劇と変わるところはない。開幕を迎えはするものの、それこそまばたき一回にも満たない時間で幕をおろしてしまう。去っていったものを、ふたたび呼びもどすことは不可能だ。ひとたびうしなわれたら、それは永遠にうしなわれたままになる。

　これまで長年、わたしは短篇小説を書いてきた。理由のひとつは、いまでもおりおりにアイデアがふっと湧《わ》いて出てくることだ——濃縮された世にもすばらしいアイデアが、自分を三千語の短篇にしろと、あるいは九千語の作品にしろと、多くても一万五千語の作品にしろと叫びかけてくるのだ。ほかの理由もある。辛辣《しんらつ》な評論家筋のみなさんはわたしが金に身を売りわたしていると思いこんでいるようだが、それが事実とはまったくちがうことを——すくなくとも自分自身にむけて——確認したいという気持ちがあるからだ。短篇はいまでも出来高払いの仕事だ。いってみれば、職人がみずから経営する店でしか買えない一点ものの商品のようなもの。しかもそれを買いもとめるためには忍耐心を発揮し、奥の部屋にいる職人が手作業で品を完成させるのをひたすら待つという条件がつく。

しかし、だからといってその作品を市場に送りだすにあたっても、先祖代々うけつがれてきた昔ながらの流儀にしたがう義理はない。小説が昔ながらの流儀でつくられているからといって、完成した作品を売る方法が、その作品を汚染したり、あるいは価値を貶《おとし》めたりする方法に限定されるのが当然だと考えていい理由はひとつもない（批評家の世界には、そう考えている石頭が数多くいるようではあるが）。

わたしが話しているのは『ライディング・ザ・ブレット』のことだ。自分の作品を市場で売るという点で見れば、この作品がもっとも奇異な体験をもたらしてくれたことに疑いはないし、この作品はまた、いままでのわたしの主張の例証ともなってくれる。ひとたびうしなわれたものを復活させるのは至難のわざだし、なんであれ一定の時点を過ぎてしまったあとでは滅亡も避けられないのかもしれないが、創作という仕事のある側面——それも商業的な側面——を新しい視点から見ることができたなら、すべてを一新させることもできない話ではない、という主張を。

『ライディング・ザ・ブレット』を書いたのは『小説作法』を完成させたあと、わたしが交通事故のあとの静養期間にあったときだ。この事故で、わたしはほとんど絶え間なく肉体的な苦痛にさいなまれる状態にさせられた。そして小説を書くことで、わたしはその最悪の苦痛をぬぐいさることができた。小説の執筆は、中身のとぼしいわたしの抽斗《ひきだし》のなかでは最良の鎮痛剤だった(し、これからもそうありつづけるだろう)。わたしが書きたかったのは、単純明快な作品だった——はっきりいえば、キャンプファイアをかこんで語られる幽霊話と大差ない。〝死人の車に拾われたヒッチハイカー〟の物語だ。

わたしが自分の想像力のつくりだした非現実的な世界で物語をつむぎだしているあいだに、おなじように非現実的な世界、電子商取引《eコマース》と呼ばれている世界がドットコム・バブルの好景気に湧くようになってきていた。そのひとつが世にいう電子ブックであり、これこそわたしたちが長年親しんできた形態の本——糊《のり》と綴《と》じ糸、それに手でめくるページでつくられている形態の本(糊や綴じ糸が古くなっていれば、めくるべきページが抜け落ちることもあるような本)に終止符を打つ存在だと考える向きもあった。二〇〇〇年の初頭には、電脳空間《サイバースペース》でのみ発表されたアーサー・C・クラークのエッセイに多大な関心が寄せられていた。

ただしこのエッセイは、ごく短いものだった(最初に読んだとき、これでは妹にキスをするようなものだな、と思ったくらいだ)。ひきかえわたしの作品は、書きあがるとかなりの長さになっていた。ある日スクリブナー社でわたしを担当している編集者のスーザン・モルダー(《X-ファイル》のファンであるわたしのこと、当然〝モルダー捜査官〟と呼んでいる……あなたならおわかりのように)が、ラルフ・ヴィチナンザにせっつかれて電話をかけてきて、電子世界の市場に出せる作品はないかと質問してきた。

そこでわたしはスーザンに『ブレット』を送り、わたしたち三者――スーザンとスクリブナー社とわたし――は出版界の歴史にささやかな一ページをつくった。数十万もの人々がこの作品をダウンロードし、最終的にわたしのもとには面食らってしまうほどの大金がもたらされた（いや、これはまっ赤な嘘で、わたしはこれっぽっちも面食らったりしなかった）。朗読テープの権利でさえ、十万ドル以上という思わず笑ってしまうほどの高値で売れたくらいだ。

これは自慢だろうか？　いまのわたしは、鼻高々で自慢たらたらだろうか？　ある意味ではそうだといえる。しかしここで話したいのは、同時に『ライディング・ザ・ブレット』のせいで頭がおかしくなりそうな気持ちを味わったということだ。ふだんなら、たとえお高く気どりまくった空港のラウンジに腰をすえていたところで、わたしはまわりにいるほかの客からは無視される――みんな電話で話をしたり、バーで取引をまとめたりするのに大忙しだ。それはそれでけっこう。たまにだれかがわたしに近づき、妻にあげたいのでナプキンにサインをしてくれないかといってくることはある。上等なスーツをぱりっと着こなし、ブリーフケースをさげた紳士族は例外なく、それぞれの妻がわたしの小説を一冊残らず読んでいる、と話してくる。ただし、自分は読んだことがない、とも話す。そのこともわたしに知らせたがるのだ。いやいや、あまりにも忙しいのでね。『7つの習慣：成功には原則があった！』は読んだし、『チーズはどこに消えた？』と

『ヤベツの祈り』は読んだが、まあそれが精いっぱいだ。いやもう、いつだって時間に追われてばかりでね。これじゃ四年以内に心臓発作にやられそうだよ。だけどそんな目にあったときには、401kプランの恩恵をうけられるよう、すべての条件をととのえておきたくてね。

しかし『ブレット』が(カバーからスクリブナー社の社章まで、すべてそろった形の)電子ブックで出版されてからは、事情ががらりと変わった。航空会社のラウンジにいると、群衆にかこまれるようになったのである。いや、ボストンのアムトラックのラウンジにいてさえ群衆にかこまれた。街に出れば呼びとめられて、長話の相手をさせられた。短いあいだだったが、一日に三回は浮わついたトーク番組への出演以来を断わる羽目にもなった(《ジェリー・スプリンガー・ショウ》にだけは出てもいいと思っていたのに、ジェリーからの電話はついになかった)。ついにはかのタイム誌の表紙にも登場したし、ニューヨーク・タイムズ紙にいたっては、『ライディング・ザ・ブレット』の明らかな成功と、その電脳版後継者といえる『ザ・プラント』の明らかな失敗をテーマにした、かなり長い記事を掲載しもした。驚くなかれ、かのウォールストリート・ジャーナル紙の一面にもわたしが登場した。わたしとしたことが、うかつにも超の字がつく有名人になってしまったのである。

では、わたしがどうして頭がおかしくなりそうな気分にさせられたのか? なぜ、すべてが無意味だという気分にさせられたのか？　知れたこと、だれひとり小説そのものに関心をむけていなかったからだ。それどころか、小説のことを質問してきた人さえひとりとしていなかった。ご存じか？　作者からいわせてもらえば、『ブレット』はかなり出来のいい小説だ。単純だが楽しめる。いい仕事をしていると思う。もし読者であるあなたにテレビのスイッチを切らせることができたなら、あの作品は（それにかぎらず、この短篇集に収録されているどの作品でも）それなりに成功をおさめたといえる。

しかし『ブレット』の発表後、ネクタイを締めた男たちが知りたがったのは、「どんな調子かな？　売行きはどうだい？」ということだけ。どうすれば彼らに教えてやれただろう――わたしが『ブレット』の市場動向など知りたくもなんともないと思っていることや、わたしが知りたいのはただひとつ、あの作品が読者のハートにどう届いたかという一点だけだということを？　うまく読者の琴線にふれただろうか？　それとも失敗した？　神経の末端までをびりびりさせることに成功した？　恐怖小説の存在理由《レゾン・デートル》ともいうべき、背すじの悪寒を読者に感じさせたのかどうか？　やがて、わたしにもわかってきた。わたしがいま見ているのは、またひとつ創作芸術が消えていこうとする現場であり、またひとつ芸術様式が、最終的には滅亡に通じているかもしれない道を一歩進んでいく現場であることに。作品を市場に送りとどけるのに、これまでとちがうルートをつかったという、たったそれだけの理由で、全国誌の表紙にとりあげられるという現象には、なにがなし不気味な頽廃《たいはい》の香りがある。それ以上に不気味な気分を味わったのは、読者のすべてがひょっとしたらパッケージの中身ではなく、電子的パッケージの目新しさに関心をむけているのではないかと思いはじめたときだ。『ライディング・ザ・ブレット』をダウンロードした人々のうち、ほんとうに『ライディング・ザ・ブレット』を読んだ人の数をわたしが知りたがっているとお思いか？　そんな数字は知りたくない。心の底から落胆してもおかしくないと思うからだ。

　電子出版は未来の波なのかもしれないし、そうではないのかもしれない。わたしについていうなら、そんなことにはこれっぽっちの関心もありはしない。電子出版の道に進んだのも、わたしにとってはこの身を小説執筆というプロセスに没入させるための方法のひとつにすぎないし、出来あがった作品をひとりでも多くの人にとどけるための手段のひとつにすぎない。

　本書はしばらくのあいだ、ベストセラー・リストに名をつらねることだろう。その意味でわたしは、これまで幸運だったといえる。しかし、もしリストに目を落とす機会があったら、一年のいつの時期でもいいから、これ以外の短篇集がはたしてどれだけの期間ベストセラー・リストにとどまることかと考えてほしいし、読者があまり関心をむけない種類の本を、出版社がこの先いつまで出そうとするだろうかとも考えてほしい。ただしこのわたしにかぎっていうなら、すばらしい楽しみがいくつか残されている。そう、冷えこんだ夜に熱い紅茶のカップを片手にお気にいりの椅子《いす》に腰をおろし、戸外の風の音をききながら、一気に読みとおせる長さのすばらしい短篇小説を読むという楽しみが。

短篇小説を書くのは、楽しいばかりの仕事ではない。この短篇集についていうなら、結果として出来あがった作品からすると不釣り合いなほど多くの努力を強いられずにすんだ作品は、わずか二篇しか思いつかない——「なにもかもが究極的」と「L・Tのペットに関する御高説」だ。それでもわたしは——あくまでも自分自身の目から見てだけのことだが——自分の腕を磨くことに成功したと思っているし、そのいちばんの理由が、短篇小説を最低でも一、二篇書かないまま一年を過ごすことを拒否してきたからだとも思っている。書いてきたのは金のためではないし、正確にいうなら愛のためでさえなく、つらくはあっても得るものが多い下積み仕事のようなものだ。というのも短篇小説を書こうと思ったら、短篇を書こうと考えることと以上の行動を起こす必要があるからだ。自転車の乗り方はひとたび覚えたら忘れないが、それとこれとはまったくちがう。短篇を書くのは、むしろジムでのワークアウトのようなものだ。実践していなければ、うしなわれるだけという意味で。

その短篇がこうして一冊にまとめられたのを見ていると、途方もない喜びの念がこみあげてくるし、読者のみなさんにもおなじように喜びを感じてもらえればいいとも思っている。ぜひとも、わたしの公式サイト www.stephenking.com を通じてご感想をお知らせいただきたい。それ以外にも、わたしのために（みなさん自身のためにも）ぜひ心がけていただきたいことがある。ほかの短篇集をぜひとも購入してもらいたいのだ。たとえばマシュー・クラムの『サム・ザ・キャット』、あるいはロン・カールスンの『ホテル・エデン』を。どちらも、すばらしい仕事ぶりを見せているすばらしい作家による短篇集であり、公式に二十一世紀を迎えたいまになっても、どちらの作家も昔ながらの流儀で――いちどに一語ずつ書き進めるという流儀で――作品を書いている。作品が世に出てくる流儀がどう変わろうと、書き方は変わらない。よかったら、彼らを支援してほしい。作家たちを支援する方法は、昔からほとんど変わっていない――彼らの作品を読むことにつきる。

ここで、わたしの作品を読んでくれた人々に謝意を表したい。ニューヨーク・タイムズ紙のビル・ビュフォード、スクリブナー社のスーザン・モルダー、長年にわたってわたしの作品の編集を手がけているチャック・ヴェリル、ラルフ・ヴィチナンザ、アーサー・グリーン、ゴードン・ヴァン・ゲルダー、そしてファンタジー&サイエンス・フィクション誌のエド・ファーマン、キャヴァリエ誌のナイ・ウィルデン、六八年にはじめてわたしの短篇を買ってくれた、いまは亡《な》きロバート・A・W・ラウンズ。そして――もっとも重要な人物だが――いまもなお、わたしのいちばんの愛読者でありつづける妻タビサ。いま名前をあげた人々は、ひとり残らず、短篇小説がうしなわれた技術になる事態を防ぐべく努力をしてきたし、いまもその努力をおこたってはいない。わたしもまたしかり。そしてまたあなたも、なにを買い（すなわち、なにを支援するのかを選択し）、なにを読むのかによって、そういった人間になれる。だれをおいても、まずあなた、愛読者氏よ。そう、あなたであることにいつまでも変わりはない。

スティーヴン・キング
メイン州バンゴアにて
二〇〇一年十二月十一日

第四解剖室

Autopsy Room Four

白石朗訳

あたりがあまりにも暗いせいで、しばらくのあいだ——といっても、正確な時間はわからない——自分が意識をうしなっているのではないかと考えてしまう。それからしだいに、こんなことに気づきはじめる。意識をうしなった人間なら、闇《やみ》のなかを自分が移動中だと肌で感じることもなければ、動きにともなう音——油の切れた車輪の音にほかならない、この音をきけるはずもない。それに、ゴムかビニールとおぼしきもののにおいも嗅《か》ぎとれる。だから、これは意識をうしなっている状態ではない。これは……もっと……なんといえばいい？　そう、夢というにはあまりにも筋が通った感覚だ。

だったら、これはなんだ？

わたしはだれだ？

わが身にいまなにが起こっている？

油の切れた車輪のいまいましいリズムがとまり、わたしの体の移動もとまる。体のまわりにあるゴム臭をただよわせる物体が、乾いた音をたてる。

声がきこえる。「何番だといっていた？」

間。

ふたつめの声。「四番だったと思う。ああ、四番だ」

われわれは、また移動をはじめる。しかし、スピードは前より遅い。靴を引きずって歩くときの足音がかすかにきこえてくる。底の柔らかい靴の音……スニーカーかもしれない。靴を履いているのは、先ほどの声の主たちだ。ふたりはまた、わたしの移動をとめる。なにかを叩《たた》く音、つづいて空気を切る音。気圧ポンプを利用したドアがひらくときの音だろう——わたしはそう見当をつける。

《なにがどうなってる？》わたしは叫ぶが、しかし叫び声は頭の外には出ていかない。唇はまったく動かない。唇の存在は感じられる——そればかりか、ショックをうけたもの、ぐらさながら口中に横たわっている舌の存在も感じられるのに、その舌をぴくりとも動かせない。

わたしを乗せた物体が、また動きはじめる。動くベッドか？　そうだ。別名、ストレッチャー。以前にも乗せられた経験がある。大昔、それもリンドン・ジョンソン大統領がアジアへの胸糞《むなくそ》わるい小冒険をやっていたころの話だ。それで、いま自分が病院にいることがわかってくる。なにか不測の事態がこの身を見舞ったのだ。二十三年前に爆弾に襲われて、あやうく性別をうしないかけたが、あれに匹敵するようなことが起こったにちがいなく、これから手術をうけるところだ、と。そう考えると、いくつもの疑問にまっとうな答えが出てきて、疑問の大部分は解消される……とはいえ、体のどこにも痛みは感じない。恐怖のあまり正気をうしないそうだという些細《ささい》な問題こそあれ、気分はわるくない。いまわたしを運んでいるのが病院の看護助手たちで、行き先が手術室なら

……どうして目が見えないのか？　どうしてわたしは、ひとことも話せないのか？

三人めの声がきこえる。「こっちに運んでくれ」

わたしを乗せた動くベッドが、ちがう方向にむけられる。頭のなかで、こんな疑問の声が轟《とどろ》きわたっている——《いったい、わたしはどれほど悲惨な状態になってしまっているのだろう？》

《それは、おまえの正体によりけりじゃないのか？》そう自問してはみたが、すくなくともこの疑問についてだけは、答えを出せることがわかる。わたしはハワード・コットレル。証券マンであり、同僚たちからは〝征服王ハワード〟と呼ばれている男だ。

第二の声（わたしの頭の真上から）。「きょうはまた、いちだんときれいだね、ドク」

第四の声（女性だ。おまけに冷ややかな響き）。「わざわざ確認してくれてありがとう、ラスティ。それはともかく、すこし急いでくれる？　ベビーシッターから、七時までには家に帰ってくれといわれてるの。なんでも、ご両親と夕食をとる約束があるとかで」

七時までには帰宅、七時までには帰宅。ということは、いまは昼下がりか、日がかたむきはじめたころだろう。それなのに、ここはまっ暗だ。帽子のなかみたいに暗く、ウッドチャックのケツの穴の奥みたいに暗く、ペルシアの真夜中同然に暗い。なにがどう

なっているのか？　わたしはこれまでどこにいた？　なにをしていた？　何台もの電話にかじりついて仕事をしていなかった理由は？

《土曜日だからさ》心の奥深いところで、そうつぶやく声がする。《そしておまえは……おまえは……》

音——〝ばしっ！〟という音。愛してやまない音。生きがいといってもいい音。あれは……なんの音だ？　知れたこと、ゴルフクラブのヘッドの音だ。ティーからゴルフボールを叩き飛ばすときの音。わたしはすっくと背すじを伸ばし、青空の彼方《かなた》へと消えていくボールを見おくる……。

いきなり両肩とふくらはぎをむんずとつかまれて、体をもちあげられる。心底ぶったまげたので、思わず悲鳴をあげようとする。しかし、なんの声も出せない……いや、出せたのかもしれないが、せいぜい蚊の鳴くような声だけ、わたしの体の下方にある車輪がたてる音よりも小さな声だけだ。いや、それにもとどかない声だろう。声を出したと思いこんだだけなのかも。

闇につつまれたわたしの体が、宙でふりまわされる——《おい、落とさないようにしろよ！　わたしは腰がわるいんだから！》そういおうとするものの、唇や舌は今回もまったく動いてくれない。舌はあいかわらず、口の下側に横たわったまま——してみるとこのもぐらは、ショックで気絶しただけではなく即死してしまったのか。ついで、恐るべき思いが頭をかすめる。恐怖をパニックに一段階近づけるような思いだ。もしこの連中がわたしの体を妙な角度で投げ落とし、その拍子に舌が口の奥にすべっていって気管をふさいでしまったらどうなる？　息ができなくなってしまうではないか！　〝舌を飲みこんだ〟という決まり文句があるが、そのことじゃないのか！

第二の声（ラスティ）。「きょうのやつは、先生の気にいると思うな。マイケル・ボルトンに似た男なんだ」

女医の声。「それ、だれなの？」

第三の声（十代の少年と大差のない若い男だ）。「黒人になりたがってる白人のナイトクラブ歌手だよ。ま、ボルトン本人じゃないとは思うけどね」

この発言に笑い声が起こり、女の声もその輪に参加する（いささか疑わしげに）。そのあとわたしの体をクッションつきのテーブルにおろしながら、ラスティがまた新しい軽口を叩く——どうやらこの男には、スタンダップコメディのもちネタがひとそろいあるようだ。わたしにはおもしろくもなんともない——いきなり、強烈な恐怖がこみあげてきたからだ。自分の舌で気道をふさがれてしまったら呼吸ができなくなる、という思いは頭から去ったが……もし、いま自分がまったく呼吸していないとしたらどうなる？

もし死んでいるのなら？　これこそ、死というものだったらどうなる？

すべての辻褄《つじつま》はあう。小癪《こしやく》なコンドームなみにぴったり隙間《すきま》なく辻褄があうではないか。暗闇。ゴムのにおい。たしかに現在のわたしは、〝征服王ハワード〟の異名をとる、ならぶ者なき敏腕証券マンだ。デリー町営カントリークラブでは凄腕《すごうで》を恐れられ、全世界のゴルフコースで〝十九番ホール〟という名称で知られる場所、すなわちクラブハウスの常連でもある。しかし、いまは昔の一九七一年にはメコン・デルタに駐留している医療補佐チームの一員をつとめ、家にのこしてきた愛犬を夢に見ては涙を流しながら目を覚ます、怯《おび》えきった若者だった。そしていまいきなり、この感触、このにおいの正体がわかってくる。

なんということか、わが身は死体袋に詰めこまれているのだ。

最初の声がいう。「これにサインをもらえますか、先生？　くれぐれも力を入れて書いてくださいよ。三枚複写なんでね」

ペン先が紙の上を走っていく音。最初の声の主が、クリップボードを女医にさしだしている光景が頭に浮かぶ。

《神さま、お願いです、死んでるなんて嘘《うそ》だといってください！》そう叫ぼうとしても、まったく声を出せない。

《だけど、ちゃんと呼吸をしているじゃないか……しているだろう？　つまり、その、呼吸をしているという感覚こそないものの、肺にはなんの異状もないようだ。長いこと水に潜って泳いだときのように肺が空気をもとめて疼《うず》いてもいないし、金切り声をあげ

てもいない。だから異状はないはず……じゃないか？》
《そうはいっても、もし死んでいるのなら――》奥深い場所から、そんな声が語りかけてくる。《肺が空気をもとめて金切り声をあげるはずがないだろう？　そりゃそうさ。死人の肺は呼吸なんてしないんだから。死んだ肺っていうのは、なんというか……そう、のんびりしてるんだよ》
ラスティの声。「来週の土曜の夜のご予定は、ドク？」
《しかし、もしほんとうに死んでるのなら、なんで感覚がある？　自分が入れられている死体袋のにおいを、どうして嗅ぎとれる？　なんで、ちゃんと声をききとることができる？　そう、来週の土曜日は犬にシャンプーをする予定だと話している女医の声も、犬の名前が――なんという奇遇だろうか――ラスティだと語る女医の声も、みんながいっせいにあげる笑い声もきこえてくるんだ？　だいたい死んでいるのなら、なにひとつ感じなくなるはずだし、そうでなければオプラ・ウィンフリーのトーク番組に出てくる連中がよく口にしているように、〝死後の世界の白い光〟とやらを浴びているはずなのに、そうなっていないのはどうしてだ？》
乱暴にものを引き裂くような音がしたと思ったら、とたんに白い光をほんとうに浴びせかけられる。冬の日の雲の切れ目から射《さ》しこむ日ざしさながら、目もくらむ明るさだ。まぶしいので瞼《まぶた》に力をいれて目を閉じようとするが、なにも起こらない。左右の瞼は、ともにローラーが故障したブラインドと化したかのようだ。

わたしの真上から、ひとりの人間が顔を近づけてきて、それでまぶしい光の一部がさえぎられる。光は目もくらむような天界から降っているわけでなく、天井に列をなしてならぶ蛍光灯の光にすぎない。顔のもちぬしは、年の頃二十五歳くらい、昔ながらの男前の顔だった。《ベイウォッチ》や《メルローズ・プレイス》といったテレビドラマでおなじみの、ビーチをうろつく筋肉男に通じる風貌《ふうぼう》だ。とはいえ、その手の連中よりは多少知性があるのだろう。ふさふさした黒髪を手術用の緑の帽子の下に無造作にたくしこんでいる。身につけているのは、これもおなじく手術用の服。瞳《ひとみ》はコバルトブルー——娘っ子たちが恋《こ》い焦《こ》がれるといわれるたぐいの瞳だ。頬骨の上のあたりには、埃《ほこり》のようなそばかすが弧《こ》をつくっている。

「驚いたな」その男がいう。三番めの声だ。「ほんとにマイケル・ボルトンそっくりじゃないか！　ま、ちょっと老《ふ》けこんでるかもしれないが……」男がさらに上体をかがめて顔を近づけてくると、緑色の手術着の首もとからリボン状の結び紐《ひも》の端が垂れ下がって、わたしのひたいをくすぐる。「いやはや、たしかに似てるよ。おい、マイケル。一曲歌ってくれ」

《助けてくれ！》わたしはそう歌おうとするが、凍りついたように動かぬ死人の目で、男の青い瞳を見あげるのが精いっぱい。ほんとうに自分が死んでいるのか、ということしか考えられない。こういうことなのか――ポンプが停止した人間は、だれでもこういう体験をするのか？　もしわたしが死んでいるのなら、わたしの瞳孔《どうこう》が突然の光に反応して収縮するのを、なぜこの男が見のがしているのか？　そう自問するものの、答えはすでに知っている……というか、知っていると思う。瞳孔は収縮してなどいない。だからこそ、蛍光灯の光が痛いほどまぶしく思えるのだ。

ひたいをくすぐっている紐が羽毛のように感じられる。

《助けてくれ！》わたしは、《ベイウォッチ》のビーチ男に叫びかける。どうせインターンか、ただの医学生だろう。《頼む、助けてくれ！》

唇は、しかし、びくとも動かない。

顔が引っこんで消え、くすぐったい紐もなくなり、同時に白い光の洪水が、そむけることもかなわぬ目に流れこんで、頭脳を直撃してくる。地獄の苦しみだ。一種のレイプにほかならない。こんな光を長時間見つめていたら、目が見えなくなってしまう。そして、目が見えなくなるのは救いでもある。

〝**ばしっ**！〟――ドライバーがボールを叩く音。しかし今回は若干平板な音だし、手ごたえもよくない。ボールは宙にあがっていくが……そこで曲がっていき……曲がっていって……曲がっていって、むかう先には……。くそ。

ラフにはいりこんでいる。

そしていま、べつの人物の顔が視界に侵入してくる。こちらの人物は緑の手術着ではなく白衣を着ており、美しいオレンジ色の髪の毛は乱れ放題だ。知能指数の出血大安売り——それが第一印象。これがラスティにちがいない。高校生の専売特許としか思えない、馬鹿《ばか》丸出しのにやけ面《づら》を見せている。貧弱な二の腕に、《**生きがいはブラジャーはずしだぜ**》などというタトゥーを入れているガキにこそお似あいの笑顔。

「マイケル！」ラスティが叫ぶ。「すげえ、ほんとに男前じゃんか！　大感激だよ！　おれたちにサインをしてくれ、大スター！　くたばったおケツで歌ってくれよ！」

背後から、冷ややかな医師の声がきこえてくる。もはや、この軽口を愉快に思っているふりをしてもいない。

「やめなさい、ラスティ」それから、わずかに異なる方向に声をむけて、「どういう事情なの、マイク？」

マイクというのは、最初の声の主——ラスティの相棒だ。コメディアンのアンドルー・ダイス・クレイを理想とあおいで少年時代を過ごしたような男と仕事をすることを、恥ずかしく思っている口調だ。

「発見されたのは、デリー町営カントリークラブの十四番ホールです。といっても、コースをはずれたラフのなかでした。もしフォアサムでプレーせず、プレー仲間が灌木《かんぼく》の茂《しげ》みから突きでているこの男の片足を発見しなければ、いまごろは蟻《あり》の巣になっていたでしょうね」

頭のなかで、またしても〝ばしっ！〟という音が響く——ただし今回は、もっと不愉快な物音があとにつづく。ドライバーのヘッドで灌木の茂みを薙《な》ぎはらう音だ。だったら、あれは十四番ホールだったにちがいない。噂《うわさ》では毒漆が生えているという場所だ。毒漆だけではなく……。

ラスティは馬鹿丸出しの顔で、あいかわらずまじまじとわたしを見つめている。死に興味があるわけではない——わたしがマイケル・ボルトンに似ているという事実に関心をもっているだけ。ああ、自分でもわかっているし、ある種の女性の顧客相手にはその点を恥ずかしげもなく利用していた。ただし、たちまち顔が老けこみはしたが。それに、神よ、いまの情況では……。

「担当の医師は？」女医が質問する。「カザリアンだったの？」

「いいえ」マイクが答え、それからしばらくわたしを見おろす。ラスティより、すくなくとも十歳は年上だ。黒髪には、あちこち灰色のものが混じっている。眼鏡。《なんでこの連中は、わたしが死んでいないことに気づかないのか？》「この男を発見したフォアサムのなかに医者がいたんです。一ページめに、その医者のサインがありますよ……ほら」

紙をがさがさいわせる音。つづいて――「よりにもよってジェニングズですって。どんな医者かは知ってるわ。箱船がアラト山のてっぺんに漂着したあとで、ノアの健康診断をおこなった医者よ」

ラスティにはこのジョークが理解できないようだが、それでもわたしの顔のまん前で馬鹿笑いをあげる。ラスティの息が玉葱《たまねぎ》くさい。昼食のちょっとした残り香か。玉葱のにおいが嗅《か》ぎとれるなら、すなわち呼吸をしているということだ。まちがいないな？　ただし――

その思いが最後まで行きつかないうちに、ラスティがさらに顔を近づけてくる。だしぬけに、希望が突風となって吹きつけてくる。ラスティはなにかを目にしたのだ！　なにかを目にして、わたしにマウス・トゥ・マウスの人工呼吸をおこなう気にちがいない。ああ、ラスティに神の祝福を！　ラスティと、その玉葱くさい息に神の祝福あれ！

しかし、馬鹿丸出しの笑顔はいささかも変化しない。ラスティはわたしの口に口をつけてくるどころか、片手でわたしのあごを撫《な》でまわすだけ。ついで、親指とほかの四本の指とであごを左右からはさみこむ。

「こいつは生きてるぞ！」ラスティは叫ぶ。「生きてるんだ。これから、マイケル・ボルトン・ファンクラブの第四支部のために、歌を披露《ひろう》してくれるぞ！」

ラスティは指に力をこめると――局所麻酔薬を打たれたときのような、そこはかとない痛みを感じる——わたしの下あごを上下に動かして、歯をかちかちと鳴らしはじめる。「たとえあの子がワルだとしても、あいつにゃちっとも見えてなあああい」ラスティは、おぞましい調子っぱずれの声で歌いはじめる。この声をきけば、元歌を歌っていたパーシー・スレッジも頭が破裂してしまうだろう。「あの子はワルいことしないいいい……」

ラスティの乱暴な手つきにいたぶられるまま、わたしの口は開閉をくりかえす。舌が、不安定なウォーターベッドの上の犬の死体のように、跳ねては落ちてくる。

「やめなさい！」女医がぴしゃりとラスティに釘《くぎ》を刺す。本気でショックを感じている口調。ラスティはこの女医のショックを感じとったのだろう、やめるどころか、ますます楽しげに手を動かしつづける。いまやラスティの指は、わたしの頬の肉に食いこんでいる。凍りついたわたしの目は、ひたすら上を見あげているばかり。

「あの子にひとこといわれれば、いちばんの親友にも背をむける——」

そこに女医が姿をあらわす。緑色の手術着姿で、首のまわりに帽子の紐を巻きつけ、帽子そのものは、アニメのシスコ・キッドのソンブレロよろしく背中に垂らしている。短い茶色の髪は、ひたいからうしろに流してある。顔だちは整っているが、いかめしい雰囲気もある——愛らしいというより、美しいという形容が似あう顔だ。女医は爪《つめ》の短い手でラスティの体をつかむと、わたしから引き剝《は》がす。

「おい！」ラスティが憤然と叫ぶ。「おれの体から手を離せ！」

「だったら、その前にこの人から手を離しなさい」女医はいう。その声にこめられた怒りの念はきき逃しようがない。「あなたの幼稚きわまりない冗談には、もううんざりよ。こんどおなじことをしたら、あなたのことを上に報告するわ」

「おいおい、みんな頭を冷やせ」《ベイウォッチ》のビーチ男がいう。女医の助手だ。いかにも不安そうな声――自分の上司とラスティがこの場で取っ組みあいをはじめるのではないかと案じているのだろう。「とりあえず、ぜんぶ水に流そうじゃないか」

「なんで、おれにああもつっけんどんな態度をとるんだろうな」ラスティがいう。あいかわらず怒っている口調をよそおってはいるが、じっさいには泣きごとをつらねているだけだ。それからラスティは、ややちがう方向に語りかける。「なんでそう、おれにつっけんどんな態度をとる？　もしかして生理か？」

　女医が吐き捨てるようにいう。「この男をつまみだして」

マイク。「よせよ、ラスティ。記録簿の記入をすませようぜ」

ラスティ。「ああ。そのあとで、新鮮な空気を吸いにいこう」

　わたしはといえば、ラジオをきくようにこの会話をきいているだけ。

　ふたりがドアにむかって歩いていく、かん高い足音。いまやラスティはすっかり腹を立てて頭から湯気を噴きあげ、せめて液晶を利用したムードリングをはめるなりしてくれれば、他人にもあんたの気分がひと目でわかるんだから、ぜひそうしろと女医に食ってかかっている。タイルの床に響く静かな足音。その音がなんの前ぶれもなく、わたしのドライバーがいまいましいボールをもとめて藪《やぶ》を叩《たた》く音に代わる。ボールはどこに行った？　そう遠くに行ったはずはないんだ、だからどこにある？　十四番はきらいなんだよ、毒漆があるって話だからね。それに、これだけ灌木や藪が多いとなると、その下にやすやすと身を隠しているやつもいるはずで――

そのあと、なにかに嚙《か》まれたのではなかったか？　ああ、そうとも。断言したっていい。左のふくらはぎ、スポーツソックスのすこし上のあたりを嚙まれたんだ。まっ赤に焼けた鉄棒を刺しこまれたような激痛。最初は一点にぎゅっと集中していた激痛が、やがて範囲を広げてきて……。

……そして暗黒。つぎに気がつくとストレッチャーに乗せられ、死体袋に詰めこまれて、ジッパーをぴったり閉ざされ、マイク（「何番だといっていた？」）とラスティ（「四番だったと思う。ああ、四番だよ」）の会話が耳にはいってきたのだ。

自分は蛇の一種に嚙まれたのだ――そう思いたいが、それはボールをさがしていたときに蛇のことを考えていたからかもしれない。虫に刺されたとしてもおかしくはない。とにかく覚えているのは一瞬の激痛だけ。それに、こうなってしまった以上、そんなことは問題にもならないのでは？　いまの問題は、わたしがまだ生きているのに、ここにいる連中がその事実を知らない、ということに尽きる。運がわるかったことはいうまでもない——ドクター・ジェニングズのことは知っている。十一番ホールでジェニングズのふたり組がプレーしているあいだ、会話をかわした記憶もある。気のいい男だが、高齢のせいか、いささかとろいことも事実。あの年寄りが、わたしの死を宣告した。そのあとあのラスティが、とろんとした緑の目と少年院にふさわしい馬鹿丸出し笑顔のもちぬしが、わたしの死を宣告したとは。そして女医、ミズ・シスコ・キッドは、まだ一回もまともにわたしを見ていない。この女医が見てくれていたら、あるいは——

「わたしね、あの低能男が心底きらいなのよ」ドアが閉まると、女医がいう。室内にいるのは三人だけ——もちろん、ミズ・シスコ・キッドはふたりしかいないと思いこんでいるが。「ねえ、ピート、どうしていつもあの男が担当になるの?」

「さあね」ミスター・メルローズ・プレイスが答える。「ただラスティは、過去の低能男列伝を見ても特殊なケースだな。脳死状態で歩いてるんだから」

女医が笑い、つづいて〝かちん〟という音がきこえる。その〝かちん〟という音につづいて響いた音に、わたしは身も凍る思いを味わう——スチール製の道具がふれあう音だ。音は左側からきこえてくる。目には見えなくとも、女医たちがこれからなにをするのかは正確にわかる——解剖だ。こいつらは、わたしを切り刻む準備を整えている。こいつらはハワード・コットレルの心臓をとりだし、はたしてポンプが壊れたのか、それとも心棒が吹き飛んだのかを確かめようというのだ。《足だ！》私は頭のなかで懸命に叫ぶ。《左足を見てくれ！　問題があるのは左足だ、心臓なんかじゃない！》

　もしかしたら、ようやく目が明るさに慣れてきたのかもしれない。視界のいちばん上のあたりに、ステンレススチール製の骨組めいたものが見えている。歯医者がつかう道具の巨大版といった姿をしているが、先端にあるのはドリルではない。鋸《のこぎり》だ。頭の奥深いところ、たまたまテレビのクイズ番組《ジェパディ！》に出演しないかぎり、一生無用の長物におわるトリビアをせっせと脳が貯《た》めこんでいるあたりから、その道具の名前までもが飛びだしてくる。ジーリ鋸。頭蓋骨《ずがいこつ》のてっぺんを、そっくり切りとるのにつかう道具。もちろんその前には、子どもがハロウィンにかぶるマスクよろしく顔を引き剥がし、髪の毛からなにからぜんぶひっくるめて除去するのだ。

　そして頭蓋骨を切りとったあとで、脳みそをとりだす。

　かちゃん、かちゃん、かっちゃん。それから、**がちゃん**。あまりにも大きな音に跳びあがりそうになる——といっても跳びあがれればの話。

「心臓周辺の切開をしたくない？」女医がたずねる。

　ピートがおそるおそるといった口調で答える。「ぼくにやらせたいと？」

　ドクター・シスコの声はあくまでも楽しげだ。好意と責任をセットで他人に進呈する人間ならではの口調。「そんなところ」

「わかった」ピートは答える。「助手をつとめてくれるね？」

「ええ──あなたの腹心の副操縦士だもの」女医はそういって笑う。その笑い声が、〝しゃきっ、しゃきっ〟という音で寸断される。鋏《はさみ》で空気を切り裂く音だ。

頭のなかでは、屋根裏部屋に閉じこめられた椋鳥《むくどり》の大群さながらに、パニックが騒々しく羽ばたき飛びまわっている。ヴェトナムはすでに遠い過去の出来事だが、野戦病院での解剖には五、六回は立ちあった。軍医たちが〝テント小屋の検屍《けんし》ショー〟と呼んでいた解剖だ。だから、シスコとパンチョがなにをする心づもりなのかはわかる。鋏の刃はとんでもなく長く、とんでもなく鋭い切れ味だ。指を入れる穴は大きい。それでも、つかうためにはかなりの力を必要とする。下側の刃は、バターを切り裂くようにやすやすと腹部にすべりこむ。それから〝ちょきん〟──太陽神経叢《たいようしんけいそう》に集中した神経の束が切断され、その上にあるビーフジャーキーのように織りあわされた筋肉と腱《けん》を切り裂いていく。おつぎは胸骨。この段階で上下の刃がひとつになるときには、かなり大きな音が出る。胸部や胸郭が、ロープでつながれていたふたつの樽《たる》のように、一気に左右にわかれるからだ。そして、なによりスーパーマーケットの精肉業者が鶏肉《とりにく》を切るのにつかう道具にそっくりなこの鋏は、〝ちょきん－**がちゃん**、ちょきん－**がちゃん**、ちょきん－**がちゃん**〟という音を立てながら骨を断ち切り、筋肉を切り裂き、さらに上へ上へと移動して肺を解放し、そのあと気管をめざしていく……征服王ハワードさまを、だれも食べたがらない感謝祭ディナーもどきの肉塊に変えながら。

神経に障《さわ》るかん高い声が響く——そう、歯医者のドリルにそっくりな音だ。ピート。「こいつをつかっちゃだめかな——？」

ドクター・シスコ——信じがたいことに、いささか母親めいた調子で。「だめよ、つかうのはこっち」

しゃきっ、しゃきっ。ピートのために鋏の動かし方を実演しているのだ。

《こんなことが許されるわけはない！》わたしは思う。《わたしを切り裂くような真似《まね》が許されるわけがない……わたしには感覚があるんだから》

「どうして？」ピートがたずねる。

「わたしがそう望んでいるから」女医が答える口調からは、母親らしさがいくぶん減っている。「あなたが仕切るときだったら、あなたの流儀を押し通せばいい。でもね、ケイティ・アーレンの解剖室では、まずあなたに心臓周辺の切開をやってもらうの」

解剖室。そういうこと。これでアウトだ。全身に恐怖の鳥肌を立てたいところだが、もちろんなにも起こらない。わたしの皮膚はすべすべしたまま。

「いいこと」ドクター・アーレンはいう（というか、現実には〝講義をする〟というほうが正確だ）。「どんな馬鹿《ばか》でも、牛の乳搾《ちちしぼ》りマシンの操作法は身につけられるわ……でも、手作業にまさるものはないのよ」その口調に、かすかながら誘惑の響きがいりまじっている。「わかった？」

「ああ、わかった」ピートが答える。

こいつらは、本気でやるつもりだ。ここでわたしが声を出すとか体を動かすとかしないかぎり、こいつらは本気でやるにちがいない。鋏が最初にあけた穴から血が流れだしたり、鮮血の噴水が噴きあがったりすれば、この医者たちも変事に気づくはず。しかし、そのときはおそらく手おくれだ。最初の〝ちょきん－**がちゃん**〟が完了した時点では、わたしの肋骨《ろっこつ》はわたし自身の二の腕に載っており、血まみれの心臓は蛍光灯の光でぬらぬらと輝きながら、奔馬のごとく激しい鼓動を刻んでいるはず——

わたしは自分の胸のあたりに全神経を集中させ、力をこめる。というか、力をこめようとした。すると、なにかが起こる。

声だ！

声が出せる！

精神を集中させ、意志の力をさいごの一滴までふり絞り、もう一回おなじことをする。こんどは、前よりもすこし強い声が出せる。タバコの煙のように鼻の穴から出ていく声——《すううううう》。

その声で、昔々のそのまた昔にテレビで見た《ヒッチコック劇場》の一エピソードが思い出されてきた。ジョゼフ・コットンが車の衝突事故で全身麻痺《まひ》におちいり、さんざんな苦労の末にようやく涙をひと粒流して、周囲の人間に自分が生きていることを知らせる、という話だった。

なんの効果もなかったかもしれないが、いまのミニチュア版の蚊の羽音のような小さな声は、自分が生きていることを自分自身に証明することはできた。そう、自分が自分の死んだ肉体という粘土人形の内側でぐずぐずしている魂ではない、と証明できたのだ。

意思を集中させると、空気が鼻を経由してのどを流れくだっていき、先ほど吐きだした空気の代わりをつとめてくれるのが感じられる。それから、もういちどその空気を送りだす——十代のころ、レーン建設会社で夏休みのアルバイトをしたとき以上の力をふり絞って……いや、この世に生を享《う》けて以来出したことのない力をふり絞って。なぜなら、これには自分の生そのものがかかっているからだ。こいつらに、なんとしても声をとどけなくては。なんとしても、なにがなんでも。

《すうぅぅぅぅぅ——》

「音楽でも流す？」女医がたずねる。「マーティ・スチュアートとかトニー・ベネットがあるけど——」

ピートが失望の声を出す。わたしには、その声がほとんどきこえないし、女医の発言の意味もすぐにはわからない。まあ、そのほうが幸せなのかもしれないが。

「わかったわよ」女医は笑いながらいう。「ローリング・ストーンズもあるわ」

「ほんとに？」

「ええ、ほんとう。わたしだって、見た目ほど堅物じゃないのよ」

「いや、そういう意味でいったんじゃない……」あわてふためいた口調。

《おれの声をきけ！》わたしは凍った目で氷のように白く冷たい光を見あげながら、頭の内側で叫ぶ。《くだらないおしゃべりはやめて、おれの声をきけ！》

　さらに空気がのどを流れくだっていくのが感じられると同時に、こんな考えが頭に浮かぶ。わが身になにが起きたのかは知るよしもないが、その影響がいま着実に薄れつつあるのではないか？　とはいえこの思いは、わたしの思考というスクリーン上で、いまにも消えそうな輝点に過ぎない。ほんとうに影響は薄れつつあるのかもしれない。しかし、この状態から回復できる可能性は、もうすぐ完全にかき消されてしまうのだ。いまわたしは渾身《こんしん》の力をふり絞って、このふたりに声をきかせようとしている。こんどこそ、連中の耳にもわたしの声がとどくはずだ。

「だったら、ストーンズにしましょう」女医がいう。「もちろん、あなたの最初の心臓周辺の切開作業を記念してマイケル・ボルトンの歌がよければ、いまからCDを買いにいってもいいけど」

「お願いだからやめてくれ！」ピートがおおげさな声をあげ、ふたりは声をあわせて笑う。

声が出はじめてくる。よし、確かにこれまでよりは大きな声だ。希望していたレベルにはとどかないまでも、充分な大きさの声ではある。これだけ大きな声なら不足はあるまい。きっとふたりにきこえるはず、きこえるに決まっている。

そうして、急速に固まりつつある液体のような空気を鼻の穴から一気に押しだそうと思ったそのとき、いきなりファズがかかったギターの轟音《ごうおん》とミック・ジャガーの歌声が部屋に充満し、壁に反響しはじめる。

「おううう、しょせんちんけなロックンロール、だけどおいらは**首ぃぃぃぃったけぇぇえ……**」

「ヴォリューム、、、、を下げて」ドクター・シスコが、滑稽《こっけい》なほど大きな声で叫ぶ。この喧噪《けんそう》のなかでは、わたしが鼻から出した音、藁《わら》にもすがる思いで鼻孔をつかうハミングで出した声など、鋳物《いもの》工場での囁《ささや》き声よりもかぼそくなってしまう。

女医がふたたび顔を近づけてくると、わたしはまた新しい恐怖に襲われる。女医が強化ガラス製のアイプロテクターを装着し、口もとをすっぽりガーゼのマスクで覆《おお》っているからだ。女医は頭をうしろにむける。

「わたしが服を脱がせておくわ」女医はピートに話しかけると、手袋をした手にメスを光らせ、ストーンズのギター・サウンドのなかをわたしのほうにかがみこんでくる。

わたしは必死で鼻声を出そうとする。しかし、なんの役にも立たない。自分の耳にさえきこえない程度の声。

メスがわたしの体の上をただよい動き、切り裂く。

わたしは頭のなかで悲鳴をあげる。しかし、激痛は感じない。ただ、着ているポロシャツが切り裂かれて、左右にひらかれただけ。ピートが自分で気づかぬまま、生涯で最初の生体胸郭切開にとりかかれば、ポロシャツと同様にわたしの肋骨もぱっくり左右にひらくことになる。

体がもちあげられる。頭がごろりとうしろにのけぞり、そのせいで一瞬だがピートの逆さまになった姿が目に飛びこんでくる。ピートも強化ガラスのアイプロテクターをかけてスチール製のカートの横に立ち、見るからに恐ろしい道具の数々の点検に余念がない。その道具のなかでも、ひときわ目だつのが巨大な鋏。ちらりと見えるだけ。刃の部分が無慈悲な絹のように光沢を帯びている。それからわたしの体はまた降ろされて水平になる。すでにシャツは脱がされている。上半身はすっかり裸だ。この部屋はうそ寒い。《おれの胸を見ろ!》わたしは女医に叫びかける。《いくら呼吸が浅いといっても、胸が上下に動いているのくらいは見えるだろう!　ああ、なんたってあんたは専門家なんだから!》

しかし女医は部屋の反対側に目をむけながら、音楽に負けじと（「おいらは首ったけ、

首ったけ、首ったけったら首ったけ」ストーンズはそう歌っている。きっとわたしは、このたわけたコーラスを地獄のホールで永遠にきかされる身になりはてるのだろう）声を張りあげる。「どっちに賭《か》ける？　トランクス？　それともブリーフ？」

渾然一体となってこみあげる恐怖と怒りを感じながら、わたしは一瞬にしてふたりの会話の意味を悟る。

「トランクス！」ピートが叫びかえす。「決まってるじゃないか！　そんなの、こいつをひと目見ればわかるさ」

《大馬鹿野郎！》そう叫びたい心境だ。《そうか、四十の大台を越えた男は全員トランクスをはいていると思いこんでるんだな。どうせ四十歳になったときには、自分だけはそんな――》

女医はわたしのバミューダショーツのボタンをはずし、ジッパーを引きさげる。時と場所さえちがえば、これほどの美女（いささかいかめしいところはあるが、美しいことは美しい）に服を脱がせてもらったりしたら天にも昇る心もちになったはずだ。ところが、きょうばかりは――

「きみの負けよ、ピートくん」女医はいう。「ブリーフだったわ。積立貯金箱に一ドル入れておいて」

「ああ、給料日にね」

いいながら、ピートが近づいてくる。女医の顔の横にピートの顔が出現。そろって強化ガラス製のアイプロテクターごしにわたしを見おろすその姿は、誘拐してきた地球人を見おろしているエイリアンの図。わたしは懸命にふたりの視線を自分の目にむけさせよう、自分を見てもらおうとする。しかしこのふたりの低能ときたら、わたしの下着に視線を貼《は》りつけているばかり。

「おやおや、おまけに赤ときた」ピートがいう。「出血セールでござぁい！」

「わたしなら、薄いピンク色と表現するわね」女医は答える。「ちょっと、この男をささえてもらえる？　体重が一トンはあるわ。心臓発作に見舞われたのも当然ね。他山の石としたほうがいいわよ」

《体調はいいんだよ！》わたしは女医に叫ぶ。《おまえなんかより、ずっと体調がいいくらいだ、この雌犬め！》

　いきなり、力強い手がわたしの腰をつかんでもちあげる。腰骨がぎくりと鳴り、その音に心臓が跳びあがりそうな思いを味わう。

「ごめんな」ピートがいい、わたしはいきなり寒気に襲われる。バミューダショーツと下着を脱がされてしまったからだ。

「父ちゃんのためなら、えんやこらっと」女医がいいながら、わたしの片足をもちあげる。「母ちゃんのためなら、えんやこら」そういって、もう一方の足をもちあげ、「最初にモカシン脱がしたら、おつぎは靴下脱がしちゃえ——」

そこまでいって、女医はいきなり手の動きをとめる。またしても、わたしの胸に希望がこみあげてくる。

「ねえ、ピート」

「なんです?」

「ふつうゴルフをするときに、バミューダショーツをはいたりモカシンを履いたりする?」

女医の背後では(といっても音源はそこしかないし、事実上音楽はわれわれの周囲すべてをとりかこんでいたのだが)、ローリング・ストーンズが〈エモーショナル・レスキュー〉を歌いはじめていた。

「おれはおまえの騎士になるぅ、輝く鎧《よろい》の騎士になるぅ」ミック・ジャガーが歌っている。ハイコア製のダイナマイトを三本まとめて痩《や》せこけたケツに突っこまれたみたいな格好で踊り狂いながら歌うミックは、なんとまあファンキーなことだろうか。

「いわせてもらえば、これじゃ自分からトラブルを呼びよせるようなものね」女医はつづける。「ゴルフには専用の靴があるんじゃない? とんでもなくどんくさいデザインで、ゴルフのためだけにつくられた靴が。底の部分に小さな突起があって——」

「まあね。でも、その手の靴の使用が法律で強制されてるわけじゃない」ピートがいう。

らす。関節がぼきぼきと鳴ると、手袋にはたきつけられたタルカムパウダーが、粉雪のようにわたしの顔に舞い落ちてくる。「いまのところはね。ボウリングシューズとはちがうんだ。ボウリングの場合には専用の靴を履かないと警察につかまるし、州刑務所にぶちこまれることだってある」

「ほんとう？」

「ああ、ほんとうだとも」

「で、体温測定や総合所見をしてみたくはない？」

《よせ！》わたしは金切り声をあげる。《よしてくれ。こいつはただのガキじゃないか。いったい、おまえはなにをしようというんだ？》

ピートは、自分もおなじことを考えていたといいたげな顔で女医を見つめる。「ええと……それは……厳密にいえば法律に反することじゃないのかな。つまり、その……」

ピートが話しているあいだ、女医のほうはおどけたしぐさで部屋を見まわしている。わたしは、不吉な波動を感じはじめる——その波動の意味するところはひとつ、わたしにとっての凶報だ。どうやらこのシスコ女医——またの名、ドクター・ケイティ・アーレン——は、翳《かげ》った青い瞳《ひとみ》のピートに熱をあげているようだ。なんという災難か——ゴルフ場で全身麻痺に襲われたと思ったら、病院を舞台にした連続ドラマ《ジェネラル・

ホスピタル》の一エピソードに投げこまれていたとは。今週のお題は〝恋の花咲く第四解剖室〟といったところ。

「あらあら」女医はかすれた声で、さもひとりごとのようにいう。「この部屋には、わたしとあなたしかいないと思うけど」

「だってテープが――」

「まだ録音をはじめてないのよ」と女医。「録音がはじまったら、わたしがうしろに付き添って、手とり足とり教えてあげる……といっても、だれでも知ってることよ。まあ、だいたいずっと付き添ってあげるけど、わたしはカルテやらスライド標本やらを早く片づけてしまいたいの。もし本気で不安だというのなら――」

《決まってるだろ！》わたしは動かぬ顔だけで、懸命にピートに叫びかける。《不安を感じろよ！　とんでもなく不安だといえ！　不安で不安でなにもできないというんだ！》

しかし、ピートはせいぜい二十四歳。ただひとつの意味しかない流儀で自分の領土に攻めこんできた威厳ある美女にむかって、こんな若者がなにをいいかえせるというのか？　《そうなんだよ、ママ。怖くてたまらないんだ》というとでも？　だいたいこの若者は、自分でもこの仕事をやりたがっている。強化ガラス製のアイプロテクターの奥に、ピートの願望がかいま見えているのだ――ストーンズの歌にあわせて飛び跳ねている、パンクロッカーの大群そっくりな願望が。

「まあ、先生がぼくをカバーしてくれるのなら――」

「もちろんよ」女医はいう。「だれだって、いつかは初体験はすませなくちゃいけないのよ。それにもし必要があったら、テープを巻きもどして録音しなおしたっていいんだし」

ピートは驚きもあらわな顔を見せる。「そんなことができるのかい？」

女医はほほえみ、わざとドイツ訛《なま》りでいう。「第四解剖室には、たくさんの驚異が隠されているのよ、わが君《マイン・ヘル》」

「そうだろうな」

ピートは笑みをかえし、わたしの凍りついた視界を横切るように手を伸ばす。もとの場所に引きもどされたその手には、黒いコードで天井から吊《つ》られているマイクロフォンが握られている。鋼鉄製の涙滴といえそうな形のマイク。マイクが目に見えたことで、この恐怖のひと幕がこれまでとはちがった意味で現実味を帯びはじめる。これなら、こいつらもわたしを切り刻むことはあるまい？　ピートはベテランではないものの、とにもかくにも医学の訓練はうけているはず。だったら、あのラフでボールをさがしているとき、わたしがなにかに嚙《か》まれた痕跡《こんせき》を見つけだすだろうし、そうなればすくなくとも疑いの念くらいは抱くはず。ああ、疑いはじめるに決まっている。

それでもわたしは、非情な絹の輝きをもつ医者たちの鋏《はさみ》や新興成金《なりきん》版の鶏肉《とりにく》用カッターから目が離せない。この男がわたしの心臓を胸郭からとりだし、凍りついたわたしの目の前に血のしたたる心臓をしばしささげもってから、おもむろに秤《はかり》に載せて重量を計測したあとでも、わたしはまだこうやって生きているのだろうか？　そんな疑問が頭を離れない。きっと生きている——そんな気がする。そう、きっと生きているはずだ、と。心臓が停止してからも、脳は最長で三分間は意識をたもっているという話ではなかったか？

「準備完了です」ピートがいう。格式ばった口調になっている。どこかでテープがまわっているからだ。

解剖手続が開始されたのだ。

「じゃ、このホットケーキを裏返してみましょうか」

女医が陽気な声でいい、わたしはじつに手ぎわよくうつぶせの姿勢にされる。右腕が宙にふりあげられて反対側に落ちていき、テーブルの側面にぶち当たる。テーブルのへりに迫《せ》りだした金属部分が、二の腕に食いこんでくる。ものすごく痛い——激痛のほんの一歩手前。しかし気にしない。それどころか、その突起部分が肌に食いこむことを祈り、肌が裂けて出血することを祈るのみだ。死体なら、ぜったいに出血などしないはずだから。

「よいしょっと」ドクター・アーレンはそういってわたしの腕をもちあげ、体の横に投げ落とす。

いまや、わたしの意識の中心を占めているのは鼻だ。鼻はテーブルに押しつぶされ、ここに来てはじめて、肺が暗いメッセージを送ってきている——肺に綿が詰まったような、不愉快な感覚があるのだ。口は閉じており、鼻は部分的に押しつぶされている（ただし、どの程度までつぶされているのかはわからない。それをいうなら、自分の呼吸さえ感じられない）。こんなふうにして窒息したらどうなる？

ついである事態が起こり、わたしの意識はすっかり鼻からそらされてしまう。巨大な物体——たとえるならガラス製の野球のバットか——が、いきなり肛門《こうもん》にねじこまれてきたのだ。こんどもわたしは悲鳴をあげようとし、今回もかぼそく苦しげな鼻声しか出せない。

「体温測定の開始」ピートはいった。「タイマーはセットずみです」

「いい考えね」女医はそういって離れていく。ピートに場所をあけわたすのだ。今回の仕事で、この男に試運転をさせるために。それもわたしを材料とした試運転を。音楽のヴォリュームがわずかに低くなる。

「今回の対象者は白人男性、年齢は四十四歳」後世の人につたえるため、ピートがマイクにむかって話している。「氏名はハワード・ランドルフ・コットレル。住所はここデリーのローレル・クレスト・レーン一五六六番地――」

すこし離れたところから、ドクター・アーレンの声がする。「メアリミードよ」

一瞬の間《ま》があって、ピートの声がまたきこえる――いささか気分を害した声だ。「ドクター・アーレンから、今回の対象者の居住地がメアリミードである旨《むね》の指摘があった。メアリミードがデリーから分離独立したのは――」

「歴史のお勉強はもう充分」

いったいこの連中は、わたしのケツになにを突っこみやがった？ 牛用の体温計かなにかか？ あとほんのすこしでも長ければ、先端の球が口にまでとどいて味がわかりそうなくらいじゃないか。おまけにこの連中ときたら、潤滑剤をつかうことにあまり熱心ではなかった……いやまあ、それも当然ではあるまいか。なにせ、わたしは死んでいるのだから。

死んでいるのだから。

「わるかったね、ドクター」ピートはそういい、しばしまごついたあげく、ようやく先ほど中断された箇所を見つけだす。「この情報は救急隊員の報告書に書かれているものだ。身元確認のための情報源は、メイン州発行の運転免許証。死亡宣告をした医師は、ええと、フランク・ジェニングズ。宣告場所は、発見現場である」

いまやわたしは、鼻からの出血を望む気持ちになっている。

《頼むよ》わたしは鼻に訴えかける。《鼻血を出してくれ。いやいや、ただの鼻血じゃない。**洪水**みたいな鼻血だ！》

しかし、鼻血は出ない。

「死因はおそらく心臓発作」ピートはいいながら、剝《む》きだしになったわたしの背中に手をあて、尻《しり》の割れ目あたりまで軽くさっと撫《な》でおろす。「脊椎《せきつい》損傷はない模様。とくに関心を引くような現象は見あたらず」

関心を引くような現象？ 関心を引くような現象だと？ このわたしをなんだと思っている？ 羽虫をあつめる誘蛾《ゆうが》灯《とう》よろしく、人の関心をあつめるべきだとでも？

ピートは両手の指先をわたしの頬にめりこませて、わたしの頭をもちあげる。わたしは必死で鼻声を出す――《すうぅぅぅぅぅ》。キース・リチャーズの絶叫めいたギターの音が鳴りわたるなかでは、どうせこの男の耳に声をとどけることは不可能だと知りつつ、それでもあわよくば鼻腔《びこう》の振動を感じとってもらえるかもしれないという、はかない望みをこめて。

ピートはまったく気づかない。わたしの頭を左右に動かしているだけだ。

「明白な頸部《けいぶ》損傷なし。死後硬直も見られない」ピートはいう。

このまま手を離してくれないものか。わたしの頭を無造作にテーブルに落としてくれないものか。それなら――わたしがほんとうに死んでいなければの話――どっと鼻血が出てくるはずだ。しかしピートは、わたしの頭を思いやりのこもったやさしい手つきでそっともどす。またしても鼻の先端が押しつぶされて、このまま窒息してしまう可能性が無視できないほど大きくなったように思えてくる。

「背中と臀部《でんぶ》には目視で確認できる負傷箇所はない。ただし右太腿の上部には古い瘢痕《はんこん》組織がある。おそらく砲弾の破片によるものと思われる。見た目はかなり醜悪」

たしかに醜悪だったし、たしかに砲弾の破片による傷の痕《あと》だ。わが戦争の終結点。迫撃砲が兵站部《へいたんぶ》を直撃してきた。ふたりが死亡し、ひとりは運に恵まれた——それがわたしだ。体の前面や性器の周辺にのこる傷痕は、もっともっと醜怪ではある。しかし、肉体の道具はすべて文句なく作動している。いや、きょうまでは順調に作動していた、というべきか。傷があとわずかでも左にそれていたら、医者たちに手動ポンプと二酸化炭素のカートリッジを装着してもらわなくては、お熱いひとときを楽しめない体になっていただろう。

ピートがやっと体温計を引き抜く。ああ、これでひと安心。壁に、体温計をかかげもつピートの影が見える。

「体温は三十六度……って、これは奇妙だな。この男は生きているも同然じゃないか、ケイティ……いや、ドクター・アーレン」

「死体がどこで発見されたかを考えてみるといいわ」ドクター・アーレンが部屋の反対

側からいう。ふたりがきいているレコードがちょうど曲間の無音部分にさしかかっており、この女医の講義口調の発言がはっきりききとれる。「ゴルフコースでしょう？　夏の午後でしょう？　計測結果が三十八度近くなっていても、わたしは驚かないけど」

「わかった、わかったよ」ピートは気分を害した口調だ。「テープでは場ちがいな会話にきこえないかな？」

　表現を変えるなら、〝テープではぼくが無知な人間にきこえないかな？〟と心配しているわけだ。

「実地授業のようにきこえるはずよ——じっさい、これは実習なんだから」

「ああ、そう。それはなにより」

　ピートのゴム手袋の指がわたしの尻を左右に押し広げ、そこから離れて、太腿の裏側をなぞっていく。いまやわたしは緊張している——緊張する力があればの話だが。《左足だ》わたしはピートに念を送る。《左足だよ、ピートちゃん。左のふくらはぎだ。見えるだろう？》

　見えるに決まっている。見えるはずだ。なぜなら、わたしもその存在がはっきり感じとれるのだから。蜂《はち》に刺されたときのように、あるいは不器用な看護師が静脈ではなく筋肉に注射針を突き立ててしまったあとのように、ずきずきと疼《うず》く痛みが感じられるのだから。

「対象者は、バミューダショーツ姿でゴルフコースに出ることがいかに危険かということの好例である」ピートはいい、気がつくとわたしは、この男が生まれながらに視力をもたない人間なのかもしれないと思いはじめている。そうとも、こいつは生まれながらに目が見えないのだ。目が見えない演技をしているのはまちがいない。「あらゆる種類の虫刺され痕がある……ツツガムシに刺された痕やひっかいた痕があり——」

「マイクは、この男がラフで発見されたといってたわよ」アーレンが離れた場所から声をかけ、それから大きな音をたてる。ファイルされた書類をあつかっているのではなく、カフェテリアの調理場で皿洗いをしているような騒ぎだ。「これは推測だけれど、ゴルフボールをさがしている最中に心臓発作を起こしたようね」

「ええと……」

「先をつづけて。これまでのところは上出来よ」

わたしにいわせれば、この発言にはすこぶる異論の余地がある。

さらに、あちこちをつつきまわされる。やさしい手つき。やさしすぎる、ともいえるかもしれない。

「左のふくらはぎに蚊に刺された痕があり、これは化膿《かのう》しているもよう」ピートがいう。

あいかわらずやさしい指づかいだが、問題の箇所にピートの指がふれたとたんに激痛が走る。蚊の鳴くような鼻声しか出せないこんなありさまでなければ、きっと悲鳴をあげていたはずだ。だしぬけに、こんな思いが浮かんでくる。ひょっとしてわたしの余命は、ふたりがきいているローリング・ストーンズのテープの長さにかかっているのではないか。とはいえこれは、いまかかっているのがテープであって、簡単に一曲めからリピートできるCDでないと仮定しての話。こいつらがわたしの体にメスを入れる前にテープがおわってくれれば……いや、ふたりのどちらかがカセットテープを裏返して再生ボタンを押しこむ前の静けさのなかで、なんとか充分な大きさの声を出すことさえできれば……。

「総合所見がおわったら、その虫刺され痕を調べてみてもいいわ」女医が口を出す。「でも、心臓発作という見立てが正しければ、その必要もないでしょうけど。それとも……わたしに調べてほしい？　なにか気になることがある？」

「いや、どう見ても蚊に刺された痕だからね」アイザック・B・シンガーの短篇に出てくる〈ばかものギンペル〉そのもののピートがいう。「街の西側には、大きな蚊が出没するんだ。刺された箇所を数えてみると……五……七……八……いやはや、左足だけで十カ所ばかりも刺されてるじゃないか」

「虫よけスプレーを忘れたのね」

「虫よけはどうだっていい。心臓用のジギタリス薬を忘れたことのほうが問題だったんだ」ピートはいう。ふたりは、ちょっとしたかけあい漫才を演じている——解剖室ならではのユーモアだ。

そして今回、ピートは自分ひとりでわたしを裏返す。ジムで鍛えた自慢のミスター筋肉マンのパワーを、嬉々《きき》として披露におよんでいるのだろう。おかげで蛇に嚙まれた痕も、その痕をカモフラージュしている蚊に刺された痕も、すべてがすっかり隠されてしまう。また蛍光灯を見あげる姿勢に逆もどり。ピートがあとじさり、視界から姿が消える。低い機械のうなりがきこえる。テーブルが傾斜しはじめる。理由は教えられなくてもわかっている。こうしておけば、わたしの体を切りひらいたときに出てくる液体が自然に下の液体受けまで流れていくからだ。検屍《けんし》解剖でなんらかの疑問がもちあがった場合、オーガスタにある州立の科学警察研究所に送るためのサンプルが大量にあつまる、という寸法である。

ピートに顔をのぞきこまれながら、わたしは意思のありったけをふるい起こして、目を閉じようとする。しかし、顔の筋肉ひとつ痙攣《けいれん》させられない。わたしの望みはただひとつ、ゴルフで十八ホールをまわりきることだけだった。それなのに、いまや胸毛を生やした白雪姫になりはてている。しかも、あの精肉業者用の肉切り鋏で腹を切り裂かれる気分がどんなものかを考えずにはいられない状態で。

ピートは片手にクリップボードをもっている。中身に目を通してから、わきにおいて、ふたたびマイクに語りかけはじめる。その口調からは、ぎこちなさがいくぶん薄れている。いましがた、その生涯でも最悪の誤診をやらかしたばかりだというのに、本人はその事実を知らず、そのためエンジンがかかりはじめたのだ。

「検屍解剖の開始時刻は――」ピートがいう。「一九九四年八月二十日、土曜日の午後五時四十九分」

ピートはわたしの唇を指で押し広げ、買おうとしている馬を値踏みする人間の目つきでわたしの歯を調べ、つぎにあごを引きさげる。

「腟内の色は良好、頬に点状出血は見あたらず」スピーカーから再生中の曲のヴォリュームが下がっていき、〝かちり〟という物音がきこえてくる。どうやら録音を一時停止させるためのペダルをピートが踏んだ物音らしい。「驚いたな。生きているといわれても不思議のない状態じゃないか！」

わたしはがむしゃらに鼻声をあげようとするが、ちょうどドクター・アーレンがなにかを落としてしまう。盛大な音からすると、おまるでも落としたのだろうか。

「本人も自分では生きてると思いこんでたりして」女医は笑いながらいった。

いよいよわたしは、このふたりが癌《がん》になればいいと思いはじめる。そうとも、手術が不可能で、苦しみが延々と長引くような癌になればいい。

ピートはすばやくわたしの肉体にそって下のほうに指先を移動させ、わたしの胸をさぐり（「挫傷《ざしよう》なし、腫脹《しゆちようぶ》部なし、およびそれ以外の心搏《しんぱく》停止の徴候はいっさいなし」ピートはそういう。いやはや、徴候がいっさいないことこそ驚きじゃないのか）、腹部の触診にかかる。

わたしの口からげっぷが飛びだす。

ピートは目を大きく見ひらき、口を半びらきにしたまま、わたしを見つめる。わたしは再度鼻声を出そうとしてみる。どうせ〈スタート・ミー・アップ〉の大音量に負けて声がとどくことはあるまいとわかっていながら、それでも一方ではげっぷと鼻声をいっしょに考えあわせたピートが、目の前の事態の真相に気がつきはじめるのではないかという期待もあって――

「離れたほうがいいわよ」雌犬の名をほしいままにするドクター・アーレンが、わたしのうしろから口をはさんで、ふくみ笑いを洩《も》らす。「気をつけてね、ピート。死後のげっぷのくさいことといったら最悪だから」

ピートは芝居がかった手つきで顔の前の空気をあおいでから、中断していた仕事を再開する。下腹部にはほとんど手をふれないが、それでも左足の裏側の傷痕がそのまま前面にまでつづいているという事実にはふれる。

《だけど、おまえはいちばん肝心な点を見おとしてるぞ》わたしは思う。《もしかすると、おまえの視線がちょっと低いせいかもしれないな。たいした問題じゃないさ、ビーチ野郎の筋肉マン。でも、いわせてもらおう――おまえは、**わたしが**まだ生きていると

いう事実を見おとしてる。ああ、それこそ最大の問題だよ》
マイクにむかって話しつづけるうちに、ピートの口調はどんどん心得たものになってくる（事実、テレビドラマの《Ｄｒ《ドクター》刑事クインシー》に出てきたジャック・クラグマンそっくりだ）。これなら、わたしの背後にいるパートナー、底抜けの楽天家という意味では医学界のポリアンナとでも称すべきあの女医も、実地試験のこの部分についてはテープを巻きもどす必要などないと考えているのだろう。たしかにこの若者の仕事ぶりは優秀だ——人生最初に切りひらくことになる肉体が、まだ生きているという事実を見おとした点をのぞけば。

　そしてついに、ピートの口からこの言葉が出てくる。「準備完了です、ドクター」とはいえ、いささかおよび腰の口調だ。

　女医が近づいてきて、ちらりとわたしを見おろし、ピートの肩をぐいっとつかむ。

「オーケイ。じゃ、いよいよ本番にかかりましょうか」

　わたしはなんとか舌を突きだそうとする。子どもがやる単純な侮蔑《ぶべつ》のしぐさだが、それでも充分目的は達成できるだろう。それに、唇の内側の深いところにちくちくと刺されるような痺《しび》れめいた感覚が兆《きざ》しはじめたような気もする。たっぷりと射《う》たれた局所麻酔薬の効き目が薄れてきたときのような感覚だ。それに、ひくひくと痙攣するような動きも感じられはしないか？　いや、ただの希望的観測で——

いや、そうだ！　まちがいない、ない、ない！　しかし、一回の痙攣がすべてだ。二度めを起こそうと努力しても、なにも起こらない。

ピートが鋏《はさみ》を手にとると、ローリング・ストーンズが〈ハング・ファイア〉を演奏しはじめる。

《わたしの鼻の前に鏡をかかげてみろ！》わたしはふたりに叫びかける。《鏡が曇るから！　せめてそのくらいはしないのか？》

しゃき、かちゃん、しゃき、がっちゃん。

ピートが鋏を手にした角度の関係で、光が刃の部分を流れ落ちていくように見える。そしてわたしは、このときはじめて――ほんとうにはじめて、この狂気の仮面舞踏会が凄惨《せいさん》きわまりない結末まで突き進むことを確信する。監督の「カット！」の声で映画が中断することもない。第十ラウンドの途中で、レフェリーが試合を中断させることもない。スポンサーからのお知らせで番組がひと休みすることもない。ピート坊やは、ここでなすすべもなく横たわるわたしの腹に鋏を突き入れ、この身を切りひらくことになるのだ――ニーマンマーカス・デパートの通信販売である〈ホーチャウ・コレクション〉のカタログの封筒よろしく。

ピートはためらいの表情で、ドクター・アーレンを見やる。

《やめろ！》わたしは咆哮《ほうこう》する。声はわが頭蓋骨《ずがいこつ》内側の暗い壁に反響はするものの、口

から外にはすこしも出ていかない。《やめてくれ、頼む、やめてくれ！》

女医はうなずく。「つづけて。なにも心配ないから」

「ええと……音楽を消したほうがよくないかな？」

《そうだ！　そうだ！　音楽を消せ！》

「気が散るの？」

《そうだよ！　こいつの気が散るんだ！　音楽のせいで頭がとことんいかれちまって、目の前の患者が死んでると思いこんじまってるくらいにな！》

「なんというか……」

「わかったわ」女医はいい、わたしの視界から姿を消す。ややあって、ようやくミックとキースがつくる音楽が消える。わたしは例のハミングめいた声を出そうとするものの、恐るべきことに気づく。もはや、あの声さえ出せなくなっているのだ。激しすぎるほどの恐怖が原因だ。恐怖のせいで、声帯が固くこわばってしまっている。肩をならべるピートと女医の顔を見あげていることしかできない。こちらを見おろしているふたりの姿は、ふたがあけられた棺《ひつぎ》をのぞきこむ、ふたりの棺の担《にな》い手といったところ。

「ありがとう」ピートはいい、深呼吸をひとつしてから鋏を手にとる。「では、これより切開をはじめる」

ピートはゆっくりと鋏を下に降ろしてくる。わたしの目は鋏を見つめ……鋏を見つめ……そしてついに鋏が視界から消える。それから永遠とも思える時が流れたのち、剝《む》きだしの上腹部にあてがわれた鋼鉄の冷ややかな感触がつたわってくる。

　ピートが、心もとなげな顔で医師を見やる。

「ほんとうに、まったく見ないでいいんだね――」

「本気で解剖をものにしたいの？」女医は、いささか怒気をはらんだ口調で応じる。

「本気だってことは知ってるはずじゃないか。でも――」

「だったら、とっとと切りなさい」

　ピートは唇をきっぱりと引き結んでうなずく。できることなら目を閉じたいが、むろんそれさえこの身にはかなわぬ相談だ。あと一秒か二秒もすれば襲ってくるはずの激痛にそなえて、精いっぱい身がまえるのがせいぜい――鋼鉄にも負けない固い覚悟で。

「切開します」ピートが前にかがみこんでくる。

「ちょっと待って！」女医が大声をあげる。

　太陽神経叢《たいようしんけいそう》からわずかに下のあたりにかかっていた圧力が、若干だが減っていく。ピートはきょろきょろ見まわし、女医を見つめる――驚きと狼狽《ろうばい》、それに肝心かなめの瞬間が延期されたことで、多少の安心も感じているのかもしれない。

　ゴム手袋をはめた女医の手が、ペニスに巻きついてくるのが感じられる。変態のきわみのようなプレイをわたしに仕掛けているみたいだ――そう、死人相手のセーフセックス。ついで女医がいう。「ピート、これを見のがしてるわよ」

ピートはかがみこみ、女医が見つけたものに視線をむける。わたしの下腹部の瘢痕《はんこん》組織。右の太腿《ふともも》のつけ根から、ほんのすこしだけ上のくぼんだ部分、なめらかで毛穴ひとつない肌にある傷痕だ。

女医はわたしのペニスを握ったまま、邪魔にならないよう横にどけている。それだけのことだ。この女医だけにかぎっていえば、ソファの上のクッションを手でもちあげて、その下に見つけた宝物——たとえば硬貨やなくした財布、あるいは前々から見つからなかった猫のおもちゃ——を人に見せているのと変わりないしぐさではある。しかし、なにかが起こりつつある……。

八百万《やおよろず》の神さま仏さま、南無《なむ》八幡大菩薩《はちまんだいぼさつ》——なにかが起こりつつある、い、い、い、い、い。

「ごらんなさい」女医はそういい、わたしの陰嚢《いんのう》の右側面に走る細い線にそって、くすぐるように軽く指先を走らせた。「ほら、ここの髪の毛のような傷痕《きずあと》を見て。このぶんだと、睾丸《こうがん》がグレープフルーツなみの大きさに腫《は》れあがったにちがいないわ」

「片玉男にならなかっただけでも幸運だな」

「あなたもせいぜい……そう、気をつけることね」女医はそういって、また例の意味深な笑い声をあげる。手袋をした指は力をゆるめ、動き、力強く握りしめてくる。偶然とはいえ、二十五ドルか三十ドルを払って男がやってもらう例のマッサージとおなじしぐさだ……いやまあ、もちろんちがう情況下でのことだが。「たぶん戦争の古傷ね。拡大鏡をとってもらえる？」

「でも、ぼくは切開を――」

「すぐおわるわ」女医は答える。「この男はどこに行く用事もないことだし」

女医は、自分の発見にすっかり夢中になっている。その手はまだわたしを握ったまま、力をこめてくる。先ほど起こりつつあるように感じられた現象は、なおも継続中のようだ。いや、勘ちがいかもしれない。勘ちがいに決まっている。もし事実なら、ピートにも見えるはずだし……女医にも手ざわりで感じとれるはず――

女医が上体をかがめ、いま見えるのはその背中と、そこに奇妙な豚の尻尾《しっぽ》のようにぶらさがっている帽子の結び紐《ひも》だけになっている。おっと……これはこれは……わたしの男性自身に女医の息がかかるのが感じられる。

「この放射状に広がっている傷をちゃんと見て」女医はいう。「これは爆発物によってできた傷よ。そう、十年以上昔のものかしら。あとで軍隊関係の記録を調べればわかるはず――」

いきなりドアがあく。ピートが驚きの叫び声をあげる。ドクター・アーレンは声こそあげないものの、反射的に手に力を込めてわたしの男性自身を握りしめる。たちまち、古典的な〝淫乱《いんらん》看護婦ファンタジー〟が現実の光景として出現する。

「そいつの体を切っちゃいけない！」だれかの叫び声。かん高くうわずって恐怖にふるえているため、すぐにはわからなかったが、ラスティの声だ。「切るんじゃない！　そいつのゴルフバッグに蛇がいて、マイクがその蛇に嚙まれたんだよ」

ふたりは目を大きくあけ、口を半びらきにしてラスティに顔をむける。女医はまだわたしのペニスを握っているものの、さしあたりこの瞬間だけは、自分の手の動きにまったく頓着《とんちゃく》していない。手術着の左胸をわしづかみにしているピート坊やも、自分の行為を意識してなどいないだろう。見たところ、ピートこそが生きるために必要な燃料ポンプが壊れてしまったようだ。

「いったい……それは……なんの話だ？」ピートがいいかける。

「マイクはたちまちぶっ倒れちまった」ラスティが答える——うわごとのように。「いずれは回復すると思う……だけど、いまは話もできない状態なんだ！　茶色い小さな蛇さ。あんな蛇は生まれてはじめて見たよ。下の搬入口の床下にもぐりこんで逃げちまったけど、そんなことはどうだっていい！　さっき運びこんできた男も、きっとあの蛇に嚙《か》まれただけだと思う……おっと、先生、いったいなにしてるんだい？　シコシコしごいて、そいつを生き返らせようとでも？」

女医は茫然《ぼうぜん》とした顔で、あたりを見まわす。最初はラスティがなんの話をしているのかもわからない顔だが……やがて、自分が八割がた勃起《ぼっき》したペニスを握りしめていることに気づく。女医が悲鳴をあげ——悲鳴と同時に、力をうしなったピートの手から肉切り鋏をひったくるなかで、わたしはまた、あの懐《なつ》かしの《ヒッチコック劇場》の番組に思いを馳《は》せる。

《かわいそうなジョゼフ・コットン》わたしはそう思う。

なぜならあの男にできたのはただひとつ、泣くことだけだったのだから。

後記

第四解剖室での恐るべき体験は、すでに一年も前のことになった。わたしの肉体はほぼ完全に回復したものの、麻痺《まひ》はしつこくのこり、また恐ろしいものでもあった。手足の指先をほんのすこし動かせるようになるにも、たっぷり一カ月もかかった。いまだにピアノは弾けないが、これは当然の話、昔から弾けたためしがない。そう、ジョーク。だからといって詫《わ》びるつもりはない。この苦難の最初の三カ月のあいだに、わたしのジョーク能力は上達したようだ——ほんのわずかな上達ではあったが、正気とある種の精神崩壊とを分かつうえできわめて重要な差異でもある。いくら説明したところで、じっさい死体解剖用の肉切り鋏を腹にあてがわれでもしないかぎり、わたしの話の勘所はわかってもらえないだろうが……。

わたしが九死に一生を得てから約二週間後、デュポン・ストリートに住むある女性が、隣家から〝とんでもない悪臭〟がただよってくるとデリー警察に電話で通報した。家の主《あるじ》はウォルター・カーという名前の独身の銀行員。警察が駆けつけると、家にはだれもいなかった——そう、人間の姿はひとつもなかった。そして地下室から、さまざまな種類の蛇が六十四以上も発見された。蛇の半数ほどは——飢えや脱水症状で——すでに死んでいたが、まだまだ元気いっぱいで……そのうえ危険きわまりない蛇もたくさん生きのこっていた。かなりの稀少種《きしょう》も混じっていた。助言をもとめられた動物学者によると、今世紀中盤に絶滅したと考えられていた種類の蛇もいたという。

八月二十二日——つまり、わたしが蛇に嚙まれてから二日後、この話が新聞で報道された翌日（ちなみに、**《全身麻痺の男、間一髪で検屍《けんし》解剖を逃れる》**というのが見出しであり、記事では〝恐怖のあまり体がカチカチになった〟という発言がわたしの談話として紹介されていた）、このウォルター・カーは勤務先のデリー・コミュニティ銀行を無断欠勤していた。

カーの地下動物園にあったたくさんの檻《おり》には、どれも蛇が閉じこめられていたが、ひとつだけ空き家になっている檻があった。檻には名札のようなものはなかったし、またわたしのゴルフバッグから飛びだした蛇はついに発見されなかった（救急隊員たちは、〝死体〟となったわたしといっしょにバッグも救急車に積みこんだばかりか、救急車用の駐車エリアでチップショットの練習にはげんでいたのだ)。わたしの血液から発見された毒素は、蛇に嚙まれた救急隊員マイク・ホッパーの血液から検出されたものとおなじだった。この毒素の成分は記録されたものの、蛇の種類は不明のままにおわった。過去一年間で、わたしはかなり大量の蛇の写真を調べてみた。その結果、人間に全身麻痺を起こさせた事例が報告されていた蛇が一種類だけ見つかった。ペルヴィアン・ブームスランという名前のこの蛇は、一九二〇年代に絶滅したと考えられている。デュポン・ストリートは、デリー町営ゴルフコースからわずか五百メートルほどの距離であり、両者のあいだには灌木《かんぼく》の茂みと空地くらいしかない。

さいごにひとつだけご報告を。ケイティ・アーレンとわたしは、一九九四年の十一月から一九九五年の二月までの約四カ月にわたって交際したが、双方の合意のもとに別れた。理由は性的不一致だった。

なにせわたしは、ケイティがゴム手袋をしてくれないことには、ぴくりとも勃起しなかったのである。

およそ作家たるもの、いつかは〝早すぎる埋葬〟テーマに挑戦するべきだと思う。というのも、これほどまでに人口に膾炙《かいしゃ》した恐怖もそうないからだ。わたしが七歳前後のころ、いちばん恐《こわ》かったテレビ番組といえば、《ヒッチコック劇場》であり、その《ヒッチコック劇場》でも格段に恐ろしいエピソードといったら——この点では友人たちと意見の一致を見ていた——それはジョゼフ・コットン演じる主人公が交通事故で瀕死《ひんし》の重傷を負う回と決まっていた。どのくらいの重傷かといえば、医者たちがまだ生きているという診断をくださないほどの重傷。医者が心臓の鼓動さえ感じられないほどだ。そしていよいよ医者たちが検屍解剖をしかけたそのとき——いいかえるなら、内面ではまだ生きており悲鳴をあげている主人公を、そのまま切りひらこうとする寸前——主人公はやっとの思いで涙をひと粒流し、おのれが生きていることを周囲の人々につたえる。これはじつに感動的な番組だったが、あいにく感動的な話はわたしの得意とする分野ではない。このテーマの作品を書こうと思いいたったとき、自分が生きていることをつたえるための、もうひとつの方法が——ここに〝モダンな〟という形容詞を追加するべきでしょうか？——ふっと頭のなかに浮かんできて、それがこの作品として実を結んだ。

さいごに蛇についての蛇足を。ペルヴィアン・ブームスランという蛇がはたして実在するのか、わたしはかなり疑いをもっている。しかしミス・マープルものの作品のひとつで、かのデイム・アガサ・クリスティーがアフリカン・ブームスランという蛇を登場させていることも事実。そしてわたしはこの単語がことのほか気にいり（いや、アフリカンではなくブームスランのほうだ）、自作でつかわずにはいられなかったのである。

黒いスーツの男

The Man in the Black Suit

池田真紀子訳

わたしもすっかり歳《とし》を取った。これはわたしがまだとても幼かったころ——たった九歳のとき——に起きた出来事だ。あれは一九一四年、兄のダンが西の野原で死んだ翌年の夏、アメリカが第一次世界大戦に参戦する三年前のことだった。あの日、川が二股《ふたまた》に分かれる場所で何があったか、これまでずっと誰にも話さずにきた。この先も話すことはないだろう……少なくとも、この口から話すことはない。だが、口で話す代わりに、この帳面に文字でしたためて、ベッド脇《わき》のテーブルに置いておこうと決めた。いまのわたしには、長い時間、書き続けることはできない。指はひどく震えるし、体力はないに等しいからだ。だが、そう長い時間はかからないだろう。

いつの日か、誰かがわたしの書いたものを読むことになるかもしれない。いや、きっと読むことになるだろう。持ち主が死んだあと、表紙に〝日記〟という文字の並んだ本が残されていたら、なかをのぞいてみたくなるのは人間としてごく自然な衝動だからだ。だから——そう、わたしの言葉はかならずや誰かの目に触れることになるにちがいない。それよりも大きな問題は、その誰かが果たしてわたしの話を信じるかどうかだ。おそらく信じないだろう。しかし、それでもかまわない。わたしの望みは誰かに信じてもらうことではなく、解放されることだからだ。書けば自由になれる――経験からそう学んだ。この二十年ほど、『キャッスルロック・コール』に〝遠い昔、遠いどこかで〟というタイトルのコラムを連載してきた。だから知っている。書く行為はときに解放をもたらすということを。紙の上に書いたとたん、言葉が永遠に書き手のもとを離れる場合があるということを。ちょうど日なたに置きっぱなしにされた古びた写真の色が抜け、やがてまっさらな白い紙に戻るように。

そういう自由が訪れることを祈っている。

九十歳を越えた老人は、子ども時代の恐怖の記憶など、とうに忘れているものだろう。しかし、まるでもろい砂の城にじりじりと迫る波のように老いの衰えがわたしの体をゆっくりと蝕《むしば》むにつれて、あの恐ろしい顔は、わたしの心のなかでしだいにはっきりと像を結んでいく。それは子ども時代というまばゆい星空にぽつりと浮かぶ暗い星のごとく、燃えるような光を放っている。昨日わたしがしたはずのこと、この老人ホームの個室で面会したはずの人物、わたしが彼らに話したはずの言葉、彼らがわたしに言ったはずのこと……それらは忘却の彼方《かなた》へと呑《の》みこまれる。ところが、あの黒いスーツの男の顔はひたすら明瞭《めいりょう》になり、ひたすら大きく迫ってくる。しかも、わたしはあの男の言葉を一つ残らず覚えている。あの男のことを思い出したくはないが、思い出さずにはいられない。ときには、この老いぼれた心臓の鼓動が強く速くなり、いまにも胸を破って飛び出していくのではないかと不安に駆られる夜もある。だからこうして万年筆のキャップを取り、小刻みに震える老いた指に過酷な試練を与えて、孫の一人——あの子の名前は何と言ったかとっさに思い出せない、確かSで始まる名前だった——が去年のクリスマスに贈ってくれた日記帳に、このつかみどころのない昔話を記そうと思う。日記帳はまだ一度も使っていなかった。しかしいまから初めて使うことになる。これから書くのは、一九一四年の夏のある午後、キャッスル川の岸辺で、黒いスーツの男に遭遇したときの話だ。

当時、モットンの町はいまとはまったくちがっていた——言葉では説明しきれない、まったくの別世界だった。低くうなりながら頭上を横切っていく飛行機のない世界、車やトラックなどめったに見かけることのない世界、空が送電線で細長く仕切られていない世界だった。

町中を歩いても舗装された道は一つとしてなく、メインストリートに並ぶのは、コルソン雑貨店とサット衣料金物店、学校、町役場、それにこの老人ホームから半マイルほど先にある、わたしの母がいつも変わらず軽蔑《けいべつ》をこめて〝酒場〟と呼んでいたハリーのレストランだけだった。

しかし、何よりも大きなちがいは、町の人々の暮らしぶり——外の世界といかに隔絶されていたかだろう。二十世紀の後半に生まれた人々がわたしのような老いぼれに礼儀正しく接する理由はそこにあると断言することはできないが、まあ、世間はそう言うかもしれない。一つ例を挙げれば、当時、メイン州の西半分には電話というものがなかった。最初の電話が引かれたのはそれから五年後で、我が家に電話がやってきたのはわたしが十九歳のとき、オロノのメイン大学に通い始めてからのことだった。

だが、それは氷山のほんの一角にすぎない。カスコーよりこっちに医者は一人もいなかったし、町と呼べる一角に並ぶ民家はせいぜい一ダースかそこらだった。〝ご近所〟という概念は存在せず（そもそもわたしたちがそんな言葉を知っていたかどうかさえ怪しいものだ。教会の集まりや納屋《なや》でのダンスパーティを指して、〝近所づきあいをする〟という動詞は使われていたが）、空き地は珍しいどころか、何もない野原のほうが多かった。町を離れると、農家がぽつりぽつりと建っているだけで、住人たちは十二月から三月の半ばまで、家庭と呼ばれる、ストーブのぬくもりの届くポケットのように小さな空間で背中を丸めて過ごした。背中を丸め、煙突のなかで渦巻く風の音に耳を澄ましながら、家族の誰も病気になったり脚を折ったりしませんようにと祈り、三年前の冬に妻と子どもをめった切りにして殺害し、法廷に引き出されると、亡霊に命じられてやったと言い張ったあのキャッスルロックの農夫みたいにおかしな考えで頭がいっぱいになったりせずにすみますようにと願った。大戦前のその時代、モットンの町の大部分は、森や沼——ヘラジカと蚊とヘビと秘密だけが住む、暗く奥深い土地だった。あの時代には、そこらじゅうに亡霊がさまよっていた。

これから記す出来事が起きたのは、ある土曜日のことだった。父から雑用を山ほど言いつけられていた。もし兄がまだ生きていたら、ダンの受け持ちだったはずの仕事も含まれていた。ダンはわたしのたった一人の兄で、ハチに刺されて死んだ。兄の死から一年が過ぎていたが、母はまだそのことを認めようとしなかった。死因はほかにある、ほかにあるとしか考えられない、ハチに刺されて死ぬ人などいないのだからと言い張っていた。その前の冬の教会主催の夕食会で、メソジスト教会婦人会の最古参、ママ・スウィートが、仲のよかった叔父も七三年に同じ事故で死んだと話し始めると、母は両手でぴしゃりと耳をふさぎ、そのまま席を立って教会の地階の会場を飛び出した。それ以来、母は二度と教会に行かなかった。父が何を言おうと母の決意は固かった。もう教会に用はないと宣言し、万が一またヘレン・ロビショー（ママ・スウィートの本当の名前だ）の顔を見ることがあったら、思い切り頬をひっぱたいてやるんだからと言っていた。そうせずにはどうにもおさまりそうにないと。

その日、父から言いつかっていた雑用は、かまど用の薪《まき》を台所に運ぶこと、豆とキュウリの畑の雑草取り、納屋の二階の干し草をフォークで投げ下ろすこと、地下室の階段の開き戸の古いペンキをできるだけこそげ落とすことだった。それが終わったら、釣りに出かけてもいいと言われていた――一人きりでも行く気があるのならの話だが。父は牛の売買の話をしにビル・エヴァーシャムのところに行かなければならなかった。わたしは、一人でも行くと答えた。すると父は、おまえならそう言うと思ったよというように微笑《ほほえ》んだ。その前の週、父から竹の釣り竿《ざお》をもらったばかりで――誕生日でも何でもなかったが、父はたまに息子に小さな贈り物をするのが好きだった――わたしはキャッスル川で新しい釣り竿を試してみたくてうずうずしていた。キャッスル川は、それまでにわたしが釣りをしたなかで、群を抜いてマスの豊富な川だった。

「いいか、あまり森の奥深くに入るんじゃないぞ」父は言った。「川が二股に分かれているところまでだ」

「はい、お父さん」

「約束するね？」

「はい、お父さん」

「よし、お母さんにも約束しなさい」

わたしたちは家の裏の階段に立っていた。父に呼び止められたとき、わたしは水差しを持って肉の貯蔵小屋へ行こうとしていた。父はわたしの肩に手を置き、母のほうを向かせた。母は大理石のカウンターの前に立っていて、流しの上の両開きの窓から朝のまばゆい陽射《ひざ》しがさんさんと降り注いで母を包みこんでいた。額の脇に一筋の巻き毛が垂れ、眉《まゆ》にかかっていた——わたしがあの日のことをどれだけ鮮明に覚えているか、これでわかるだろう？　きらめく陽光が巻き毛を金色に輝かせていて、わたしは駆け寄って母を抱き締めたい衝動に駆られた。その瞬間、わたしの目に母は一人の女として映っていた。ちょうど父の目に母がそう映っていたように。母は小さな赤いバラの模様のホームドレスを着て、パン種をこねていた。母の足もとでは、黒い小型のスコッチテリアのキャンディ・ビルが耳をぴんと立てて一心に上を見つめ、何か落ちてきやしないかと待っていた。母はわたしを見つめていた。

「約束します」わたしは言った。

母は口もとをゆるめた。しかし、それは心配そうな笑みだった。西の野原から父がダンを抱えて帰ってきたあの日以来、母の微笑みは、いつもそういうふうに不安げだったように思う。あの日、西の野原から帰ったとき、父は泣いていた。上半身は裸だった。シャツを脱ぎ、腫《は》れ上がって色の変わったダンの顔にかけていたからだ。ダンが！　父はそう叫んでいた。ああ、どうしたらいい？　ああ、くそ、どうしたらいいんだ？　まるで昨日のことのようにはっきりと思い出せる。父が救世主《ジーザス》の名を口にして悪態をついたのは、あとにも先にもあの一度だけだった。

「何を約束するのかしら、ゲイリー？」母が訊《き》いた。

「川が二股になってる先には行かないと約束します」

「い、い、ところよりね」

「ところより」

母は黙って優しい目をわたしに向けた。両手はあいかわらずパン種をこねていた。パン種の表面は、絹のようになめらかになっていた。

「川が二股になっているところより先には行きません」

「よくできました、ゲイリー」母は言った。「覚えておきなさい。正しい文法は学校の授業のためにあるものではないのよ」

「はい、母さん」


雑用を片づける間、キャンディ・ビルはわたしのあとをついて回っていた。昼食をかきこんでいるときは足の間に座って、パン種をこねる母を見上げていたときと同じ集中力を発揮してわたしを見つめていた。しかしわたしが新しい竹の釣り竿とささくれだらけの古い魚籠《びく》を持ち、前庭を横切って釣りに出かけようとすると、犬は土埃《つちぼこり》が舞い上がるなか防雪柵《さく》の傍らに立ち止まってわたしを見送った。わたしは名前を呼んだが、キャンディ・ビルは来ようとしなかった。一度か二度、わたしを呼び戻そうとするようにけたたましく吠《ほ》えたものの、それだけだった。

「いいさ。じゃあ、おまえは留守番してろよ」わたしはがっかりしてなどいないふりを装《よそお》った。本心を言えば、少々落胆していた。わたしが釣りに行くとき、キャンディ・ビルはいつもかならず一緒に来ていた。

母が戸口に出てきて、左手を目の上にかざして陽射しをさえぎると、わたしのほうを見つめた。いまもあの母の姿が目に浮かぶ。そうやって母を思い出すのは、のちに不幸な人生を送った人、あるいは急死した人の写真をながめるのに似ている。「お父さんの言いつけを守るのよ、ゲイリー！」

「はい、母さん」

母は手を振った。わたしも手を振った。それから母に背を向けると、歩きだした。

家から四分の一マイルほど歩くまでは、陽射しが首のうしろをじりじりと熱く焼いていた。しかし森のなかに入ったとたん、道は深い影に包まれ、さわやかな空気がモミの葉の香りを漂わせ、密に茂った針葉樹の枝を渡る風の音がさざめいていた。わたしはその時代の少年らしく釣り竿を肩にかつぎ、もう片手には魚籠を旅行鞄《かばん》かセールスマンのサンプルケースのようにぶら下げて歩いた。二本の轍《わだち》が刻まれているだけの、真ん中に雑草に覆《おお》われたうねが盛り上がった、道とも呼べぬ道をたどって木立のなかを二マイルほど歩いたころ、キャッスル川のにぎやかな早口のゴシップの声が聞こえてきた。マスの明るく輝く斑点《はんてん》の散った背中と真っ白な腹が思い浮かんで、わたしの胸は高鳴った。

川には小さな木の橋がかかっていて、両岸の土手は急勾配《きゅうこうばい》で藪《やぶ》だらけだった。わたしはつかめるものを手当たりしだいにつかみ、かかとを地面に食いこませるようにしながら、慎重に足もとを確かめつつ河原に下りた。夏を抜け出して春に逆戻りした、そんな心地だった。川面《かわも》からはひんやりとした空気が穏やかに立ち上り、あたりには苔《こけ》のような青い香りが満ちていた。川辺に近づき、つかのまそこに立って、苔のような香りを胸いっぱいに吸いこみながら、円を描いて飛ぶトンボや水面をすべるように走るミズスマシを目で追った。そのとき、少し下流で、マス──体長十四インチはあろうかという大きなカワマスがチョウを狙《ねら》って跳ねるのが見えて、景色を鑑賞に来たのではないことを思い出した。

流れる水を追いかけるように岸に沿って歩き、上流にまだ橋が見えている場所で初めて釣り糸を水面に垂らした。何かが釣り竿の先端を幾度かしならせ、餌《えさ》の虫の半分を食ったが、抜け目のないやつで九歳の子どもの手ではつかまえられず──いや、釣り上げられるようなうかつな真似《まね》をするほどには腹が減っていなかっただけのことかもしれない──わたしはさらに下流へと移動した。

キャッスル川が二股に分かれる地点──支流の一つは南西に向けてキャッスルロックへと流れ、もう一つは南東のカシュワカマックの町に流れている──に来るまでの間に、

二、三の場所で足を止めて釣り糸を垂れた。そのうちの一か所では、いまに至るまでわたしが釣ったなかで最大のマスが釣れた。魚籠に入れて持っていた小さな定規で測ると、口から尾の先まで十九インチもあった。時代を考えても、怪物のような大きさのカワマスだった。
あれを釣った時点で、一日の収穫としては上出来だと納得し、家に帰っていたら、いまこれを書いてはいなかっただろう（しかも、どうやらこの話は思っていたよりも長くなりそうだ）。家に帰るかわり、父に教えられたとおりに獲物の始末をし——はらわたを抜き、魚籠の底に敷いた乾いた草の上に横たえ、その上にさらに湿った草をかぶせた——また場所を変えた。九歳のわたしは、体長十九インチのカワマスを釣り上げたことをとくにめざましい手柄とは考えなかった。とはいっても、腕がないばかりでなく網さえ使わずに、糸の先でぱたぱたと尾を翻《ひるがえ》らせる魚を無様な弧を描いてぐいと引き寄せたとき、よく釣り糸がちぎれなかったものだと驚いたことを覚えている。

十分後、その当時は川が分岐していた地点へ来た（いまでは景色はとうに様変わりして、かつてキャッスル川が流れていたところにはメゾネット式の住宅が建ち並び、小学校もできて、もしまだ川があるとしても、水は地下を流れている）。二つに分かれた川は、我が家の屋外便所ほどもあろうかという灰色の巨岩をはさんで流れていた。その手前に日当たりのよい、草と柔らかな土に覆われた平らな一画があり、そこに立つと、父とわたしが南の支流と呼んでいた川が見晴らせた。平らな地面に腰を下ろして釣り糸を垂れると、ほどなく見事なニジマスが釣れた。そいつはその前に釣ったカワマスほどの大物ではなかったが——せいぜい一フィートほどだった——なかなかの獲物であることにはちがいなかった。えらの収縮が止まる前にはらわたを抜き、魚籠にしまって、また釣り糸を川面に垂れた。

今度はすぐには魚はかからず、わたしはあおむけに寝転がって、川の流れに沿って伸びる青い地平線をながめた。雲は西から東へゆっくりと流れていた。雲の形からいろんなものを連想した。一角獣が見え、雄鶏《おんどり》が見え、やがてどこかキャンディ・ビルに似た犬の姿が見えた。そして次の形を探している間に、わたしはうつらうつらし始めた。

ぐっすりと眠りこんでいたのかもしれない。確かなことはわからない。わかっているのは、釣り糸が強く引かれて竹の竿をあやうく持っていかれそうになり、午後の陽射しのなか、はっと目を覚ましたことだけだ。そして起き上がって竿を握り直したとき、ふと気がついた。鼻の先に何かが止まっている。両目を寄せて見ると、それはハチだった。心臓が鼓動をやめたように感じた。その恐ろしい一瞬、わたしは小便をちびりそうになった。

またしても釣り糸が引かれた。さっきよりも強い力だった。竿が流れに引きこまれてさらわれてしまわないよう、竿の端をしっかりと握ってはいたものの（そのときのわたしは意外にも冷静で、人差し指の先で釣り糸をしっかり押さえてさえいた）、獲物を釣り上げることはしなかった。恐怖に満たされたわたしの意識のすべては、わたしの鼻の頭を休憩所代わりにしている、でっぷりと太った黒と黄色の物体に向けられていた。

下唇をそろそろと突き出し、上に向けて息を吐き出した。ハチはわずかに身動きをしたが、飛び立とうとはしなかった。わたしはまた息を吐き、ハチはまた身動きをし……しかしそのときはいらだったそぶりが見えたような気がして、それきり息を吹きかける勇気は出なかった。癇癪《かんしゃく》を起こして一刺しされたらと恐ろしかった。距離が近すぎて焦点が合わず、ハチがいったいそこで何をしているのかはわからなかったが、毒針の先をわたしの鼻の穴の一方に突き立てて、わたしの目に、わたしの脳味噌《のうみそ》に、毒の液を噴射しているところを想像するのはたやすかった。

恐ろしい考えが浮かんだ――このハチは、まさに兄を殺した一匹であるにちがいないという考えが。そんなはずはないことはわかっていた。ミツバチはおそらく一年を越えては生きないだろうというだけではない（女王バチだけはおそらく例外だろう。女王バチの寿命までは知らなかったが）。同じ一匹ではありえないのは、ハチは刺したら死ぬからだ。九歳の子どもでもそのことは知っていた。ハチの針は逆《さか》とげになっていて、刺したあと飛び立とうとすれば体がちぎれる。それでも、その考えを振り払うことはできなかった。このハチは特別なのだ、悪魔のハチなのだ。アルビオンとロレッタの二人の息子のうち残った一人を片づけるために、この世に戻ってきたのだ。

とはいうものの、わたしはそれ以前にも何度かハチに刺された経験があった。たぶん、ふつうの人より大きく腫れはしたが（はっきりとは言えないが）、それが原因で命を落とすことはなかった。死んだのは兄一人だった。生まれたときから兄のために用意されていた恐ろしい罠《わな》、なぜかわたしは免れた罠。しかし目頭が痛くなるほど両目を寄せてハチに焦点を合わせようとしていたそのとき、道理は存在しなかった。存在しているのは、そのハチだけ、兄を殺したハチだけだった。父にオーバーオールの肩紐《かたひも》を下ろさせ、シャツを脱がせて、ダンのどす黒く腫れ上がった顔を覆わせたハチ。悲嘆の底にあっても、父は兄の顔を覆い隠した。初子の変わり果てた姿を妻に見せたくなかったからだ。いま、そのハチが戻ってきて、今度はわたしの命を奪おうとしている。ハチはわたしを殺し、わたしは土手の上をのたうち回って死ぬのだ。口から釣り針を外されたカワマスがぱたぱたと身をよじるように、手足をばたつかせて。

そうやってパニックの瀬戸際《せとぎわ》で――そのときのわたしは、いまにも跳ね起きてやみくもに駆けだしそうだった――身を震わせていると、背後でふいに大きな音が轟《とどろ》いた。それはピストルの発射音のように鋭く有無を言わせぬ響きを持っていたが、ピストルの音でないことはすぐにわかった。それは手を打ち合わせる音だった。誰かがたった一度だけ手を叩《たた》いた音。その音が聞こえた瞬間、ハチはわたしの鼻の頭からぽろりと落ち、わたしの膝《ひざ》に転がった。そこで脚を宙に突き出したまま、ぴくりとも動かなくなった。茶色のコール天地に垂れた毒針は、無害な黒い棘《とげ》でしかなかった。ハチが完全に死んでいることは一目瞭然《りょうぜん》だった。そして同じ瞬間、釣り竿がまたぐいと引かれて――それまででもっとも強い力だった――わたしの手からさらわれそうになった。

わたしは両手で竿をつかむと、力任せにぐいと引いた。もし父がそこにいてその様子を見ていたら、両手で頭を抱えていただろう。すでに魚籠に入っているものと比べても相当に大きなニジマスが濡《ぬ》れた肌を輝かせ、身をよじらせながら川面に跳ね上がった。細糸を集めたような尾の先から小さな水滴がぱっと散った。その光景は、四〇年代や五〇年代の『トゥルー』とか『マンズ・アドヴェンチャー』とかといった男性誌の表紙によく使われていた、現実離れして美しい魚釣りの写真のようだった。しかし、そのときのわたしには、せっかくの大物を釣り上げようという気持ちのゆとりはなく、ふいに釣り糸が切れて魚がまた流れに落ちたことにも気づかなかった。わたしは誰が手を叩いたのかと肩越しに振り返った。すると森のはずれに男が一人いて、こちらを見下ろしていた。男の顔はやけに長く、青白かった。黒い髪はぺたりとなでつけられ、尖《とが》った頭の左側に几帳面《きちょうめん》な分け目が見えた。背はとても高く、黒いスリーピースのスーツを着ている。人間でないことはすぐにわかった。男の目は、薪《まき》ストーブの炎と同じ橙《だいだい》がかった赤い色をしていたからだ。虹彩《こうさい》の話ではない。男の目には、そもそも虹彩がなかった。瞳孔《どうこう》もなかった。むろん、白目もなかった。男の目の全体が橙色をしていた。揺らめき、ちらつく橙色。どういうことか、いまさら言うまでもないだろう。男の内側は燃えていた。そして男の目は、たいがいのストーブの扉についている、雲母のようにまだらに濁った小さなのぞき穴だった。

わたしの膀胱《ぼうこう》がゆるんだ。死んだハチが転がった、あせて白っぽくなった茶色のコール天地が濃い茶色に変わった。だが、わたしはそのことにほとんど気づいてさえいなかった。土手のてっぺんに立ってわたしを見下ろしている男、仕立ての良い黒いスーツとぴかぴかの細身の革靴という出《い》で立ちでメイン州西部の長さ三十マイルの道なき森を歩いてきた男から、目をそらせずにいた。チョッキに垂れた懐中時計の鎖が夏の陽射しをまぶしく跳ね返していた。男の服には、松葉一本ついていなかった。そして男は笑顔でわたしを見つめていた。

「これはこれは、釣り少年だ！」男は耳当たりの柔らかな声で叫んだ。「釣り少年ときたぞ！　いいところで会った。なあ、そう思うだろう、釣り少年？」

「こんにちは」わたしは言った。その声は震えてはいなかったが、自分のものとは思えなかった。そう、幼い子どもの声ではなかった。たとえばダンの声のように聞こえた。いいや、それどころか、父の声にすら似ていた。わたしの頭にあったのは、男の正体に気づいていないふりをしていれば——本当なら目があるはずの場所で炎が赤々と燃え、揺らめいていることに気づいていないふりをしていれば、見逃してもらえるかもしれないということだけだった。

「わたしのおかげで、ハチにちくりとやられずにすんだようだな」男は言った。そしてあろうことか土手を下りると、膝に死んだハチをのせて、力の入らない両手で竹の釣り竿《ざお》を握ったわたしのところへと近づいてきた。滑り止めのない紳士靴の底は、急勾配の土手を覆う丈の低い雑草の上ではきっとすべるはずなのに、すべらなかった。足跡さえ残らなかった。男の足が触れた場所——触れたように見えた場所には、折れた小枝一つ、潰《つぶ》れた枯れ葉一枚、靴の形に踏みしだかれた草一本、残らなかった。

男がすぐそばに来る前から、スーツの下の皮膚が発する匂《にお》いが鼻をついた。燃え尽きたマッチの匂い、硫黄《いおう》の匂い。黒いスーツの男は、悪魔だった。悪魔がモットンとカシュワカマックの間に広がる深い森から歩み出て、そこに、わたしのすぐ傍らに立っていた。視界の端に、商店のウィンドウのマネキンを思わせる青白い手が映った。指は忌《い》まわしいほど長かった。

男はわたしの隣にしゃがんだ。膝頭はごくふつうの人間の膝のように丸く突き出ていたが、膝の間にだらりと垂れた長い指の先についているのは、人間の爪《つめ》ではなく、黄色い長い鉤爪《かぎづめ》だった。

「質問の答えがまだだな、釣り少年」男は柔らかな声で言った。いま思い返すと、それはあれから何年ものち、ラジオのビッグバンドの音楽番組の合間に老人用強壮薬のジェリトルや通じ薬のセルタン、栄養剤のオヴァルティンやドクター・グラボーのパイプの宣伝をしていたアナウンサーたちの声に似ていた。「なあ、いいところで会ったと思うだろう？」

「お願いです、何もしないでください」わたしはささやくように言った。自分でも聞き取れないようなかぼそい声だった。言葉では書き表せないほど怯《おび》えていた。あの恐怖は二度と思い出したくない……が、いまもはっきりと覚えている。忘れられない。あのときは、夢であってくれと願うことすら思いつかなかった。あれほど幼くなかったら、おそらくそう願っていたことだろう。しかし、わたしは幼かった。たった九歳だった。真実がすぐ隣にしゃがみこんでいれば、そうとわかった。父ならば、〝タカかサギかの見分けくらいはつく〟とでも言うところだろう。あの真夏の土曜日の昼下がりに森から現れた男は、悪魔だった。そして目の形をした二つのうつろな穴の奥では、炎がめらめらと燃えていた。

「おや、何か匂いがする」わたしの言葉が耳に入らなかったかのように、男は言った……が、わたしにはわかっていた。男には聞こえていた。「匂いがするぞ……湿った匂いだ」

男は花の香りを嗅《か》ごうとするように、鼻から先にわたしのほうに身を乗り出した。そのとき、わたしは恐ろしいことに気がついた。男の頭の影が土手を横切ると、その影の落ちたところの草が黄色く枯れたのだ。男は頭を下げてわたしのズボンの匂いを嗅いだ。そしてぎらぎらと輝く目をなかば閉じた。まるで胸いっぱいに吸いこんだ芳《かぐわ》しい香りを、心ゆくまで楽しもうとしているかのように。

「いやはや、まいったね!」男は叫んだ。「こいつはたまらんぞ!」それから歌を歌うように続けた。「オパール! ダイヤモンド! サファイア! 翡翠《ひすい》! ゲイリーのレモネードの匂いがするぞ!」それからせまい平らな地面にあおむけに転がると、けたたましく笑った。それは狂った人間の笑い声だった。

逃げ出したかった。しかしわたしの脚は、脳味噌とは二つほど離れた国にあるように思えた。それでも泣いてはいなかった。赤ん坊のようにズボンを濡らしはしたものの、泣いてはいなかった。涙も出ないほど怯えていた。自分は死ぬのだと、ふいに確信した。しかも、苦しみ悶《もだ》えながら死ぬのだと。だが、それ以上に怖かったのは、死よりも恐ろしいことが待っているかもしれないことだった。

何より恐ろしいことは、そのあとに起きるかもしれない。死んだあとになって。

男が唐突に起き上がった。燃えたマッチの匂いがスーツの生地からふっと漂い、喉《のど》もとに吐き気がこみあげた。男は白く細長い顔をこちらに向けると、燃える目でわたしを見つめた。しかつめらしい様子だったが、どこか笑っているような気配もあった。男は絶えず笑っているような表情を浮かべていた。

「悲しいニュースだ、釣り少年」男は言った。「きみに悲しいニュースを伝えに来た」

ただ黙って男を見返すことしかできなかった——黒いスーツを、上等な黒い靴を、そしてただの爪ではなく鉤爪のついた長く白い指を。

「きみの母さんが死んだ」

「嘘《うそ》だ！」わたしは叫んだ。パンを作っている母の姿が脳裏に浮かんだ。額に垂れ、眉《まゆ》に届こうとしている一筋の巻き毛。強い朝の陽射《ひざ》しのなか、台所に立つ母。またしても恐怖の波に呑《の》みこまれた……しかし、このときは、自分に迫る危険を感じてではなく。それから、釣り竿をかついで出かけるわたしを見送っていた母の表情を思い出した。台所の戸口に立ち、目の上に片手をかざす母。あのときの母は、もう一度会えると信じていたのに、それきり会えなかった人の写真のように見えた。「嘘だ、嘘に決まってる！」わたしは絶叫した。

すると男はかすかに口もとをゆるめた——身に覚えのないことでたえず責められてきた人間の、あきらめたような悲しげな笑み。「残念ながら嘘ではないよ。兄さんのときと同じことが起きたんだ、ゲイリー。ハチに刺されたんだよ」

「嘘だ、そんなはずないよ」わたしは言った。今度こそ泣いていた。「母さんは年をとってる。三十五歳なんだ。もしダニーみたいにハチに刺されて死んだりするなら、きっとと っくに死んでるはずだよ。だからあんたは大嘘つきだ！」

わたしは悪魔を大嘘つきと呼んだ。意識のどこかで、そのことに気づいていた。しかしわたしの心は、悪魔の言ったことにすっかり占領されていた。母が死んだ？ ついこの間までロッキー山脈があった場所に新しい海が見つかったと言われたようなものだった。それでも、わたしは悪魔を信じた。意識のどこかで、わたしは悪魔の言葉を百パーセント信じていた。ちょうど、どんな人でも、意識のどこかで、想像の及ぶかぎり最悪の事態をいつも信じているように。

「気持ちは察するよ、釣り少年君。しかし残念ながら、わたしが嘘つきだという点については、筋の通らない論理だな」男の声には不愉快な、神経を逆なでするような偽りの慰めがあふれていた。そこにはいっさいの慈悲や同情はなかった。「世の中には、マネツグミを一度も見ることなく死んでいく人間もいる。しかしだ、だからマネツグミは存在しないのだという理屈が通るかね？ きみの母さんは――」

わたしたちの足もとで魚が跳ねた。黒いスーツの男は顔をしかめ、指を立てて魚を指した。するとマスは空中でぴくりと震えた。それから、一瞬、自分の尾に食らいつこうとしているかのように鋭角に体を折った。次にキャッスル川にふたたび落ちたとき、マスは力なく水面に浮いた。死んでいた。そして川が二つに分かれるところの灰色の巨岩にぶつかり、そこにできた渦に巻きこまれて二度くるりと回ったあと、キャッスルロックのほうへと流れていった。その間に、恐ろしい見知らぬ男は燃える目をまたわたしに向けていた。引き伸ばされた薄い唇の間から尖った小さな歯をむき出して、いまにも人を食いそうな笑みを浮かべていた。

「きみの母さんはこれまで一度もハチに刺されなかったというだけのことさ」男は言った。「しかしついに――そう、ほんの一時間ほど前に――オーブンからパンを取り出してカウンターで冷まそうとしているところへ、台所の窓からハチが一匹入ってきた」

「やめて、そんな話は聞きたくない。聞かないよ！　聞かないからね！」

わたしは両手で耳をぴしゃりとふさいだ。男は口笛を吹くように唇を尖らせると、わたしにそっと息を吹きかけた。わずかな空気が流れてきただけだったが、信じがたいほどひどい臭《にお》いがした――詰まった下水、一度も石灰をまいたことのない屋外便所、洪水のあとの鶏の死体。

両手が勝手に耳から離れた。

「いいぞ」男は言った。「ぜひとも聞かなければならないんだからね、ゲイリー。聞かなければならないんだよ、釣り少年君。きみの兄さんのダンに、命に関わる弱点が遺伝したのは母さんからなんだ。きみにも同じ弱点がある。しかしきみの場合は、父さんから免疫《めんえき》を受け継いだ。どうしたことか、兄さんには受け継がれなかったようだがね」男はまた唇を尖らせた。ただし今度は、胸の悪くなるような臭いのする息を吹きかけるかわりに、不愉快なほど滑稽《こっけい》なちゅっちゅっという音を立てた。「というわけで、死んだ人間のことを悪く言うのは気が進まんが、今回のことは自業自得《じごうじとく》といったところじゃないかね？　何と言っても、きみの母さんは兄さんのダンを殺したわけなんだから。兄さんの頭に銃口を突きつけて、引き金を引いたようなものだよ」

「嘘だ」わたしの声はかすれていた。「嘘だ。あんたは嘘をついてる」

「いやいや、本当の話さ。ハチは窓から入ってきて、母さんの首に止まった。母さんはとっさに平手でハチを叩いた——さっき、きみはそこまで愚かなことはしなかった。そうだな、ゲイリー？　叩かれたハチは、母さんを刺した。母さんはたちまち息が苦しくなった。ハチの毒にアレルギーを持っていると、そうなるんだよ。喉がふさがって、窒息する。ダンの顔があんなに腫《は》れて紫色になっていたのは、そのせいだ。きみの父さんが兄さんの顔をシャツで覆《おお》ったのは、そのせいだ」

わたしは男を見つめた。言葉を失っていた。涙が頬を伝い落ちた。男の話を信じたくなかったし、悪魔は偽りの祖であると日曜学校で教えられていた。それでもなお、わたしは男の話を信じた。母がふくれ上がった喉を両手で押さえて床に膝をつき、キャンディ・ビルが甲高い声で吠《ほ》えながら跳ね回る場面を、この男は我が家の前庭に立って台所の窓から見ていたにちがいないと信じた。

「母さんは聞いたこともないようなすばらしい悲鳴をあげたよ」黒いスーツの男は思い出にひたるように続けた。「言いにくいことだがね、悲鳴をあげながら顔をめちゃくちゃに引っ掻《か》いた。両目はカエルの目みたいに飛び出していた。そして、情けない声で泣いた」男はいったん言葉を切ってから付け加えた。「母さんは泣きながら死んだよ。ああ、美しい話じゃないかね？　いや、何より美しいのはこの先だな。母さんが息絶えたあと……母さんが床に横たわって、こんろのかちかちという音以外いっさいの物音が聞こえず、首からハチの毒針が突き出したまま十五分かそこら過ぎたころ、キャンディ・ビルが何をしたと思うかね？　あのわんぱく犬ころは、母さんの涙をきれいに舐《な》めたんだよ。まず片側の頰の涙を……次に反対の頰の涙を」

男は少しの間、流れる川を見つめていた。その顔は悲しげで、物思いに沈んでいるようだった。しかし、やがてわたしのほうに向き直った瞬間、悲嘆の表情は夢のようにかき消えた。男の顔は、飢えて死んだ人間の顔のように、締まりがなく物欲しげだった。両の目は燃えていた。青ざめた唇の隙間《すきま》から、鋭く尖った小さな歯がのぞいていた。

「腹が減ったな」男は唐突に言った。「おまえを殺して腹をかっさばいてはらわたを食ってやろうか、釣り少年君。どうだ、どう思う？」

やめて、わたしはそう答えようとした。お願いです、やめてください。だが、声が出なかった。男は本気で言っているとわかった。本当にわたしを食うつもりでいる。

「ああ、腹が減って死にそうだよ」男の声はいらだたしげで、同時にからかうようでもあった。「大事なママがいなくなったんだ、どのみち生きていく気も失《う》せるだろう。そうだ、まちがいない。おまえの親父《おやじ》さんは、一物をつっこむあったかい穴がなくちゃいられないたちの人間だ。そうさ、そういう人間なんだよ。だが、こうなっちゃあ、手を出せるのはおまえ一人くらいのものだ。おまえが父さんにご奉仕するしかない。だから、その不幸と苦しみからおまえを救ってやろう。それにだ、おまえは天国に行くことになるぞ。そうだろう？　殺された魂はかならず天国に行くんだからな。つまり、わたしもおまえも神様に奉仕するってわけだよ、ゲイリー。どうだ、ありがたい話だろう？」

男は長く青白い手を伸ばしてわたしをつかまえようとした。その手を見て、わたしはとっさに魚籠《びく》の蓋《ふた》を取ると、底を探り、さっき釣った怪物級のカワマスをつかんだ。それを釣り上げた時点で満足して家に帰るべきだったあの大物を。そして魚をやみくもに男に突きつけた。はらわたを抜いたときの——黒いスーツの男がわたしにしてやると脅したのと同じ行為をしたときの——赤い切り口に指がめりこんだ。魚の濁った目は、夢見るようにぼんやりとわたしを見上げていた。黒い中心を取り囲んだ金色の輪が、母の結婚指輪を思い出させた。そしてその瞬間、棺《ひつぎ》に横たわる母と、陽の光を受けてきらめく結婚指輪が脳裏に思い浮かんで、それは事実なのだと直感した——母はハチに刺されたのだ。パンの香りに満ちた台所の暖かな空気に溺《おぼ》れて死んだのだ。そしてキャンデイ・ビルは腫れ上がった頬を舐め、母が死に際《ぎわ》に流した涙をきれいにしたのだ。「でええぇっかい魚だ！」黒いスーツの男はしゃがれた意地汚い声で叫んだ。「でっかい魚だ！」

男はわたしの手から魚をひったくると、かぶりついた。人間の口は、あんなに大きくは開かない。何年もあと、六十五歳のとき（教師の職を辞した夏のことだから、確かに六十五歳のときだ）、ニューイングランド水族館に出かけて、生まれて初めてサメを見た。黒いスーツの男の大きく開いた口は、あのサメの口にそっくりだった。ただ一つのちがいは、男の喉は燃えるような赤、あの恐ろしい目と同じ色をしていたことで、わたしはその喉から吐き出される熱を頬に感じた。乾いた薪《まき》に火がついた瞬間、ふいに暖炉から押し出されて頬を洗う熱の波のようだった。その熱はわたしの想像の産物ではない。ぱくりと大きく開いた口にわたしの体長十九インチのカワマスの頭をすべりこませたとき、魚の脇腹《わきばら》のうろこが逆立ち、開放焼却炉の上空を漂う紙片のように丸まったのが見えたのだから。

男は剣を飲みこむ大道芸人のように魚を喉にすべりこませた。咀嚼《そしやく》はしなかった。燃える目は、懸命の努力をしているかのようにぎょろりと飛び出した。魚はするすると入っていき、男の喉の魚が通過しているところがふくらんだ。そして、わたしに代わって今度は男が涙を流した……ただし、男の涙は血だった。真っ赤な、どろりとした血だった。

わたしの体が感覚を取り戻したのは、その血の涙を目にした瞬間だったと思う。なぜなのかはわからないが、それがわたしのスイッチを入れた。わたしはびっくり箱の人形のようにぱっと立ち上がると、竹の釣り竿《ざお》を片手に握ったまま、土手を飛ぶように駆け上がった。腰をかがめ、斜面を少しでも速く登ろうと、空いたほうの手で雑草の茂みをつかんで体を引き上げた。

背後から、くぐもった怒りの声が聞こえた。口いっぱいにものを頬張った人間が漏らすのと同じ音だった。わたしは土手のてっぺんで振り返った。男はわたしを追って走り始めていた。スーツの上着の裾《すそ》がはためき、懐中時計の細い金鎖が揺れて陽射しにきらめいた。口からはまだ魚の尾がはみ出していて、男の喉のオーブンで残りの部分がこんがりと焼かれている匂《にお》いがわたしのところまで届いた。

男は手を伸ばした。鉤爪《かぎづめ》が空をかく。わたしは土手のてっぺんを一目散に走った。百ヤードほど走ったころ、ようやく声が出るようになって、わたしは叫び声をあげた――むろん恐怖の叫びだったが、それは美しい母の死を嘆く叫びでもあった。

男は追ってきていた。枝が折れる音、蔓《つる》が鞭《むち》のように空気を切る音が聞こえたが、わたしは二度と振り向かなかった。頭を低くし、土手の茂みや低く垂れた枝に打たれないよう目を細めながら、全速力で走った。一歩地面を蹴《け》るごとに、男の両手がわたしの肩をつかみ、死の熱い抱擁に引き寄せるのではないかと怖《おそ》れた。

だが、肩をつかまれることはなかった。それからどのくらいの時間が過ぎたかわからない。せいぜい五分か十分だったろう。だが、わたしには永遠に感じられた。しばらく走ったころ、深い茂みやモミの木立を透かして橋が見えてきた。あいかわらず湯のなくなりかけたやかんのようにやかましく叫びながら――そのころには息を切らしながらだったが――わたしはその二つめの、さっきの土手よりも急な斜面へと走ると、猛然と駆け上がった。

土手の半ばまで登ったところで足をすべらせ、膝《ひざ》をついた。肩越しにうしろを確かめると、黒いスーツの男はすぐ背後に迫っていた。青白い顔は、憤怒《ふんぬ》と意地汚い食欲に歪《ゆが》み、引きつっていた。頬には血の涙が点々と散って、サメの口は蝶番《ちょうつがい》のようにだらりと開いていた。

「おい、釣り少年！」男はうなるように怒鳴ると、わたしを追って土手を登り始めた。長い片手を伸ばしてわたしの足首をつかもうとする。わたしはその手を蹴り払い、体の向きを変えると、男めがけて釣り竿を投げつけた。男はやすやすと払いのけたが、釣り竿は偶然にも男の足にからまって、男は地面に膝をついた。わたしはその後の成り行きを見届けようとはしなかった。すぐさままた向きを変えると、斜面を駆け上がった。てっぺんにたどりついたところで足をすべらせて転びかけたが、とっさに橋の支柱をつかんで体重を支えた。

「逃がさんぞ、釣り少年！」背後から男のわめき声が聞こえた。「わたしの腹はな、怒りを爆発させたような声だったが、笑っているような響きも帯びていた。「マス一匹くらいじゃあいっぱいにはならんのだよ！」

「来るな！」わたしは怒鳴り返した。橋の欄干に両手をかけ、ぎこちなく宙返りをして乗り越えた。掌《てのひら》が木のささくれだらけになったうえに、板に頭から着地して目の前に星が散った。それから、よつんばいになって板の上を這《は》った。もう少しで橋の終わりというところでどうにか立ち上がって、一度よろめいたあと、体勢を立て直して走りだした。九歳の子どもでなければあんなふうには——風のようには——走れないだろう。せいぜい三歩か四歩に一度しか、爪先《つまさき》が地面に触れていないように感じた。いや、感じただけでなく、本当にそうだったのかもしれない。わたしは道の右側の轍《わだち》に沿って走った。こめかみが脈打ち、目の奥がずきずきと痛んだ。それでも走った。左の脇腹、肋骨《ろっこつ》の下から腋《わき》にかけて、ちりちりと焦《こ》げるような痛みを感じた。それでも走った。口のなかに血の味が、喉《のど》の奥には金属の削りかすのような味が広がった。それでも走った。やがてそれ以上走れなくなると、いまにももつれそうな足を止め、呼吸困難を起こした馬のように息を切らしながら、肩越しに振り返った。粋《いき》な黒いスーツを着たあの男がすぐうしろに立っているにちがいないと思った。あの男がそこに立っていて、ちらちらと輝く懐中時計の鎖はあいかわらず緩い弧を描きながらチョッキに垂れ、髪は一筋たりとも乱れていないにちがいないと思った。

だが、男はいなかった。マツやトウヒの鬱蒼《うっそう》とした森を抜けてキャッスル川へと伸びる道は、空っぽだった。それでもわたしは、森のどこか近くに男の存在を感じた。わたしを見つめるあの燃える目を、燃え尽きたマッチとローストされた魚の匂いを感じた。向きを変え、軽く足を引きずりながら、せいいっぱいの速さで歩いた。脚が両方とも攣《つ》っていた。その翌朝、ベッドから起き上がったとき、筋肉痛がひどくて歩くことさえままならないほどだった。だが、そのときは鈍い痛みに気づいていなかった。ただ幾度も幾度もうしろを振り返った。背後の道がまだ空っぽであることを確かめずにいられなかった。何度振り返っても人影は見えなかったが、そうやってうしろを確かめていると、恐怖は薄らぐどころか、かえって募っていくように思われた。マツの針葉がいつもより暗く、いつもより密に茂っているように見え、道の脇に整然と並ぶ木々の向こう側に果たして何があるのか、いろんな想像が次々と頭をよぎった。蔓がからまりあう先の見えない獣道、はまればまちがいなく脚が折れる落とし穴、何が住んでいてもおかしくない峡谷。一九一四年のあの土曜日まで、わたしは森に棲《す》むもっとも恐ろしいものはクマだと信じていた。

だが、あの日、そうではないことを知った。

一マイルほど歩いて、道が森を出てギーガン・フラット・ロードに合流するところに来たとき、父が口笛で『ブナ材の古バケツ』を吹きながらやってくるのが見えた。モンゴメリー社の通信販売で手に入れた極上のリールを取り付けた愛用の釣り竿を持ち、もう一方の手には魚籠を提げていた。ダンがまだ生きていたころ、母が取っ手にリボンを編みこんだ魚籠で、リボンの文字は〝イエスに捧《さ》ぐ〟と綴《つづ》っていた。それまでわたしはずっと歩いていたが、父の姿を見つけると、「父さん！　父さん！　父さん！」と声をかぎりに叫びながら、また駆けだした。疲れきって脚に力が入らず、わたしの体はまるで酔っぱらった水兵のように左右によろめいていた。わたしに気づいた父の顔に浮かんだ驚愕《きょうがく》の表情は、状況がちがっていたら、滑稽に見えたことだろう。父はまっすぐわたしを見つめたまま釣り竿と魚籠を道に放り出すと、こちらへ走ってきた。父があれほど速く走る姿は、あとにも先にも見たことがない。わたしは二人とも気を失わずにすんだのが不思議なくらいの勢いで父の腕に飛びこんだ。父のベルトのバックルにしたたかに顔を打ちつけ、少し鼻血が出た。だが、それに気づいたのは、あとになってからだ。そのときは、ただ両腕を伸ばして力のかぎり父にしがみついた。父に抱きつき、熱を持った頬を父の腹にこすりつけた。父の古びた青いワークシャツが、血と涙と鼻水で汚れた。

「ゲイリー、どうした？　何があった？　怪我《けが》でもしたか？」

「母さんが死んだ！」わたしは泣きじゃくった。「森のなかで男の人に会ったんだよ。

その人から聞いた。母さんが死んだ！　ハチに刺されたんだ。ダンのときみたいに顔が腫れ上がって、母さんは死んだんだ！　母さんは台所の床に倒れてる。キャンディ・ビルが……涙を舐めた……母さんの……母さんの……」

〝頬から〟と言いたかった。しかしそのときにはどうしようもないほどしゃくりあげていて、その言葉を口から押し出すことができなかった。またしても涙があふれ、父の驚いた顔、父の怯《おび》えた顔は三重ににじんだ。わたしは声をあげて泣いた。膝小僧をすりむいた子どものようにではなく、月明かりに浮かび上がる忌《い》まわしいものを目にした犬のように。父は引き締まった平らな腹に、わたしの頭をしっかりと押しつけた。だがわたしは身をよじって父の腕から逃れると、肩越しに振り返った。黒いスーツの男が追ってきていないことを確かめたかった。男の姿はなかった。森の奥へと曲がりくねる道は、まったく空っぽだった。わたしは、二度とその道を行くものか、絶対に、何があっても、あの道は歩くものかと自分に誓った。だが、いまは思う。神が地上の創造物に与えた最大の祝福は、未来を見通せないことだ。もしあのとき、ふたたびあの道を行くことになると知っていたら、それも二時間とたたぬうちにまたたどることになると知っていたら、わたしの心は壊れていたかもしれない。しかしそのときは、父と自分以外に誰もいないことにただただ安堵《あんど》を覚えた。それから、母のことを思い出した——死んだ美しい母のことを。そしてまた父の腹に顔をうずめると、ひとしきり大声で泣いた。

「ゲイリー、聞きなさい」しばらくして、父が言った。わたしは泣くのをやめられなかった。父は少しの間、そのまま泣かせてくれてから、手を伸ばしてわたしの顎《あご》を持ち上げると、わたしの目をまっすぐにのぞきこんだ。「母さんは無事だよ」父は言った。

黙って父を見返すしかできなかった。涙はあいかわらず頰を伝い落ちていた。わたしは父の言葉を信じなかった。

「誰がおまえにそんなことを言ったのか父さんは知らないし、そんなふうに幼い子どもを怖がらせるような卑劣なやつがいるとは考えたくもないが、神に誓って言うよ。母さんは無事だ」

「でも……だけど、聞いたんだ……」

「そいつの言ったことなんか気にするな。父さんは思ったよりも早くエヴァーシャムの家から帰ってね。エヴァーシャムには牛を売る気など毛頭ないそうだよ。単なる噂《うわさ》だったようだ。それで、おまえを追いかけて一緒に釣りをしようと思ったわけさ。釣り竿と魚籠を用意している間に、母さんがジャムのサンドイッチを作ってくれた。焼きたてのパンでね。ほら、まだ温かい。だから、母さんはいまから半時間前には元気でいたわけだよ、ゲイリー。たとえそのあと何かあったんだとしても、うちの方角から歩いてきた人間が知ってるはずがない。たった半時間ではここまで来られないからね」父はわたしの肩越しに道を透かし見た。「その男というのはいったい誰だ？　どこにいた？　父さんがそいつを探し出して半殺しにしてやる」

ほんの二秒の間に――すくなくともわたしには、ほんの二秒と感じられた――わたしの頭のなかを一千もの考えがよぎったが、何より恐ろしかったのは、最後に浮かんだ考えだった。もしあの黒いスーツの男と出くわしたら、相手を半殺しの目に遭わせるのはおそらく父のほうではないだろう。無傷でその場を離れるのも。

あの長く白い指が、そしてその先に伸びた鉤爪が、脳裏にこびりついていた。

「ゲイリー？」

「よく思い出せない」わたしは答えた。

「川が二股《ふたまた》に分かれるところか？　あの大きな岩のところにいたんだな？」

父に単刀直入にものを訊《き》かれて、嘘《うそ》を答えられるわけがない――しかも父の命が、わたしの命がかかっているときに。「うん。でも、父さん、あそこへは行かないで」わたしは両手で父の腕をつかんで強く引いた。「お願いだから、行かないで。恐ろしいやつだった」空を輝かせる稲妻のように名案がひらめいた。「きっと銃を持ってる」

父の目が探るようにわたしを見つめた。「ふむ、本当はそんな男などいなかったのかもしれないな」父は語尾を軽く上げた。質問と聞こえなくもなかった。「おまえは釣りをしながらうたた寝をしたのかもしれないな、ゲイリー。夢を見たんだ。この前の冬、ダニーの夢を何度も見たように」

確かに、その前の冬、ダンにまつわる恐ろしい夢を繰り返し見ていた。夢のなかで、兄といっしょに使っていた寝室の物置のドアを開けると、あるいは甘い香りの充満した暗いリンゴ酒の発酵小屋のドアを開けると、窒息して顔が紫色に変わった兄がじっと立ってこちらを見つめていた。そんな悪夢を見るたび、わたしは悲鳴をあげながら目をさまし、両親まで叩《たた》き起こすことになった。それに、河原の土手でしばらく眠ったのは事実だった。少なくとも、うとうとした。だが、夢は見ていない。だいいち、黒いスーツの男が手を叩いてハチが死ぬ寸前、ハチが鼻の先から膝に転げ落ちる寸前に、すでに目を覚ましていたという自信があった。ダンの夢を見るようにあの男の夢を見たわけではない。それは絶対だった。ただ、男との遭遇の記憶は、すでに夢のなかの出来事のように非現実的な色を帯び始めていた。常識では説明できない出来事とは、総じてそんなものだろう。とはいえ、あの男はわたしの頭のなかにしか存在していないと父が考えているとすれば、そのほうが好都合とも言えた。そう、父のためには。

「うん、そうだったかもしれない」私は言った。

「まあ、いずれにしろ、川に戻っておまえの釣り竿と魚籠《びく》を回収しておこうか」

そう言うと、父は川の方角に向かって足を踏み出した。わたしはあわてて父の腕にすがりついて引き止め、わたしのほうを向かせた。

「あとで。お願い、あとでもいいでしょ？　その前に母さんに会いたい。母さんが無事だってこと、自分の目で確かめたいんだ」

父は少し考えてからうなずいた。「そうか、そうだな。よし、いったんうちに帰ってから、おまえの釣り竿と魚籠を探しに行こう」

そこでわたしたちは並んで農場へと帰った。父はわたしの釣り仲間のように釣り竿を肩にひょいとかつぎ、わたしは父の魚籠を提げて、それぞれクロスグリのジャムを塗って二つに折った母お手製のパンにかぶりつきながら。

「ところで、魚は釣れたのか？」うちの納屋《なや》が見えてくるころ、父が訊いた。

「うん、父さん。ニジマスを釣ったよ。なかなかの大物だったんだから」実はもう一匹、もっともっと大きなカワマスを釣った――心のなかでそう考えたが、口には出さなかった。見たこともないくらい大きなカワマスだった。だけど、いまはもうここにはないから父さんには見せられない。そいつは黒いスーツの男にやっちゃったんだ。ぼくが食べられずにすむように。そのおかげで助かった……かろうじて。

「それだけか？　一匹だけ？」

「そのあと眠っちゃったから」質問の答えにはなっていなかったが、かといって嘘ではなかった。

「釣り竿をなくさなくて運がよかったな。なあ、おい、なくしたわけじゃないだろう、ゲイリー？」

「うん、なくしてないよ、父さん」わたしは口ごもりながら答えた。たとえ首尾よく途方もない大ぼらが頭に浮かんでいたとしても、そのことで嘘をついても無意味だった。どうせ父はわたしの魚籠を探しに戻る気でいる。父の顔を見れば、その決意は明らかだった。

道の先に、キャンディ・ビルが勝手口から飛び出してくるのが見えた。いかにも興奮したスコッチテリアらしく甲高い声で吠《ほ》え、尻《しり》ごと尾をぶんぶんと振っていた。わたしはじっとしていられなかった。希望と不安が、泡のように喉もとにせりあがった。わたしは父の手を振りほどくと、家に向かって走った。父の魚籠を持ったまま、そして心の奥底で、台所の床に倒れた母を見つけることになるだろうと確信して。父が涙を流しキリストの名前をわめきながら西の野原から戻ってきた日のダンのように、母の顔も紫色に腫《は》れ上がっているにちがいない。

しかし、母はカウンターの前に立っていた。わたしが家を出たときと同じ元気な姿で、低くハミングをしながら、豆のさやをむいてボウルに入れていた。母がわたしの顔を見た。まず驚いたように、次にわたしの見開かれた目と血の気をなくした頬に気づいて、心配そうな表情を浮かべて。

「ゲイリー、どうしたの？　いったいどうしたの？」

わたしは答えなかった。黙って母に駆け寄り、キスの雨を降らせた。やがて父が入ってきて言った。「心配いらないよ、ロー。その子は大丈夫だ。また怖い夢を見たんだよ。川でうたた寝をして」

「かわいそうに、これきり悪夢は見ないといいけれど」母は言い、わたしをきつく抱き締めた。わたしたちの足もとではキャンディ・ビルがいつものように甲高い声で吠えながら、飛び跳ねていた。

「気が進まないなら、おまえは来なくてもいいんだぞ、ゲイリー」父は口ではそう言ったものの、わたしもいっしょに行くべきだと考えていることは、すでにはっきりと態度に表していた。川に戻るべきだ、恐怖の源に直面すべきだ——いまの時代なら、そんなふうに言うところだろう。その恐怖の源が想像上のものならば、大いにけっこうなことだ。しかし二時間が過ぎたそのときもまだ、黒いスーツの男は現実に存在したというわたしの確信は、まるで揺らいでいなかった。とはいえ、父にそう説明したところで納得させることはできなかっただろう。悪魔が黒いスーツを着て森から歩いて現れた——父親にそう信じさせることができる九歳の子どもなど、どんな時代であってもいないだろう。

「いっしょに行くよ」わたしは答えた。そのときには、父に置いていかれまいとして、ありったけの勇気をかき集めて足を動かして歩き、家を出ていた。わたしたちは母屋《おもや》の横庭の薪割《まきわ》り台のそばに立っていた。そう遠くないところに、薪の山があった。

「おや、背中に何を隠してる？」父が訊いた。

わたしは持っていたものをそろそろと見せた。父といっしょに行く決意は固めていた。そして、頭の左側に矢のように一直線の分け目をつけた黒いスーツの男がもういなくなっていることを願っていた……が、あの男がまだいる場合に備えておきたかった。そう、できるかぎり万全の準備をしておきたかった。背中から前に回した手には、家庭用の大判の聖書を持っていた。木曜の夜の子ども親睦会《しんぼくかい》で行なわれた詩篇暗誦《あんしょう》コンテストで優勝したとき賞品にもらった、自分の新約聖書を持って行こうかとも考えた。しかし、たとえイエスの言葉に赤いインクで印がつけられていようとも、これから会うかもしれない相手がよりによって悪魔だというときには、赤表紙の小さな新約聖書は力不足だという気がした。

父は、家族の書類や写真がはさまれてふくれあがった古い聖書を見つめた。もとの場所に戻しなさいと叱《しか》られると思ったが、父は何も言わず、いらだちと同情が混じった表情を浮かべただけで、うなずいた。「いいだろう。それを持ち出したことを母さんは知ってるのか？」

「ううん」

父はまたうなずいた。「そうか。じゃあ、わたしたちが戻ってくるまで母さんが気づかないことを祈ろう。さあ、行くぞ。そいつを落とすなよ」

それから三十分ほどのち、父とわたしは土手の上に立って、キャッスル川が二股に分かれる場所、赤と橙色《だいだいいろ》の目をした男と遭遇した平らな河原を見下ろしていた。わたしは橋の下で拾ってきた竹の釣り竿《ざお》を持っていた。わたしの魚籠は、土手の下、平らな地面に転がっていた。枝編みの蓋《ふた》は開いていた。父とわたしは長い間そこから河原を見下ろしていた。どちらも口をきかなかった。

オパール！ダイヤモンド！サファイア！翡翠《ひすい》！ゲイリーのレモネードの匂《にお》いがするぞ！それがあの男の不出来な詩だった。そしてその詩を口ずさんだあと、男は仰向けに地面に転がって、自分には糞《くそ》や小便といった人前では口にすべきでない不潔な言葉を使う度胸が備わっていることに気づいた子どものようにけらけらと笑った。下に見える平らな一画は、七月の初めに陽の光の届くメイン州のどんな場所とも変わらず、草が青々と茂っていた……ただし、あの見知らぬ男が転がったところは別だった。男が転がったところだけは、草が人の形に枯れ、黄色く変わっていた。

わたしは自分の手もとを見下ろした。無意識のうちに、分厚くふくらんだ我が家の聖書を目の前にかざしていた。誰かに頼まれて井戸を掘るべき水脈を探すとき、ママ・スウィートの夫ノーヴィルの柳の占い杖《づえ》を握った手の関節が白く浮くように、表紙をぎゅっとつかんだ親指の先が白くなっていた。

「ここにいなさい」長い時間がすぎたころ、父はそう言うと、柔らかな黒土に靴のかかとを食いこませ、両腕を伸ばしてバランスを取りながら、体を横向きにしてすべるように土手を下っていった。わたしは前にまっすぐ伸ばした両手で聖書を占い杖のようにしっかりとかかげたまま、土手の上で待った。心臓は早鐘のように打っていた。そのときも誰かに見られているような感覚があったかどうかはわからない。恐怖のあまり、すべての感覚が失われていた。感じていたのは、そこを離れたい、その森から遠く離れた場所に逃れたいという焦《あせ》りだけだった。

父は腰をかがめ、草が枯れたところの匂いを嗅《か》いで顔をしかめた。父の鼻がどんな匂いを感じ取ったかわかった——燃えたマッチのような匂いだ。父はわたしの魚籠を拾うと、急ぎ足で土手を登ってきた。それからすばやく一度だけうしろを振り返り、追いかけてきているものがないことを確かめた。何もなかった。父が差し出した魚籠の蓋はまだ開いたままで、蝶番《ちようつがい》代わりの細い革紐《かわひも》に支えられてだらりとぶらさがっていた。わたしはなかをのぞいた。両手でつかめるほどの草があるだけだった。

「ニジマスを釣ったんじゃなかったのか」父が言った。「どうやらそれも夢だったようだな」

父の口調の何かがわたしの自尊心を傷つけた。「ううん、父さん。ほんとに釣ったんだ」

「しかし、ちゃんとはらわたを抜いておいたなら、魚が飛び出して逃げるはずがないだろう。まさか、はらわたも抜かずに魚籠に魚を入れたわけじゃないだろうね、ゲイリー？　やりかたはちゃんと教えたはずだぞ」

「うん、父さん、ちゃんと教わったよ。でも――」

「魚を釣った夢を見たのでもないし、魚籠に入れたとき魚は死んでいたんだとすれば、ふむ、何かがここへ来て食ったとしか思えないな」父は言い、また肩越しにちらりとうしろを確かめた。父の目は大きく見開かれていた。森の奥から何かが動く音が聞こえたとでもいうように。父の額には、大きな透明の宝石のような汗の粒が幾つも浮かんでいた。わたしはその汗に気づいてもそう驚かなかった。「行こうか」父は言った。「こんなところに長居は無用だ」

同感だった。わたしたちは無言のまま早足に歩き、土手伝いに橋に戻った。橋に来ると、父は片膝《かたひざ》をついて、わたしの釣り竿が落ちていた場所を調べた。そこにも草の枯れた一画があった。アツモリソウの花びらは、熱風に焦《こ》がされたように茶色に変わり、縁が丸まっていた。父が地面を調べている間、わたしは空の魚籠をのぞいた。

「あいつは戻ってもう一匹の魚も食べたんだ」わたしは言った。

父が目を上げた。「もう一匹？」

「うん。さっきは黙ってたけど、カワマスも釣ったんだよ。大物だった。あいつはひどく腹を空《す》かせていた。あの男は」もっと話したかった。あとに続くはずの言葉は、唇のすぐ内側でざわめいていた。だが、わたしは言葉を呑《の》みこんだ。

　土手を登り、互いに手を貸して橋の欄干を乗り越えた。父はわたしの手から魚籠を取ってなかをのぞき、欄干に近づくと、魚籠を欄干越しに放り投げた。わたしが父の傍らに歩み寄ったとき、魚籠は川面《かわも》に落ちて、小舟のように流れに運ばれていこうとしていた。編んだ枝の間から水が染《し》み入り、魚籠は見る間に水中に没した。

「いやな匂いがしていた」父は言った。だが、わたしと目を合わせようとしなかった。父の声はどこか弁解がましかった。父がそんな話し方をしたのは、そのとき一度きりだった。

「うん」

「母さんには、魚籠は見つからなかったと言おう。もし訊かれたらな。何も訊かれなかったら、黙っておけばいい」

「そうだね、父さん」

　母は尋ねず、わたしたちも話さなかった。そして何事もなかったように日々が過ぎた。

　森のなかの出来事から八十一年がたった。わたしはその長い歳月を、あのことをほとんど思い出すことなく過ごしてきた……少なくとも、目覚めている間に思い出すことはなかった。どんな人でもそんなものだろうが、夢についてまでは確かなことは言えない。しかしわたしは歳《とし》を取った。いまは目覚めていても夢を見ているような心地がする。老いの衰えは波のようにひたひたと打ち寄せ、子どもが作ったまま立ち去った砂の城を、じきに流し去ろうとしている。同じく波のように忍び寄る記憶は、古い詩をわたしに思い起こさせる。〝ただ待っていればいい／彼らはいつか帰ってくる／尻尾《しっぽ》を振って帰ってくる〟。あのころ食べたものを覚えている。遊びも覚えている。学校の更衣室で郵便局ごっこをしたとき、キスをした女の子たちのことも覚えている。仲のよかった悪がきどもの顔も、初めて飲んだ酒も、初めて試した煙草《たばこ》も（ディッキー・ハマーの豚小屋の裏でだった。わたしは吐いた）覚えている。それでも、黒いスーツの男の記憶はどんな思い出よりも鮮明で、独特の、虹色《にじいろ》に輝く不気味な光を放っている。あの男は現実だった。悪魔だった。そしてあの日、わたしはとてつもない不運に見舞われた。あるいは、とてつもない幸運に恵まれたか。最近ではますます強く感じるようになった。あのとき悪魔の手から逃れられたのは、運がよかったからだと——単に運がよかったからにすぎないと。わたしが生まれてこのかたひたすら崇《あが》め、賛美歌を捧《ささ》げてきた神が、御手《みて》を差し伸べたからではない。

こうして老人ホームの自分の部屋で、崩れかけた砂の城のごとき肉体を横たえ、わたしは自分に言い聞かせる。悪魔を怖《おそ》れることはないと。わたしは善良で穏やかな人生を送ってきた、だから悪魔を怖れる必要はないのだと。あの夏の終わりに、また教会に通うよう母を説き伏せたのは、父ではなく、わたしだったではないかと言い聞かせることもある。しかし暗闇《くらやみ》のなかでは、その考えは不安を和らげる力も、心を慰める力も持たない。暗闇のなかでは、九歳のわたしは悪魔を怖れなくてはならなくなるようなことは何一つしなかったのに、それでも悪魔はわたしのもとを訪れたとささやく声がする。そして暗闇の奥から、同じ声がもっとひそやかに、人間のものとは思われないほどひそやかに、こうささやくのが聞こえてくることがある。〝でっかい魚だ！〟その声は、強欲さを隠しきれない口調でそうささやく。そしてその強欲さの前には、道理が律する世界の真実はすべて崩れ去る。〝でえええっかい魚だ！〟

遠い昔、悪魔は一度わたしの前に現れた。いま、彼はふたたび姿を現そうとしているのだとしたら？　わたしは老いた。走って逃げることはもうできない。手洗いに行くのにも歩行器が要る。そして、たとえつかのまでも悪魔の気をそらしてくれる、見事なカワマスが手もとにあるわけでもない。わたしは老い、わたしの魚籠《びく》は空っぽだ。いまここで、悪魔がふたたびわたしの前に現れたら？

そして、あいつはいまでも腹を空かせているとしたら？

ナサニエル・ホーソーンの作品のなかで、わたしのいちばんのお気に入りは『若いグッドマン・ブラウン』だ。この短編は、アメリカ人作家によって書かれたもっとも優れた物語十編の一つだと思う。『黒いスーツの男』は、そのホーソーンの作品へのわたしなりのオマージュである。細かい筋立てのヒントは、ある日、友人と話していて、たまたまその友人のおじいさんの話題が出たときに得た。友人のおじいさんは、二十世紀の初めに、森のなかで悪魔に会ったと本気で信じているという。悪魔は木々の間から現れて、ごくふつうの人間のように話しかけてきた。世間話を続けるうち、友人のおじいさんは、森から現れたその男の目が赤く燃え、体から硫黄《いおう》の匂いがしていることに気がついた。そして、正体を察したことを悟られたら、まちがいなく殺されると直感した。そこでおじいさんはできるだけ自然に会話を続け、おかげで最後には無事に逃れることができた。その友人の話から、この物語は生まれた。執筆は愉快な作業ではなかった。それでもとにかく書き進めた。物語のなかには、語ってくれと大声でわめき求めるものがある。その声を黙らせるためには、書いてやるしかない。しかしいざ書き上がってみると、陳腐な文章を連ねた、どちらかといえば退屈な昔話としか思えない出来だった。愛するホーソーンの短編には遠く及ばない。だから、『ニューヨーカー』から掲載の申し出があったときには心底驚いた。さらに一九九六年度のO・ヘンリー賞の最優秀作品に選ばれたときには、ぜったいに何かの手違いだと思った（が、賞はしっかりいただいた）。読者の反応もおおむね好意的だった。この短編は、作家とはしばしば自分の作品のもっ、、、、、、、ともお粗末な批評家であるという証拠だ。

愛するものは
ぜんぶさらいとられる

All That You Love
Will Be Carried Away

浅倉久志訳

　ここはネブラスカ州リンカーンのすぐ西、州間高速八〇号線ぞいの〈モーテル6〉だ。午後から降りだした雪は、一月のたそがれの光が薄れるにつれ、電光看板の毒々しい黄色をもうすこし優しいパステル色へと薄れさせた。意味もなくびゅうびゅう吹きまくる空っ風は、この国の平坦《へいたん》な中央部でしかでくわさないものだ。それも、たいていは冬の季節に。いまの天候はただ不愉快なだけだが、今夜大雪が降れば——お天気キャスターたちはまだ判断をつけかねているらしいが——朝までに州間高速道路は閉鎖になる。しかし、アルフィー・ジマーにとって、それは痛くも痒《かゆ》くもない。

　アルフィーは赤いチョッキの男からルーム・キーを受けとり、軽量コンクリート・ブロックの細長い建物の端まで車を進めた。この二十年間、中西部でセールスマン稼業《かぎよう》をつづけてきた彼には、一夜の宿の確保のために定めた四箇条の基本ルールがある。一、つねに予約せよ。二、もしできれば、ホテル・チェーン——〈ホリデイ・イン〉、〈ラマダ・イン〉、〈コンフォート・イン〉、〈モーテル6〉など——のどれかを選べ。三、つねにいちばん端の客室をとれ。そうすれば最悪の場合でも、騒がしい隣人がひと組ですむ。最後に、1の数字ではじまる客室を選べ。アルフィーは四十四歳、安食堂に陣どる売春婦と寝たり、フライドチキン風ステーキを食べたり、手荷物を二階まで運びあげたりするには、もう年をとりすぎた。最近では、一階の客室はたいてい非喫煙者用にとってあるらしい。アルフィーは一階の客室を借りて、おかまいなくタバコを吸うことにしている。

一九〇号室前の駐車スペースは、すでに先客の手に渡っていた。建物ぞいのスペースはぜんぶ満杯。意外ではない。客室の予約はできるし、保証もつくが、もし到着が遅れた場合（こんな天候の日は、午後四時を過ぎると、もう遅刻の部類だ）、駐車スペースからうんと歩かなくてはならない。早目に着いた客たちの車は、灰色の軽量コンクリート・ブロックと、真っ黄色のドアの長い行列にすりよるようにずらりと並び、どの車の窓もすでに雪の薄いカーテンでおおわれている。

アルフィーは角を曲がり、灰色のたそがれのなかに沈みこみつつある白い農地のひろがりに向けて、自分のシボレーを駐車した。視野の果てに、一軒の農家の明かりがきらめいている。あの家のなかではみんながのんびり腰を落ちつけていることだろう。だが、吹きさらしのここでは、車がゆれるほどの強風だ。さっと通りすぎる吹雪が、つかのま農家の明かりをかき消してしまった。

アルフィーは赤ら顔の大男で、喫煙者特有のさわがしい呼吸の持ち主だった。薄いオーバーコートを着ているのは、そんな服装がセールスマンにふさわしいとされているからだ。ジャンパーではまずい。どこの商店主も、ジャンパーと作業帽の人間だと、品物を売りつける相手という目で見るだけで、品物を買ってはくれない。かたわらのシートの上にはルーム・キーがおいてあって、菱形《ひしがた》の緑のプラスチックがくっついている。磁気カードでなく、本物の鍵《かぎ》。カーラジオでは、クリント・ブラックが《テールライトしか見えない》を歌っている。カントリー・ソング。このリンカーンにもロック専門のFM局があるが、アルフィーにはなんとなくしっくりこない。すくなくとも、この地方では。なにしろ、いまでもAMに切り替えると、怒れる老人たちが、地獄の火を降らせたまえ、と祈っているような土地柄だから。

アルフィーはエンジンを切り、一九〇号室のキーをポケットにつっこみ、そこにまだ例のノートがはいっていることを確かめた。長年の道連れだ。『ロシア系ユダヤ人を救え』と、忘れないように復唱した。『貴重なお宝を集めよう』

車から出たとたん、思わずよろめくほどの激しさで突風が吹きつけ、両脚のまわりでズボンをはためかせた。喫煙者特有のがさついた、驚きの笑い声がのどからもれた。

商品見本は車のトランクのなかだが、今夜は必要がないだろう。いや、今夜にかぎらず。これからずっとだ。スーツケースとブリーフケースを後部席からひっぱりだし、ドアを閉め、車のキーの鎖についた黒のボタンを押した。そのボタンを押すと、すべてのドアがロックされる。赤のボタンを押すと、警報が鳴りだす。強盗におそわれた場合の用心だ。アルフィーは一度も強盗におそわれたことがない。考えてみれば、グルメ食品のセールスマンがおそわれることは、まあ、めったにないだろう。おまけに、この土地では。だが、グルメ食品のマーケットは、たいていの人間は本気にしないだろうが、南と北の両州や、カンザス州にも存在する。ネブラスカ州や、アイオワ州や、オクラホマダコタ州にも存在する。アルフィーの売上は、とりわけここ二年ほど、マーケットの深いひだへもぐりこむにつれて、なかなか好調だった——ただ、いくら好調とはいえ、たとえば肥料などとはしょせん比較にならない。肥料ときたら、いまこの冬の風のなかでもそのにおいがするほどだ。頬を凍らせ、ふだんよりもいっそう濃い赤にそれを染めている風のなかでも。

アルフィーはしばらくその場にたたずんで、風が弱まるのを待った。やがて風はやみ、さっきのきらめく明かりがふたたび出現した。農家だ。ひょっとすると、いまその明かりの下では、農家の主婦が〈カテージャー〉印のえんどう豆スープを鍋《なべ》で温めたり、〈カテージャー〉印のシェパーズ・パイやチキン・フランセーズを電子レンジでチンしたりしているのでは？　それはありうる。じゅうぶんにありうる。靴をぬいだ夫は、靴下をはいた足をクッションの上にのせたままでテレビのニュースをながめ、二階では息子がゲームキューブでテレビゲームに夢中、浴室では髪をリボンで結わえた娘が、いいにおいのする泡のなかへあごまでつかり、フィリップ・プルマンの『黄金の羅針盤』か、

《ハリー・ポッター》シリーズの何巻目かを読んでいるのかも。その本はアルフィーの娘のカーリーンの愛読書でもある。あのきらめく明かりの奥では、家族という名の自在継手がソケットのなかで滑らかに動いていることだろう。あの一家とこの駐車場の縁とのあいだには、季節特有のけだるい夕暮れの空の下に、一マイル半もの平べったい農地が白くひろがっている。つかのまアルフィーは、町歩き用の短靴のまま、その農地へ足を踏みいれるところを想像した。片手にブリーフケース、もう片手にスーツケースをさげ、凍りついた畦《あぜ》の上を横ぎり、やっとのことでむこうの家にたどりついてノックする。ドアがひらくと、えんどう豆スープのにおい、あの栄養たっぷりでうまそうなにおいが鼻をくすぐり、奥の部屋からはKETV局のお天気キャスターの声が聞こえる。「では、いまロッキー山脈を横断中の低気圧配置をごらんください」

ところで、いったい自分はその農家の主婦になんというつもりだ？　夕食のお相伴にあずかりたくて参上しました、とでも？　いや、ロシア系ユダヤ人を救え、貴重なお宝を集めよう、と忠告するのか？　それとも、こんなふうに切りだすのか——「奥さん、すくなくとも最近わたしが読んだ情報源からすると、愛するものはぜんぶさらいとられるらしいですよ」これは会話の糸口としてはわるくない。きっと主婦のほうも、夫の東の農地を歩いて横ぎり、玄関のドアをたたいたこの旅のよそものに興味をいだくだろう。もしその主婦がこちらをなかへ招きいれ、話のつづきを聞こうとしたら、そこでおもむろにブリーフケースをひらき、見本ブックを二、三冊進呈してから、こう切りだす。一度〈カテージャー〉印の即席グルメのおいしさを発見されたら、いっそう洗練された〈マ・メール〉ブランドもぜひ試してみたい、と思われるはずです。ところで、キャビアはお好きですか？　そう、キャビア好きはけっこう多い。ネブラスカ州でさえも。

凍っちまうぞ。ここに立ってると凍っちまう。

農地と、その彼方《かなた》の一端できらめく明かりに背を向け、アルフィーはそろそろと外股《そとまた》に歩きだした。すってんころりんと尻餅《しりもち》をついてはたいへん。その経験はある。五十ものモーテルの駐車場でだ。失敗の経験は数多いが、それはいま自分のかかえた問題のなかではいちばん小さいものだろう。

屋根の張り出しの下までできて、ようやく雪から逃げだすことができた。コーラの自販機には、〈お釣りは出ません〉という注意書き。製氷器が一台と、〈スナックス〉の自販機が一台。キャンデーバーやいろんなポテトチップスが、ベッドスプリングまがいの針金の奥にある。〈スナックス〉の自販機には、〈お釣りは出ません〉という注意書きがない。アルフィーが自殺する予定の客室のすぐ左手にある客室から夕方のニュースが流れてくるが、その音声ははるか彼方の農家のなかで聞くほうがふさわしい。それはたしかだ。風がどーんと轟音《ごうおん》を上げた。雪が短靴のまわりで渦巻くなかで、ようやくアルフィーは自分の客室にはいった。明かりのスイッチは左側だ。スイッチを入れて、ドアを閉めた。

その部屋の内部は先刻承知だ。よく夢に出てくる。真四角で、壁は白い。一方の壁には、麦わら帽の少年が釣り竿《ざお》を手に居眠りしている絵。床の上には緑のカーペット。四分の一インチほどの厚みで、毛玉だらけの合繊だ。室内は寒いが、窓の下のクライマトロンの操作盤で高温のボタンを押せば、すぐに暖かくなるだろう。おそらく暑すぎるぐらいに。片方の壁には、その幅いっぱいのカウンター。その上にテレビ。テレビの上には、〈ワンタッチ・ムービー!〉と印刷されたカード。

ツインのダブルベッドは金色の上掛けでおおわれているが、いったん枕《まくら》の下へたくしこんだあと、上からかぶせてあるので、どっちの枕も赤ん坊の死体のように見える。ベッドのあいだのテーブルの上には、ギデオン聖書と、テレビのチャンネル・ガイドと、肌色の電話機。第二のベッドのむこうはバスルームのドア。バスルームの明かりをつけると、とたんに換気扇がまわりだすだろう。明かりがほしければ、換気扇もおまけ。それを逃れるすべはない。明かりそのものは蛍光灯で、おそらく死んだハエの亡霊がなかに閉じこめられている。流しのそばのカウンターには、ホットプレートと、耐熱性ガラスの電気ケトルと、インスタント・コーヒーの小さいパックがおいてあるはずだ。この部屋には一種独特のにおいがある。液体洗剤の刺激臭に、シャワー・カーテンの白カビとがいりまじったにおい。アルフィーはそのすべてを知っている。緑のカーペットまで含めた夢を見たことがあるが、たいした偉業ではない。ありふれた夢だ。ヒーターをつけようかとも考えたが、きっとうるさい音がするだろうし、それに、そうする意味がどこにある？

アルフィーはコートのボタンをはずし、スーツケースをバスルーム側のベッドの裾《すそ》においた。ブリーフケースは金色の上掛けの上だ。コートの両脇《りょうわき》をドレスのスカートのようにひろげ、腰をおろした。ブリーフケースをひらいて、いろんなパンフレットや、カタログや、注文書の下をさぐる。ようやく拳銃《けんじゅう》が見つかった。スミス＆ウェッソンのリボルバー。三八口径。それをベッドの頭板のそば、枕の上においた。

タバコに火をつけ、電話機に手をのばしてから、さっきのノートのことを思いだした。コートの右ポケットに手をつっこみ、とりだしてみる。その古いスパイラル綴《と》じのノートは、オマハか、スー・シティか、それともことによるとカンザス州ジュビリーの、忘れられたような安物雑貨店の文房具売場で、一ドル四十九セントで買ったものだ。表紙はしわだらけで、新品のときそこに印刷されていた文字はほとんど消えてしまった。ページの一部が、ノートを綴じる役目の針金のコイルからはずれかけてはいるが、すべてのページがまだ健在。アルフィーはこのノートをこの七年近く持ち歩いている。サイモネックスのバーコード・リーダーのセールスをしていたころから。

電話機の下の棚には灰皿がある。このあたりの一部のモーテルでは、いまでも客室に灰皿が備えつけてある。一階の客室にさえも。アルフィーはその灰皿をとりだし、吸いかけのタバコを溝の上において、ノートをひらいた。百本ものちがったペン（と何本かの鉛筆）で記入されたページをめくりながら、ときどき手をとめて、いくつかのメモを読んだ。そのひとつにはこうある――『ぼくはジム・モリソンのコックをとんがり唇でくわえた（カンザス州ロレンス）』どこのトイレもホモの落書きでいっぱいで、たいていはマンネリのくりかえしが多いが、『とんがり唇』はなかなかいける。もうひとつは『アルバート・ゴアはおれのお気に入りのオカマだ（サウス・ダコタ州マード）』

ノートの四分の三ほどまできた最後のページには、ふたつのメモしかない。『トロージャン・ガムはかむな。ゴムの味がする（アイオワ州アヴォカ）（訳注　トロージャンはコンドームのブランド）』そして、『プーピー・ドゥーピー、おまえはルーピイ（ネブラスカ州パピヨン）』アルフィーはこの落書きに惚《ほ》れこんでいる。〃＊＊ー、＊＊ー〃がつづいたあとで、ドカンと〃＊＊イ〃がやってくる。無学な人間の書きまちがいかもしれないが（モーラに見せたら、きっとそういうだろう）、しかし、なぜそう考えなくちゃならない？　そんな見かたをしてどこがおもしろい？　いや、アルフィーは（いまでも）〃＊＊ー、＊＊ー〃……ちょい待ち……〃＊＊イ〃を、意識的な構成と思いたい。なんとなくコソコソして、いたずらっぽいじゃないか。e・e・カミングズの詩に似た感じだ。

コートの内ポケットをさぐった。何枚かの書類と有料道路の古いチケット、錠剤入りのビン――最近は服用をやめた――そして、いつもガラクタのなかに隠れたがるペンをようやくさぐりあてる。きょうの収穫を記入する時間だ。ふたつの秀作が、どちらもおなじレストエリアで見つかった。ひとつは自分の使った小便器の上、もうひとつは〈ハブ・ア・バイト〉の自販機の横の地図ケースに〈シャーピー〉のマーカーで書いてあった（アルフィーにいわせると、〈スナックス〉のほうが品物はいいが、なぜか四年ぐらい前から、州間高速八〇号線のレストエリアではその自販機を見かけなくなっている）。最近では、二週間で三千マイル走りまわっても、これといった新しい落書きが見つからないことが多い。いや、古い落書きの改作でさえ、出来のいいものはなかなか見つからない。ところが、きょうにかぎって一日にふたつの発見。最終日にふたつとは。なにかの前兆か。

そのペンには、軸の上のロゴのそばに、『〈カテージャー〉食品はうまい！』と金文字がはいり、草葺《くさぶ》き屋根の小屋の古風な曲がり煙突から煙の出た絵がついている。

ベッドの上に腰かけ、まだコートをはおったまま、アルフィーはページの上が影になるほど古いノートの上へ熱心に顔を近づけた。『トロージャン・ガムはかむな』と『プーピー・ドゥーピー、おまえはルーピイ』の下に、こう書きたした。『ロシア系ユダヤ人を救え、貴重なお宝を集めよう（ネブラスカ州ウォルトン）』そして、『愛するものはぜんぶさらいとられる（ネブラスカ州ウォルトン）』そこでちょっとためらった。こうした発見物は独立性を尊重して、めったに注をつけたことがない。説明すると、風変わりなものも月並みになってしまう（と、すくなくともアルフィーは信じるようになっていた。最初のころはいまよりずっと自由に注釈を書きこんだものだが）。しかし、ときには注釈が、神秘のベールを剝《は》がさず、解明に役立つように思えることもある。

彼は第二のメモに＊印をつけた——『愛するものはぜんぶさらいとられる（ネブラスカ州ウォルトン）』——そして、ページの下から二インチほどのところへ線を引き、そこへこう書いた。
＊『これを読むときは、ウォルトン・レストエリアの出口ランプをながめる必要がある。つまり、出発していく旅行者たちを』
アルフィーはペンをポケットにおさめ、なぜ自分にしても、ほかのだれにしても、万事にケリをつける間際《まぎわ》まできて、まだ未練がましくこんなことをつづけるのだろうか、と考えた。どんな答えも思いうかばない。だがもちろん、人間は呼吸をつづける必要があるわけだ。よほどの荒療治でもしないかぎり、簡単に呼吸はとまらない。

外ではまだ風が吹き荒れている。アルフィーはちらっと窓を見やった。そこには（やはり緑だが、カーペットとはべつの色合いの）カーテンが引かれている。それをひらけば、州間高速八〇号線のライトの連鎖が見えるかもしれない。その光のビーズのひとつひとつが、ハイウェイを走行中の知的生物なのだ。そこまで考えてから、ノートに目をもどした。たしかに本気でケリをつけるつもりだ。これはただの……なんというか……。

「呼吸さ」アルフィーはそうつぶやいて微笑した。灰皿から吸いさしのタバコをとりあげ、一服して溝の上にもどし、またノートをめくりはじめた。そのメモを読みかえすと、何千もの安食堂や、道ばたのあばら屋や、高速道路のレストエリアが思いだされた。まるでラジオでなにかの歌を聞いたとき、ある場所や日時、いっしょにいた相手や、そのときなにを飲んだか、なにを考えていたかの特別な記憶がよみがえるように。

『ここでわたしはぼんやり腰かけ、クソしようとするが、出るのは屁《へ》だけ』この落書きならだれでも知っているが、ここにあるメモは、オクラホマ州フーカーの〈ダブルDステーキ〉で見つけたおもしろい焼き直しだ。『ここでわたしはぼんやり腰かけ、チリソースのクソをひりだすところ。下に落ちたクソが爆発しなけりゃいいが』また、アイオワ州ケイシー、州道二五号線と州間高速八〇号線の交差エリアでは――『おふくろはおれを男娼《だんしょう》に育てた』そのあとへ、ほかのだれかが、まったくべつの筆跡でこうつけたしていた――『身の上話をしたら、おれも育ててくれるかな？』

アルフィーが落書きの収集をはじめたのは、バーコード・リーダーのセールスをしていたころだった。最初のうちは、さして理由もなく、スパイラル綴じのノートにいろんな落書きをメモしていただけだ。それを読むと、笑えたり、不安になったり、それともその両方だったりした。だが、そのうちに、州間高速道路から発信されるこうしたメッセージのとりこになってしまった。高速道路で目につくそれ以外のコミュニケーションといえば、せいぜい雨のなかですれちがう車のライトが下を向くか、高い雪煙を上げながら追い越し車線を通りすぎるとき、不機嫌なドライバーがこちらをめがけて中指を立てる侮辱のしぐさぐらい。しだいにアルフィーはこうさとりはじめた――それとも、ただの空だのみかもしれないが――なにかがここで起きているらしいぞ。たとえば、『プーピー・ドゥーピー、おまえはルーピイ』のe・e・カミングズ的な軽快さや、『ウェスト・アベニュー一三八〇おふくろバラして宝石イタダキ』のもやもやした怒りはどうだ。

それとも、おなじみのこの落書きでもいい――『ここに腰かけ《ヒア・アイ・シット》、イキみながら《チークス・アフレクシン》、産む《ギビング》子はウンコのテキサス人《バース・トゥ・アナザー・テキサン》』よく考えると、この韻律はおかしい。弱強格じゃなく、第三シラブルに強勢のある三行連句だ。そう、たしかに最後でやや調子がくずれるが、なぜかそれがかえって印象に残り、覚え歌に似たしっぽがくっついたような気がする。アルフィーはこれまでに何度も考えたことがあった。もう一度復学して、なにかの講座を受け、韻律学関係をばっちり身につけたい。直感の綱渡りでなく、しっかり理解したことを語りたい。学校時代に教わったことで、いまもはっきり頭に残っているのは、弱強五歩格だけ。『生きるべきか死ぬべきか、それが問題だ』現実に、その文句を州間高速七〇号線ぞいの男子トイレで見つけたこともある。ただし、そのあとへだれかがこう書きたしていた。『最大の問題はおまえのおやじがだれかってことだ、ハムエッグ』さて、このての三行連句だが。こういうのをなんといったっけ？　強弱格？　おぼえていない。それを調べる時間が自分に残されてないという事実はもはや重要に思えないが、そう、調べることはできる。学校で教える知識だ。大きな秘密でもなんでもない。

それとも、この二番煎《せん》じを例にとろうか。これもやはり全国いたるところで目につく落書きだ――『この腰かけにケツをのせ、産む子はウンコのメイン州警』最後のしめくくりはいつもメインだ。どこへ行っても、つねにメイン州警だが、それはなぜか？　なぜなら、ほかの州名だと韻律が合わないからだ。合衆国五十五州のうちで、一シラブルの州名はメインだけ。しかも、これまた三行連句ときている。『この腰かけにケツをのせ』

落書きに関する本を書こうかとも、アルフィーは考えたことがある。ごく薄い本を。最初に頭にうかんだ題名は、『こっちを見上げるな、靴がションでぬれるぜ』だったが、どうも本の名前にはふさわしくない。とにかく、どこの本屋もそんな本を店にならべたがらないだろう。それに、その題名では軽すぎる。軽薄だ。ここ何年かのうちに、アルフィーはそう確信するようになった。ここにはなにかが起きているが、それは軽薄なものではない。というわけで最後にたどりついた題名は、カンザス州フォート・スコットのはずれ、高速五四号線ぞいのレストエリアのトイレで見つけた落書きの焼き直しだった。『おれはテッド・バンディを殺した——全米高速道路の秘密の通行コード』アルフレッド・ジマー著。これなら謎《なぞ》めいていて、不気味で、なんとなく学術書めいた感じがする。だが結局、その本は書かずじまい。そういえば、『おふくろはおれを男娼に育てた』という落書きのあとに、『身の上話をしたら、おれも育ててくれるかな？』とつけたされているのをほうぼうで見かけたが、その回答が〝たんなる切り返し〟風の感覚で、驚くほど同情が希薄な点については（すくなくとも文章の形で）解説したことがない。そういえば、『富の神《マモン》はニュージャージー州の王様』はどうだ？　なぜニュージャージー州だからおもしろく、ほかの州名ではおそらく不発なのかを、どう説明する？　それを説明しようという努力さえもが傲慢《ごうまん》に思える。結局、自分はたんなる平凡人で、平凡人の仕事をしているだけなんだ。物を売る仕事。最近では冷凍ディナーの販売という仕事を。

そしていまは、もちろん……いまは……。

アルフィーはタバコをもう一服だけふかぷかと吸ってから、それをもみ消し、家に電話を入れた。モーラが出るとは期待していなかったし、事実、応答はなかった。応答したのは自分の録音音声で、メッセージのしめくくりは携帯電話の番号だった。ご苦労なこった。携帯電話は故障したままで、シボレーのトランクにほうりこんである。新製品にはあまりツキがないほうだ。

ピーッという音を待って、アルフィーはいった。「ハーイ、わたしだ。いま、リンカーンにいる。こっちは雪でね。おふくろに届けてやる約束のキャセロールのことをおぼえてるかい。むこうはあれを待ちわびてる。それと、〈レッド・ボール〉のクーポンもたのまれた。あのことで、おふくろの頭がおかしいときみが思ってるのは知ってるが、そこは調子を合わせてやってくれよ、いいね？ むこうは年寄りなんだから。じゃ、カーリーンに、パパからよろしくと伝言をたのむ」そこで間をおき、この五年ほど絶えていわなかった言葉をつけたした。「愛してるよ」

電話を切り、もう一本タバコを吸おうかと考えてから──いまとなっては、肺ガンも心配ご無用だが──やめることにした。最後のページをひらいたノートを、電話機のそばにおいた。拳銃をとりあげ、回転弾倉をひらいた。フル装塡《そうてん》してある。手首をひねってパチンと回転弾倉をもとにもどし、短い銃身を口のなかへつっこんだ。機械油と金属の味がする。こんな文句が頭にうかんだ。『ここに腰かけて、わたしは自殺する《クーリット》。食らうのは拳銃の弾《ブーリット》』銃身をくわえたままでニヤリと笑った。ひどいダジャレだ。自分の著書にこんな落書きはのせられない。

そこでべつの考えがうかび、拳銃を枕の上のくぼみにもどして、また電話機をひきよせ、もう一度自宅の番号をダイヤルした。自分の声が役立たずの携帯電話の番号を復唱するまで待ってからいった。「また、わたしだ。あさっての予約、ランボーを獣医のところへ連れていくのを忘れずに。いいな？　それと、夜にはクラゲの干物《ひもの》をやってくれ。あれはほんとにあいつの腰に効くようだよ。それじゃ」

電話を切り、ふたたび拳銃をとりあげた。銃身を口につっこむ前に、またノートの上に視線を落とす。眉《まゆ》をよせ、拳銃を下においた。ノートは最後の四つのメモで終わっている。銃声を聞いて駆けつけた人間が最初に目にするものは、バスルームのドアに近いベッドの上を横ぎって倒れた死体だろう。ベッドから垂れさがった頭、毛玉だらけのカーペットの上に流れた血。だが、そのつぎに目にするものは、このスパイラル綴じのノートだ。最後に記入したページをひらいたままの。

アルフィーは、この土地の警官、さっきの韻律上の理由からトイレの壁にけっして名前が出ないネブラスカ州警のひとりが、たぶん手持ちのペンの先端を使って、ぼろぼろのノートを手前に向けかえ、この最後のメモを読む場面を想像した。警官は最初の三つのメモを読む——『トロージャン・ガム』、『プーピー・ドゥーピー』、『ロシア系ユダヤ人を救え』——そして、完全なたわごと、とそれらを切り捨てる。それから最後の一行、『愛するものはぜんぶさらいとられる』を読み、この死人も、どたんばへきて、やっと半分すじの通る遺書を書けるぐらいに理性をとりもどしたのか、と考えるだろう。

アルフィーは、狂っていた、と世間に思われたくなかった（彼らがノートをもっとくわしく調べれば、『メッジャー・エヴァーズはディズニーランドで健在なり（訳注 エヴァーズは六三年に暗殺された公民権運動の指導者）』というようなメモが、いよいよその印象を強めることになるだろう。自分は狂っていないし、何年もの歳月をかけてここに書き写した落書きも狂っていない。それには確信がある。それに、もしこちらがまちがっていて、これらの落書きが狂気のたわごとだとすれば、よけいにくわしく調べる必要があるわけじゃないか。たとえば、こっちを見上げるな、靴がションでぬれるぜ、というあれはユーモアなのか？　それとも怒りのさけびなのか？

トイレへノートを流そうかと考えてから、彼は首を横にふった。結局はワイシャツの袖《そで》をまくりあげ、床にしゃがんで、ノートをとりもどすため便器に手をつっこむのがオチだ。換気扇がガタガタまわり、蛍光灯がジージー鳴るなかで。それに、水びたしでインクの文字の一部はぼやけても、ぜんぶがぼやけてくれるわけじゃない。完全には。おまけにこのノートは、長年ポケットに入れて持ち歩き、平べったくて淋《さび》しい中西部を何千、何万マイルもいっしょに旅をした道連れだ。トイレへ流すことには抵抗がある。じゃ、最後のページだけでも？　一ページだけちぎってまるめ、水に流す手はある。だが、それだとノートの残りが彼らに（つねに彼らは存在する）発見されて、すべてが精神異常の明らかな証拠とみなされる。彼らはこういうだろう。「この男がカラシニコフ銃を持って小学校へ乗りこまなくてよかった。子供らが道連れにされたらことだった」と。しかもその噂《うわさ》は、犬のしっぽにくくりつけられた空き缶よろしく、モーラのあとにつきまとう。「彼女のだんなの話を聞いた?」と、みんながスーパーでひそひそ話をすることだろう。「モーテルで自殺したんだって。へんてこな文句をいっぱい書きこんだノートを残して。彼女、殺されなくて幸運だったのよ」その点では少々気がとがめる。まあ、モーラはおとなだからまだしも、カーリーンはちがう……カーリーンは……。

アルフィーは腕時計に目をやった。中学のバスケットボール部の二軍チームの試合、それがいまのカーリーンの居場所だ。あの子のチームメイトたちも、スーパーの奥さん連中と似たようなうわさ話をすることだろうが、この場合は本人の耳に聞こえる距離で、しかも、寒けのするような七年生のくすくす笑いがくっつく。ほくそ笑みと恐怖でいっぱいの目つき。それがフェアといえるか? いや、もちろんいえない。だが、自分の身に起きたこともけっしてフェアとはいえない。ときどきハイウェイを走行中、一部の個人営業の運送屋が使う更正タイヤ(訳注 摩耗したトレッドを交換して再使用するタイヤ)からはずれた、大きな丸まったゴムの帯が目につくことがある。いまの自分はあれに似た気分だ――捨てられたトレッド。錠剤をのめば、気分はいっそう悪化する。頭のなかがはっきりして、自分がどれほど厄介な状況にはまりこんでいるかが見えてしまう。

「だが、おれは狂っちゃいない」とアルフィーはいった。「これは狂気とはいえない」

そう。実をいうと狂気のほうがましだったかも。

アルフィーはノートをとりあげ、三八口径の回転弾倉をもとにもどしたように、パチンとそれを閉じ、すわったまま軽く片脚へ打ちつけはじめた。ばかげているぞ。

ばかげているにしろ、いないにしろ、それはしつこく頭にとりついたままだ。たまに帰宅して家のベッドで寝るとき、ストーブをちゃんと消したかどうかが気になるのとおなじだ。結局はわざわざ起きあがって見にいき、ストーブが冷えきっているのを知るだけ。ただ、このほうが始末にわるい。なぜなら、ノートに書きこんだ文句が大好きだからだ。ここ数年の自分の本業は、落書きを収集すること——落書きについて考えること——で、バーコード・リーダーを売ったり、きれいな電子レンジ用の皿にはいった〈スワンソン〉や〈フリーザー・クイーン〉と大差のない、冷凍ディナーを売ったりする仕事ではなかった。たとえば、『ヘレン・ケラーは彼女の仲間《フェラー》とファックした！』のばかげたいたずらっぽさはどうだ。しかし、このノートは、自分の死後に困惑の種をまきちらすかもしれない。まるで、新方式のオナニーを実験中、うっかりクローゼットのなかで首を吊《つ》ってしまい、ショーツを両脚の下までずりさげ、くるぶしにクソをくっつけた姿で発見されたようなものだ。このノートのなかのいくつかの文句が、顔写真といっしょに新聞に出る可能性もある。むかしむかしなら、そんな考えを鼻でせせら笑ったことだろうが、聖書地帯《バイブル・ベルト》の新聞でさえ、しょっちゅう大統領のペニスのホクロを話題にするきょうこのごろでは、そんな推測もあながち捨てきれない。

じゃ、焼却するか？　いや、そんなことをしたら、くそいまいましい煙探知機のベルがきっと鳴りだすだろう。

壁にかかった絵のうしろへ隠すか？　麦わら帽をかぶり、釣り竿《ざお》を持った少年の絵のうしろへ？

アルフィーはしばらく考えてから、ゆっくりとうなずいた。わるくはないぞ。このスパイラル綴《と》じのノートが、そこで何年も長居をすることになる。やがて、遠い未来のいつか、ノートがバタンと下へ落っこちる。だれかが——たぶん宿泊客か、それともメードのほうが可能性は高いが——ふしぎそうにそれをとりあげる。ページをめくる。その人間の反応はどんなものになるだろう？　ショックか？　苦笑か？　それとも、むかしからおきまりの、頭をポリポリ掻《か》くたぐいの困惑か？　なるべくなら、その最後の反応が望ましい。なぜなら、このノートのなかの文句は謎に満ちているからだ。『エルヴィスはでっかいプシーを殺した』と、テキサス州ハックベリーのだれかは書いていた。『安らぎとはスクエアであることだ』というのが、サウス・ダコタ州ラピッド・シティーのだれかの意見だった。そして、その下には、ほかのだれかがこう書いていた。『ちがうな、バカ。v＝安らぎ、a＝満足、b＝性的互換性とすれば、安らぎ＝$(va)^2+b$だ』

じゃ、絵のうしろにするか。

そこまで部屋を横ぎる途中で、アルフィーはコートのポケットに錠剤があるのを思いだした。しかも、車の小物入れにも錠剤がはいっている。べつの種類だが、効能はおなじ。どちらも処方箋《しょほうせん》なしでは入手できず、もし本人が……なんというか……陽気な気分なら、医者がよこすはずのない薬剤だ。だから警官たちは、ほかにもまだなにかの薬がおいてないかと、この部屋を徹底的に調べるだろう。そして、彼らが壁からあの絵をはずしたとき、このノートが緑のカーペットの上に落ちる。それを隠そうとした努力が裏目に出て、そのなかの文章は、いっそう悪質で、いっそう狂気じみたものに見えることになる。

警官たちは、最後の文章を、それが最後に書かれたものだという単純な理由で一種の遺書とみなすだろう。どこへこのノートを隠したとしても、それはおなじ。東テキサス有料高速道路ぞいの詩人がいつか書いていたとおり、それはアメリカのけつにクソがくっついているほど確実だ。

「もし彼らがそれを見つければ」とつぶやいたとき、どこをどうしてか、その解答がぱっと頭にひらめいた。

雪は激しくなり、風はいっそう勢いを増し、農地のむこうにきらめいていた明かりは吹雪に隠されていた。駐車場の縁で、アルフィーはコートを風にはためかせながら、雪をかぶった自分の車のそばに立った。いまごろあの農家では、みんながテレビを見ていることだろう。家族全員で。ただし、納屋《なや》の屋根のパラボラ・アンテナがこの強風に吹き飛ばされなかったとしての話だが。いっぽう、自分の家では妻と娘のカーリーンがバスケット・ボールの試合から帰宅するころだ。日ごろモーラとカーリーンは、州間高速道路や、レッカー車用レーンをころがっていくインスタント食品の箱や、ドップラー効果のうなりのように時速七、八十マイル、ときには九十マイルでこっちを追い越していくセミトレーラーの轟音《ごうおん》とは、無縁の生活をしている。べつにこれは不平ではない（というか、すくなくとも不平に聞こえてほしくはない）。ただ、指摘しているだけだ。『ここにはだれもいない。たとえいたところで』と、ミズーリ州チョーク・レベルのだれかは屋外トイレの壁に書いていたし、ときにはレストエリアのバスルームのなかに血がくっついていることもある。たいていはほんの少量だが、一度、ひっかき傷だらけのスチールの鏡の下で、よごれた洗面ボウルに半分ほど血が溜《た》まっているのを見たことがある。気がついた人間はいるのだろうか？　だれかがこれを報告しただろうか？

レストエリアによっては、ひっきりなしに頭上のスピーカーから天気予報を流しているが、アルフィーにはそれが物《もの》の怪《け》の声に聞こえる。死体の声帯を通して亡霊がしゃべってるようだ。カンザス州キャンディー、ネス郡の二八三号線ぞいで、だれかがこう書いていた。『見よ、わたしはドアの前に立ち、ノックする』そこへほかのだれかがこうつけたした。『出板物集配センタからきたんでなけりゃ、とっとと帰れ、このやろう』

アルフィーは舗装面の端に立ち、すこし息をあえがせた。空気がおそろしく冷たく、雪まじりだったからだ。左手につかんだスパイラル綴じのノートは、ほとんど二つ折りになっている。考えてみれば、それを破棄する必要はない。このリンカーンの西側、農夫ジョンの東の農地へポンと捨てるだけでいい。あとは風がてつだってくれる。このノートは六、七メートルも上へさらいあげられ、それからもっと遠くまで風にころがされたあと、最終的には畦《あぜ》の側面に貼《は》りつき、そこで雪におおわれる。自分の遺体が故郷へ送りかえされたあとも、ひと冬のあいだこのノートはそこに埋まったままだ。やがて農夫ジョンが、トラクターでそこへやってくる。運転席では、パティ・ラブレスか、ジョージ・ジョーンズか、ひょっとしたらクリント・ブラックの音楽が鳴っているかもしれない。農夫はスパイラル綴じのノートに気づかず、それを土中深くへ埋めてしまい、ノートは自然のサイクルのなかへ消えてしまう。かりにそんなものが存在するとすればだ。『リラックス、なにもかもただのすすぎのサイクルさ』と、だれかが書いてたっけ。ミズーリ州キャメロンからそう遠くない、州間高速道路ぞいの公衆電話のそばに。

アルフィーはいったんノートを遠くへほうり投げようとしてから、またその手をおろした。手放したくはない、それが本音だ。みんながいつも口にする、あの最終結論というやつだ。しかし、いまの状況は最悪だぞ。もう一度腕を高く上げてから、また下におろした。苦悩と迷いのなかで、アルフィーは知らず知らず泣きだしていた。風はうなりを上げて彼のまわりを荒れ狂い、どこへとも知れない道を急いでいる。もうこれまでみたいな生き方はつづけられない。それだけはわかっている。たった一日だってごめんだ。ひと思いに拳銃自殺《けんじゅう》するほうが、どんな生き方の変化よりもらくだろう。それもわかっている。（かりに読者がいたとしても）ほんのひと握りの人たちしか読んでくれないような本を、苦労して書きあげるよりもはるかにらくだ。彼はもう一度腕を高く上げ、快速球を投げようとするピッチャーのようにノートを耳のうしろに構えてから、その姿勢をたもちつづけた。ある考えが生まれた。六十までかぞえよう。もし、そのあいだにあの農家の明かりがもう一度見えたら、その本を書いてみることにしよう。

その本を書くためには、まずこんな話からはじめる必要があるだろう。緑のマイル標でどうやって距離を測るか、この国がどんなにだだっ広いか、オクラホマ州やノース・ダコタ州のレストエリアで車から出たときの風がどんなうなりを上げているか。それがどれほど人間の言葉に似て聞こえるか。それに、いろいろな説明を補足しなければならない。あたりの静けさのこと。レストエリアのバスルームには、いつも先客たちの小便とでっかいおならのにおいがすること。そして、その静けさのなかで壁の落書きがどんなふうに語りはじめるかということ。それはその文字を書きつけてから、出発していった人びとの声だ。それを物語るのは苦痛だが、もしこの風がやんで、あの農家の明かりがまた見えたら、とにかくやってみることにしよう。

もし明かりが見えなければ、そのときはこのノートを農地のなかへ投げすて、〈ヘスナックス〉の自販機の横を左へ曲がって）一九〇号室へもどり、そして計画どおりに拳銃自殺をする。

どっちだ。さあ、どっちだ。

アルフィーはそこに立ち、頭のなかで六十まで数をかぞえながら、風がやむかどうかを待ってみることにした。

わたしはドライブが好きだ。とりわけ、左右に見えるのが大草原だけで、ほぼ四十マイルおきの軽量コンクリート・ブロックのレストエリアしかないような、長い州間高速道路を突っ走るのが好きだ。レストエリアのトイレはいつも落書きだらけで、なかにはおそろしく奇妙なものもまじっている。わたしはこの未知の相手からの通信を収集しはじめ、それらを手帳に書きつけたり、新しいものはないかとネットを調べたり（それ専門のサイトも二、三ある）していたが、そこに所属する物語をようやく探しあてた。これがそれだ。物語としての出来はよくわからないが、その中心にある孤独な男のことはとても気がかりで、彼のためにも事情が好転することを心から願っている。第一稿はハッピー・エンドだったが、《ニューヨーカー》誌のビル・ビュフォードから、もっとあいまいな結末にしたほうがいいのでは、と指摘を受けた。おそらく彼のほうが正しいのだろう。しかし、この世界のアルフィー・ジマーたちのために、みんなで祈りを唱えることはできる。

ジャック・ハミルトンの死

The Death of Jack Hamilton

浅倉久志訳

最初にひとつだけはっきりさせとこう。おれの仲間だったジョニー・ディリンジャーを嫌う人間は、この世にひとりもいなかった。FBIのメルヴィン・パーヴィスはべつとしてだぜ。パーヴィスはJ・エドガー・フーヴァーの右腕で、ジョニーを目のかたきにしてた。ほかのみんなは――そう、ジョニーには人の心をつかむ才能があったよ。それに、人を笑わせるコツも心得てたっけ。最後には神さまがちゃんと帳尻《ちょうじり》を合わせてくださるってのが口癖。こんな人生観を持った男を好きにならずにいられるかい？

だから、世間はそんな男を死なせたがらない。どれだけおおぜいの人間がまだ例の噂《うわさ》を信じてるかを知ったら、あんたもびっくりこくぜ。そう、一九三四年の七月二十二日に、シカゴの〈バイオグラフ劇場〉の外でFBIが射殺した男はジョニーじゃないっていう、あの噂だ。とにかく、ジョニー狩りの総元締めはメルヴィン・パーヴィスだったが、やつはねじけ根性の上に、トンチンカンだった（窓から小便する前に窓をあけるのを忘れるての男さ）。おれから褒め言葉を期待したってむりな話。あのキザなオカマ野郎め、おれはあいつが大嫌いだった！　おれたちみんなが大嫌いだった！

ウィスコンシン州の〈リトル・ボヘミア・ロッジ〉の銃撃戦のあと、おれたちはパーヴィスとFBIの前からうまくずらかった——ひとり残らずだぜ！　あの年最大の謎《なぞ》は、なぜあのオカマ野郎がクビにならなかったかだ。いつだったかジョニーがこういった。「J・エドガーのやつ、女にはあいつほどうまくしゃぶってもらえないんじゃねえのかい」これにはみんな大笑いさ！　そう、とどのつまり、たしかにパーヴィスはジョニーを仕留めた。だけど、バイオグラフ劇場の外で待ち伏せしたあと、路地へ逃げこんだジョニーをうしろから撃ったんだからな。ジョニーはネコのクソと泥んこのなかに倒れて、「いったいどうなってんだ？」といってから死んだんだ。

だが、世間はそんなことを信じない。みんながこういう。ジョニーは映画スターにしたいほどの美男子だ。バイオグラフ劇場の外で射殺された男は、ゆでたソーセージみたいにふくらんだ、腫《は》れぼったい顔をしてた。ジョニーはまだ三十一になったばかりだが、あの晩警察が射殺した男は、どう見ても四十を越えていた！　それに（と、ここでみんなは声をひそめていう）ジョン・ディリンジャーの一物がルイヴィル・スラッガーのバットそこのけだったことは、だれもが知ってるさ。だけど、パーヴィスがバイオグラフ劇場の外で待ち伏せをかけた男の持ち物は、世間並みの十五センチそこそこ。それに、男の上唇の傷痕《きずあと》がなによりの証拠だ。死体公示所《モルグ》で撮った写真にもはっきり写ってる（どこかのヨーヨー野郎が、しかつめらしい顔でジョニーの頭をかかえたあの写真さ。〝犯罪は引きあわない〟って教えを世界にひろめようとしてるみたいに）。ジョニーの口ひげの端っこをふたつ割りにしたあの傷痕。だけど、とここでみんなはいうわけだ。だれもが知ってるとおり、ジョン・ディリンジャーにそんな傷痕はなかった。疑うなら、どれでもいい、ほかの写真を見りゃわかる。ほかにも写真は山ほどあるんだから。

そういえば、ジョニーは死ななかった、と書いた本まである——つまり、ほかの仲間が死んだあともジョニーは無事で、メキシコへ高飛びしてから、どこかの大農場で余生を送り、でっかい持ち物でおおぜいのセニョーラやセニョリータを喜ばせたっていうんだ。その本によると、ジョニーは一九六三年の十一月二十日——ケネディ暗殺の二日前——に、六十というけっこうな寿命で死んだ。死因はGメンの弾丸じゃなく、ただの心臓発作。しかも、ジョン・ディリンジャーはベッドの上で死んだんだ、と。

よくできた話だが、嘘《うそ》だね。

死体になった写真でジョニーの顔がでっかく見えるのは、ほんとに目方がついたからだ。ジョニーはいらいらするとなにかを腹に詰めこみたくなる性分だった。ジャック・ハミルトンがイリノイ州オーロラで死んでからというもの、つぎは自分の番だとジョニーは思いこんでいた。かわいそうなジャックをふたりであの砂利採取場へ埋めたときも、ジョニーはそんなことをいってたっけ。

ところでジョニーの持ち物だが——おれとジョニーは、インディアナ州のペンドルトン少年院で知りあって以来の仲だ。服を着たときも、裸のときも見てる。そのホーマー・ヴァン・ミーターが断言するぜ。やつの持ち物はりっぱだが、とびきりの巨根じゃなかった（ここだけの話、だれがとびきりの巨根だったか教えようか——ドック・バーカー。ママ（訳注　有名な女ギャングのマー・バーカー）の甘えん坊の息子さ。ハハッ！）ということで、話はジョニーの上唇の傷痕にもどる。冷まし板（訳注　入棺前の死体を横たえておく厚板）の上で撮った写真で、口ひげのすきまからのぞいてるあれさ。ほかのジョニーの写真にあれが写ってないのは、死ぬすこし前の傷だからだ。ことの起こりはオーロラでだった。おれたちの古くからの仲間、ジャック・〝レッド〟・ハミルトンの臨終まぎわだ。いまからその話をしたいんだよ。ジョニー・ディリンジャーの上唇に、どうしてあの傷痕ができたかのいきさつをな。

おれとジョニーとレッド・ハミルトンは、リトル・ボヘミア・ロッジでの銃撃戦からうまくずらかった。キッチンの裏窓をくぐりぬけ、パーヴィスとその部下のトンマどもがまだロッジの正面へ銃弾の雨を降らせてるうちに、さっさと車で湖岸の道を突っ走ったんだ。いまでも思うよ、あのロッジの持ち主のドイツ人がちゃんと保険をかけてたならいいが！　最初に目をつけた車は近所の老夫婦のだったが、エンジンがスタートしやがらねえ。二番目の車はうまく動いた——フォード・クーペで、道路のすぐ先に住んでた大工の車だ。ジョニーはその大工を運転席にすわらせ、そいつの運転でセント・ポール方面へかなりの距離をひきかえした。そこで大工は車から下りろといわれ——むこうはすんなりいうことを聞いたね——おれが代わってハンドルを握った。

セント・ポールの三十キロほど下流でミシシッピ川を渡った。ディリンジャー・ギャングを目当てに、おおぜいの土地のポリ公が張ってたが、先を急ぐ途中でジャック・ハミルトンが帽子をなくさなけりゃ、あのまま無事にトンズラできたと思う。ジャックは——いらいらしたときの癖だが——ブタみたいに汗をかいていた。で、大工の車のバックシートで見つけた布切れをちょいとひねって、インディアン風の鉢巻きにしたわけだ。おれたちがスパイラル・ブリッジを渡りきったとき、ウィスコンシン州側で車をとめて見張ってたポリ公どもがそいつに目をひかれ、もっとよく見せて、とあとを追ってきた。へたをするとそれが百年目ってとこだったが、ジョニーにはいつも悪魔みたいなツキがあった——とにかく、バイオグラフ劇場の夜まではね。ジョニーは追っ手とのあいだに牛を積んだトラックをはさみこみ、ポリ公どもはその車を追い越せなくなったんだ。

「アクセルを踏みこめ、ホーマー！」ジョニーがおれにどなった。後部席のジョニーは、声の調子からすると、えらくごきげんだったよ。「すっとばせ！」

おれはそうした。牛を積んだトラックは土煙のなかに消えた。ポリ公どもはそのあとにへばりついたままだ。あばよ、ママ、仕事にありついたら手紙を書くからよ。ハハッ！

やつらを完全におきざりにしたように思えたときだ、ジャックがいった。「ゆっくり走れったら、このばか――スピード違反でアゲられちゃ元も子もねえ」

そこでスピードを五十五キロまで落とし、それから十五分ぐらいは万事順調だった。リトル・ボヘミアでの撃ちあいをふりかえって、レスター・ネルソン（おれたちがいつもベビー・フェイスと呼んでた男）はうまく逃げられたかな、とか話しあってるときだ、いきなりライフルと拳銃《けんじゅう》の発射音がして、弾がうなりを上げながら舗装道路をかすりはじめた。橋のたもとで見張ってた田舎警官どもだ。やっとおれたちに追いついて、最後の百メートルほどそうっと距離を詰めてから、タイヤを狙《ねら》いはじめたんだ――おそらくやつらはそのときになっても、相手がディリンジャーかどうか半信半疑だったんだろう。だが、半信半疑もほんのいっとき。ジョニーがフォードの後部座席の窓ガラスを拳銃の握りでたたき割って、反撃をはじめたんだ。おれはアクセルをいっぱいに踏み、フォードを八十キロまで持ってった。あの当時としちゃたいした猛スピードだぜ。車の往来はすくなかったが、追い越せる車はかたっぱしから追い越したね――左から、右から、排水溝のなかまで使ってよ。二度ほど運転席側のタイヤが持ちあがるのがわかったが、横転はしなかった。ずらかるのにフォード以上の車はない。いつだったか、ジョニーがヘンリー・フォード宛《あ》ての手紙を書いたことがあるんだ。「フォードに乗ってるときは、どんな車にも砂ぼこりを浴びせてやれるよ」ジョニーはミスター・フォード宛ての手紙にそう書いたもんだが、たしかにその日はやつらに砂ぼこりを浴びせてやったたって。だが、その見返りは高くついたぜ。ピン！　ピン！　ピン！　と例の音がしたとたん、フロントガラスにひびがはいって、一発の弾が——たぶん四五口径だろう——ダッシュボードの上に落っこちた。まるきり黒くてでっかいキクイムシだ。ジャック・ハミルトンは助手席にすわってた。トミー・ガンを床から持ちあげて、弾倉をチェックし、窓から体を乗りだしかけたところだ。そのとき、また、ピン！　って音がした。ジャックがさけんだ。「うっ！　くそ！　やられた！」きっとその弾は、割れた後部窓から飛びこんできたんだ。どうしてそいつがジョニーじゃなく、ジャックに当たったのかは、いまも謎さ。

「だいじょうぶか？」とおれはどなった。エテ公みたいにハンドルをつかみ、たぶんエテ公みたいな運転をしてたんだと思う。白い上着のクソ野郎に向かって道をあけろとどなりながら、クラクションを鳴らしづめで、右側をふさいだクーリー牛乳のトラックを追い越したところだった。「ジャック、だいじょうぶか？」

「だいじょうぶ。ピンピンしてら！」ジャックはそういうと、サブ・マシンガンを構えたまま、窓から上体を乗りだした。まずいことに、牛乳屋のトラックがじゃまだ。バックミラーのなかに運転手の顔が見えた。小さい帽子の下から、目をまんまるにしてこっちを見てやがる。で、窓から身を乗りだしたジャックをふりかえると、穴が見えるじゃないか。オーバーの背中のどまんなかに、鉛筆で描いたようなきれいなマルがよ。血は出てない。小さな黒い穴がぽつんとあいてる。

「ジャックのことはいい。おまえは車を走らせろ！」とジョニーがどなった。

おれは車を走らせた。牛乳屋のトラックを八百メートルほどひきはなしたが、サツの連中はまだトラックのうしろにへばりついてた。片側はガードレール、むこうからくるのはのろまな車の行列だ。つぎの急カーブを曲がりきると、ちょっとのま、牛乳屋のトラックも、サツの車もどこかへ消えた。とつぜん、雑草だらけの砂利道が右手に見えた。

「あれだ！」ジャックが助手席へどすんと腰をおろし、息を切らしながらそういうころには、もうおれはそっちへ車を乗り入れていた。

そこはむかしの家畜の通り道だった。七十メートルほど車を走らせてから、小さい坂を登りきってむこう側へ下りると、その先はずいぶん前から空き家らしい農家で行きどまり。おれはエンジンを切り、みんなで外へ出て、車のうしろに立った。

「もしやつらがきたら、派手に撃ちまくってやるぜ」とジャックがいった。「ハリー・ピアポントみたいに電気椅子《いす》送りなんて、まっぴらごめんだ」

しかし、だれもやってこなかった。十分かそこら待ってから、おれたちは車にもどり、注意深くそろそろと本道へひきかえした。だけど、そこでいやなものを見ちまったんだ。

「ジャック」とおれはいった。「口のすみから血が出てるぜ。気をつけないと、シャツがよごれる」

ジャックは右手の親指で口をふき、そこについた血を見てから、にやっと笑いかけたが、あの顔はいまでも夢に出てくるよ――大きな笑顔だが、死ぬほどおびえてるのがわかるんだ。「ほっぺたの裏を嚙《か》んじまってな、もうだいじょうぶ」

「ほんとか?」ジョニーがたずねた。「なんだか声がへんだぞ」

「まだ息が上がってるんだ」とジャックはいった。親指でもう一度口をふいたが、こんどはあまり血がつかなかったので、安心したらしい。「早いことずらかろうぜ」

「ホーマー、スパイラル・ブリッジのほうへひきかえせ」ジョニーがそういうから、おれはそのとおりにした。ジョニー・ディリンジャーについての物語は、ぜんぶがぜんぶほんとじゃないが、やつはいつだって家までの帰り道を見つけたもんだ。たとえ帰る家がなくなったあとでもな。だから、おれはいつもジョニーをたよりにしてたよ。

で、教会へでかける牧師なみに、制限速度ばっちりの五十キロでのろのろ走ってると、ジョニーが〈テキサコ〉のガソリン・スタンドを見つけて、右折しろとどなった。まもなくそこは田舎の砂利道。左だ、右だ、とジョニーが指図するけど、おれにはどの道もおんなじに見える――くたびれたトウモロコシ畑のあいだにタイヤの跡がついてるだけだ。道はぬかるみで、ところどころ畑のなかにまだ雪が残ってる。車が通るのを見物してる田舎のガキどもが、ちらほら目につく。ジャックがだんだん無口になってきた。ようすをたずねると、「だいじょうぶさ」と答えが返ってきた。

「そうだな。この騒ぎが一段落したら、おまえを医者に見せないと」ジョニーがいった。

「それに、そのオーバーも修繕しようや。そんな穴があいてちゃ、まるでだれかに撃たれたみたいじゃねえか！」ジョニーは笑いだし、おれも笑いだした。ジャックまでが笑いだした。まったくジョニーのやつときたら、景気づけがうまいんだから。

「たいした深手じゃないと思うぜ」ジャックがそういったのは、ちょうど四三号線に出たときだった。「もう口から血は出てねえし――ほら」やつはジョニーに親指を見せた。ぽつんと栗色《くりいろ》のしみがついてるだけだ。しかし、シートの上へすわりなおしたとたん、口と鼻からどばっと血が出てきた。

「いや、傷は相当深いようだぞ」ジョニーがいった。「じきに手当してやるからな――まだ口がきけるようなら、心配いらねえ」

「そうとも。だいじょうぶさ」ジャックの声はどんどん小さくなっていく。

「だいじょうぶの大小便さ」とおれ。

「きたねえな。だまってろ、おまえは」ジャックがそういって、みんなで大笑いした。みんなはしょっちゅうおれを笑いものにする。冗談なんだよ。

幹線道路へもどって五分ほどすると、ジャックは意識をなくした。窓にぐったりよりかかったままで、口のすみからひとすじの血が流れて窓ガラスをよごしてる。ごちそうを吸ったばかりの力をたたいたときみたいだ——あたりいちめんの赤ワイン。まだ例の布切れを頭に巻いたままだが、そいつがゆがんでる。ジョニーはその鉢巻きをはずし、そいつでジャックの顔についた血をふいてやった。ジャックがむにゃむにゃいって、ジョニーを押しのけるように両手を上げかけたが、その手がまた膝《ひざ》の上にずり落ちた。

「あのポリ公どもは無線でこの先へ連絡をとる」ジョニーがいった。「セント・ポールへ行ったりしたら、連中の思う壺《つぼ》だ。おれはそう思う。ホーマー、おまえはどうだ？」

「賛成」とおれは答えた。「すると、おあとは？　シカゴかい？」

「ああ。だが、その前にこの車を捨てなくちゃな。やつらはもうナンバーを知ってる。たとえ知らなくたって、この車はツキがねえ。凶と出たぜ」

「ジャックをどうする？」

「ジャックはだいじょうぶさ」ジョニーがそういうので、おれは心得てそれ以上はいわなかった。

その道路を二キロほど走ってから車をとめると、ジョニーが凶と出たフォードの前輪のタイヤを撃ちぬいた。ジャックは真っ青な顔で、ボンネットにぐったりもたれていた。

車が必要なときに、それを呼びとめるのはいつもおれの役目だ。「ほかのだれが手を上げても素通りする車が、おまえならとまってくれるんだよな」いつだったか、ジョニーがそういったことがある。「いったいどうしてだろう？」

それに答えたのは、ハリー・ピアポントだった。まだディリンジャー・ギャングがピアポント・ギャングと呼ばれてた時代の話だ。「それはな、やつが所帯持《ホーマー》ちに見えるからさ」とハリーはいった。「ほかのみんなは絶対に所帯持《ホーマー》ちにゃ見えない。ホーマー・ヴァン・ミーターみたいには」

　これにはみんなで大笑いしたもんだが、いま、またおれの出番がまわってきたわけだ。しかも、こんどは大役。いうならば、生死にかかわる問題だ。

　三台か四台の車が通りすぎたが、おれはタイヤをいじってるふりをつづけた。つぎに農家のトラックがきたが、のろくさい上にガタガタだ。おまけに、荷台には何人かの男が乗ってる。運転手がスピードを落としてきいた。「手伝いがほしいか、アミーゴ？」

「だいじょうぶ」とおれは答えた。「昼めしの前に食欲をつけてるとこさ。どうぞお先に」

　むこうはアハハと笑って行っちまった。荷台の上の連中もこっちに手をふった。

　おつぎはこんどもフォード。ぽつんと一台。おれは両手をふって、ストップの合図をした。パンクしたタイヤはいやでも目につくはずだ。しかも、こっちはにこにこ顔。とっときの笑顔だ。わたしは道ばたに立った無害な所帯持《ホーマー》ちなんです。

　それが効いたね。フォードはとまった。乗ってるのは三人。男と、若い女と、まるまる太った赤ん坊。家族だ。

「あんたのタイヤ、パンクしたみたいだね」と男がいった。スーツにトップコート、どっちも清潔だが、一流品とはいえない。

「だけど、どの程度のパンクかよくわからないんだ」とおれは答えた。「ぺしゃんこなのは下側だけなんで」

この古くさいジョークでまだおれたちが笑ってるうちに、ジョニーとジャックが銃を構えて木陰から現れた。

「そのまま動くなよ、だんな」とジャックがいった。「けがはさせねえ」

その男はジャックをながめ、ジョニーをながめ、またジャックをながめた。もう一度ジョニーに目をもどしてから、口あんぐりになった。こんな場面はもう千回も見てるが、いつもヘソのあたりがこそばゆくなる。

「あんたはディリンジャーだ！」男はかすれ声でいうと、両手をさっと上げた。

「はじめまして」ジョニーはそういってから、男の片手をつかんだ。「たのむよ、手をおろしてくれ」

ちょうどジョニーが手をおろさせたとき、二、三台の車が通りかかった――これから町へでかける田舎者らしく、泥だらけの古いセダンのなかで、みんなしゃちこばってすわってる。むこうの目からすると、おれたちは道ばたでタイヤ交換パーティーにとりかかろうとしてるようにしか見えないだろう。

そのあいだに、ジャックは新しいフォードの運転席側へまわって、イグニションを切り、キーを抜いた。その日の空は、雨か雪でも降りそうな白さだったが、ジャックの顔はそれ以上に白い。

「奥さん、あんたの名は？」とジャックがたずねた。グレーの長いコートを着て、しゃれたセーラー帽をかぶった女だ。

「ディーリー・フランシス」とむこうは答えた。目玉がプラムみたいに黒くてでっかい。「あれはロイ。わたしの夫。ねえ、わたしたちを殺す気？」

ジョニーは女にきびしい目つきをくれてから、こういった。「おれたちはディリンジャー・ギャングだよ、ミセス・フランシス。これまでだれも殺したことはない」ジョニーはいつもその点を力説する。なにをむだな言い訳を、とハリー・ピアポントはいつもそれを笑ってたが、おれはジョニーが正しいと思う。あのカンカン帽のにやけ男が忘れられても、ジョニーがいつまでも世間の記憶に残ってる理由のひとつはそれなんだから。

「そのとおり」とジャックがいった。「おれたちは銀行をひんむくだけさ。それも、みんながいうほどの数じゃないぜ。ところで、このりっぱな体格の坊やは？」ジャックは男の子のあごの下をつついた。たしかにデブだ。喜劇俳優W・C・フィールズそっくり。

「バスターです」ディーリー・フランシスがいった。

「ふーん、まるまる太ってるなあ」ジャックは微笑した。歯が血だらけだ。「いくつだい、この子は？　三つ？」

「二歳半になったばっかり」フランシス夫人が自慢そうにいった。

「ほんとかい？」

「ええ、でも年のわりには大きいのよ。ねえ、あんた、だいじょうぶ？　とっても顔が青いわよ。それに口から血が——」

ジョニーがそこで口をはさんだ。「ジャック、こいつを林のなかまで運転できるか？」そういって大工の古いフォードを指さした。

「いいとも」ジャックがいった。

「タイヤがパンクしてても？」

「まかせとき。ただな……えらくのどがかわくんだ。奥さん——ミセス・フランシス——なんか飲み物を持ってないかね？」

女は向きを変え、腰をかがめて——ばかでっかい赤ん坊を抱いたままだから、らくな芸当じゃないが——後部席から魔法瓶をとりだした。

また二台ほど車がのろのろ通りすぎた。なかの連中が手をふり、こっちも手をふりかえした。おれは口が耳まで裂けるほどのにやにや笑いで、ホーマー《ホーマー》お得意の所帯持ちづらを披露《ひろう》した。だけど、ジャックのことが心配だった。立ってられるだけでもふしぎなのに、魔法瓶を持ちあげて、ちゃんと中身を飲めるのか。氷水よ、と女が教えたが、ジヤックには聞こえないらしい。魔法瓶を返したとき、やつの頰には涙がこぼれてた。ジャックが礼をいうと、女はもう一度、だいじょうぶかとたずねた。

「うん、もうだいじょうぶ」ジャックは凶と出たフォードに乗りこみ、車を林のなかへ向けた。ジョニーが撃ったタイヤの上で、車体がガタガタゆれた。

「どうして後輪を撃たなかったんだよ、このまぬけ！」むかっ腹で、息を切らしてるようすだ。ジャックはなんとか車を林のなかまで持ちこみ、道路から見えない場所で乗り捨ててから、ひきかえしてきた。下を向いて、のろのろした足どり。まるで氷の上を歩く爺《じい》さんみたいだ。

「よーし」とジョニーがいった。ミスター・フランシスの鍵束《かぎたば》に、幸運のお守りのウサギの足がくっついてるのを見つけたんだ。ジョニーがそれをさする手つきを見てると、ミスター・フランシスは二度とこのフォードをとりもどせないなって気がした。「さて、お近づきになれたところで、これからドライブとしゃれこむか」

ジョニーが運転した。ジャックは助手席にすわった。こっちはフランシス夫妻といっしょに後部席へ詰めこまれ、子ブタ坊やを笑わせようと四苦八苦だぜ。

「隣町へ着いたら」とジョニーが後部席のフランシス一家に話しかけた。「行く先までのバス代を渡して、あんたらを車から下ろす。この車はちょうだいする。だいじに扱うからご安心。だれかがこいつに鉄砲弾を撃ちこまないかぎり、新品同様でもどってくるさ。この三人のだれかがあんたのうちへ電話して、車のある場所を教える」

「うちにはまだ電話がないのよ」とディーリーがいった。半泣きだ。一週間おきにほっぺたを張りとばして気合いを入れてやらないと、しょぼんとするての女らしい。「予約リストには出てるんだけど、電話会社の人たちって、やることがのろいんだから」

「そういうことなら」とジョニーは困った顔も見せずに、陽気に答えた。「サツへ電話を入れよう。サツからそっちへ連絡させる。けど、タレこみやがったら、この車は二度と満足な形でもどってこないぜ」

ミスター・フランシスはそのひとことひとことに、首をうなずかせた。本気で信じこんだんだろう。痩《や》せても枯れても、こっちはディリンジャー・ギャングだもんな。

ジョニーはテキサコのガソリン・スタンドに車を乗り入れ、満タンにしてから、みんなにソーダ水をおごった。ジャックは砂漠でのどがかわいて死にかけてる男みたいにグレープを一本飲みほしたが、女は子ブタ坊やにソーダ水をやろうとしない。ひと口もだ。ガキが両手をさしだして、わんわん泣いてるのに。

「おひるの前にソーダ水なんか飲ませちゃだめ」女はジョニーにいった。「いったいなにを考えてるの？」

ジャックは目をつむって助手席の窓にもたれてる。てっきりまた気絶したのかと思ったら、口をはさんだ。「奥さん、そのガキをだまらせせな。でないと、おれがやるぜ」

「あんた、だれの車に乗ってるかを忘れたの」女は偉そうにいった。「ガキにソーダ水をやれったら、このあま」とジョニーがいった。女は真っ青になった。というまだ笑いをうかべて

はいるが、さっきとはべつの笑いだ。それを見たとたん、女は真っ青になった。という

わけで、子ブタ坊やはおひる前だろうがなんだろうが、〈ネヒー〉のソーダ水にありつ

いたよ。そこから三十キロ先の小さな町に着くと、おれたちは三人を車からおろし、そ

のままシカゴへ向かった。

「あんな女と結婚した男は、いうならば自業自得《じごうじとく》だ」とジョニーがいった。「さんざん

厄介を背負いこむぜ」

「あの女はサツにタレこむぞ」ジャックがまだ目をあけずにいった。

「タレこむもんか」ジョニーはいつもながらに自信たっぷりだった。「五セントの金も

むだにしねえよ」そのとおりだった。シカゴの町なかへはいるまでに目についた警察の

車は二台だけだ。それも逆方向に走ってるし、徐行してこっちをよく見ようともしない。

ジョニーのツキだよな。だけど、ジャックのほうは、その顔をひと目見ただけで、ツキ

が落ちかかってるのがわかる。ループに着くころにはうわごとがはじまった。話し相手

はおふくろらしい。

「ホーマー！」目をまんまるにしたジョニーがいった。いつもこれには笑えるんだよ。

まるで女の子がいちゃついてるみたいだ。

「なんだい？」おれもさっそく流し目を返した。

「おれたちは行き場がねえ。こりゃセント・ポールよりもまずいぜ」

「〈マーフィーズ〉へ行け」ジャックが目をつむったままでいった。「冷えたビールが飲みてえ。のどがカラカラだ」

「マーフィーズか」ジョニーがいった。「うん、わるくない考えだぜ」

マーフィーズは、サウスサイドのアイルランド酒場だ。オガクズをまいた床、スチーム・テーブル、バーテンふたり、用心棒三人、バーには愛想のいい女たち、二階にはその女たちを連れこめる部屋。裏手にもういくつか部屋があって、そこではときどき裏稼《うらか》業《ぎょう》の連中が顔合わせしたり、ほとぼりが冷めるまで一日二日隠れたりする。そのなじみの店は、セント・ポールに四軒あるが、シカゴには二軒しかない。おれはフランシス夫妻のフォードを路地にとめた。ジョニーはうわごとまじりのダチと――死にかけたダチとはまだいえないが――後部席にすわり、ジャックの頭をコートの肩に抱きかかえていた。

「なかへはいって、バーからブライアン・ムーニーを呼んできてくれ」ジョニーがおれにいった。

「もしいなかったら？」

「さて、どうしたもんかな」とジョニー。

「ハリー！」ジャックが大声を出した。どうやらハリー・ピアポントに呼びかけてるらしい。「あんたがあてがったあの女な、おれに淋病《りんびょう》をうつしていきやがったぜ！」

「行けよ」ジョニーはおれにそういうと、ジャックの髪を母親みたいにやさしくなでてやった。

さいわい、ブライアン・ムーニーはバーにいて――これもジョニーのツキだ――一泊する部屋にはありつけた。ただし、二百ドルというお値段だ。見晴らしは裏の路地、トイレは長い廊下の奥ってことを考えると、めっぽう高い部屋代さ。

「あんたらは地獄よりヤバい」とブライアンがいった。「これがミッキー・マクルーアだったら、きっと門前払いだぜ。新聞もラジオも、リトル・ボヘミアのニュースで持ちきりだもんな」

ジャックは部屋のすみの簡易ベッドに腰かけ、タバコと冷えた生ビールを受けとった。ビールを飲んだとたん、やつは元気をとりもどした。人心地がついたらしい。「レスターはうまくフケたかい？」とジャックがムーニーにたずねた。ジャックの声でふりかえったとたん、おれはいやなものを見ちまったよ。やつが〈ラッキー〉に火をつけ、一服吸いこむと、まるでのろしみたいに、オーバーの背中の穴から煙が出てきたんだ。

「ベビー・フェイスのことかい？」とムーニーがたずねた。

「やつの耳に聞こえる場所じゃ、そいつは禁句だぜ」ジョニーがにやつきながらいった。

いまのジョニーはジャックが元気をとりもどしたのでごきげんだが、ジャックの背中から出た煙はまだ見ていない。こっちもあんなものは見たくなかった。

「やつはGメンの一団と撃ちあってから逃げのびたよ」ムーニーがいった。「Gメンがすくなくともひとり死んだ。いや、ふたりかな。とにかく、それでよけいにことがまずくなった。今夜はここに泊まっていいが、明日の午後にはひきはらってもらうよ」

ムーニーは出ていった。ジョニーはしばらく待ってから、小さなガキみたいに、ドアのほうへ舌を突きだした。これには笑ったぜ――ジョニーはいつも笑わせてくれる。ジャックも笑おうとしかけて、途中でやめた。よっぽど痛いらしい。

「おい、相棒、そろそろオーバーをぬいで、傷のぐあいを見せてくれるか」ジョニーがそういった。

三人がかりで五分かかった。ジャックが下着一枚になるころには、三人とも汗だくだった。四回か五回、おれは悲鳴を上げかかったジャックの口をあわてて押さえたもんだ。ワイシャツの袖《そで》は血でべとべと。

ジャックのオーバーの裏地にはバラの花ぐらいのしみがあるだけだが、ワイシャツは半分真っ赤、アンダーシャツは血でずぶ濡《ぬ》れだ。左の肩胛骨《けんこうこつ》の真下にこぶができて、そのまんなかに、まるで小さい火山みたいな穴があいてる。

「もうよしてくれ」ジャックが泣きながらいった。「たのむ、もうよしてくれ」

「心配するな」ジョニーがまたジャックの髪をなではじめた。「もうすんだよ。横になっていいぞ。眠れ。ひと休みしないとな」

「眠れねえんだよ」ジャックがいった。「やけに痛い。ああ、ちくしょう、この痛さをわかってもらえたらなあ！　そうだ、ビールをもう一杯くれ。のどがかわいた。だけど、こんどはあんなに塩を入れちゃだめだぜ。ハリーはどこだ？　チャーリーはどこだ？」

ハリー・ピアポントとチャーリー・マクリーのことらしい――チャーリーは、まだ鼻たれ小僧のハリーとジャックを一人前に仕込んだ、年季のはいった悪党だ。

「またはじまったぜ」ジョニーがいった。「早く医者に見せないとな、ホーマー。医者を探してくるのはおまえの役目だぞ」

「待ってくれよ、ジョニー。この町は不案内なんだ。

「心配すんなって」ジョニーはいった。おれがここを留守にしたら、なにが起きるかはわかるだろうが。いま、心当たりの名前と住所をいくつか書いてやるからよ」

とどのつまりは、ひとつの名前と、ひとつの住所だけだった。行ってみると、まるきりのむだ足。お目当ての医者は（中絶手術と、酸で指紋を消すのが専門のヤブなんだが）商売道具のアヘンチンキを飲み、二カ月前にめでたくあの世行きさ。

マーフィーズの裏手のうすぎたない部屋に、おれたちは合計五泊することになった。

ミッキー・マクルーアが顔を出し、おれたちを追いだそうとしたが、ジョニーがいつもの流儀でやつを説得したんだ――ジョニーが魅力を全開にすると、だれもノーとはいえなくなる。それに、こっちはちゃんと金を払ってるしな。五日目の晩には、宿泊料が四百ドルに跳ねあがり、酒場へ立ち入り禁止。客に顔を見られちゃまずいとさ。だけど、客はおれたちに気がつかなかったし、サツの連中もあの四月末の五日間はおれたちを見失ってた。ミッキー・マクルーアはこの取引でいくら儲《もう》けたかな――千ドルじゃきかない。こちとら銀行強盗でも、それ以下の稼ぎが何度もあったのによ。

おれは指の皮むき屋や、変装アーチストを、半ダースほどたずねてまわった。だが、ジャックの診察で足を運んでくれるやつはひとりもない。ヤバすぎるっていいやがる。最低の五日間だったぜ。いまも思いだしたくねえな。ただ、これだけはいわせてくれ。おれにもジョニーにもイエスさまの気持ちがわかったってこと。ゲッセマネの園でペテロのやつが三度知らないとくりかえしたときの、イエスさまの気持ちがさ。

しばらくのあいだ、ジャックはうわごとをいったり、目をさましたりしてたが、そのうち、うわごとをいいづめになった。おふくろの話をしてたかと思うと、それがハリー・ピアポントの話になったり、ブービー・クラークの話になったり。ブービーはみんなの知りあいで、ミシガン・シティー刑務所出身の有名なオカマだ。

「ブービーのやつ、おれにキスしようとしてよ」ある晩、ジャックはおんなじことを何度も何度もくりかえした。こっちは頭がへんになりそうだった。だが、ジョニーはぜんぜん気にしない。ベッドの上でジャックのそばにすわって、髪をなでてやってる。ジョニーはジャックのアンダーシャツを弾孔のまわりだけ四角に切って、しょっちゅう赤チンを筆で塗りつけてたんだが、まわりの皮膚がどす黒い緑色になって、穴からは鼻のもげそうなにおいがする。ちょいと吸っただけでも、涙がぼろぼろ出てくるぐらいだ。

「あれは壊疽《えそ》だぜ」宿泊料を受けとりにきたミッキー・マクルーアがそういった。「やつはもうあの世行きだ」

「あの世行きなもんか」とジョニー。

ミッキーは太った両手を膝《ひざ》において、背をかがめた。酔っぱらいを調べるポリ公みたいにジャックの息を嗅《か》ぎ、それからうしろへさがった。「早いとこ医者を見つけなよ。傷口が臭いのは、よくないしるしだ。そのにおいが息にも出てきたとなると……」ミッキーは首を横にふりふり、部屋を出ていった。

「くそったれめが」ジョニーはまだジャックの髪をなでながら話しかけた。「あんな野郎になにがわかる?」

だが、ジャックの返事はなかった。もう眠ってた。それから二、三時間あとで、ジョニーとおれも寝ついたあとに、ジャックがむっくり起きあがってベッドの端に腰かけ、ミシガン・シティー刑務所の所長だったヘンリー・クローディのことをわめきちらした。

神かけ《アイ・ゴッド》クローディと、おれたちがあだ名をつけた男だ。神かけ《アイ・ゴッド》てどうこうするぞ、とか、神かけ《アイ・ゴッド》てどうこうしろ、というのが口癖でさ。ジャックは、もしクローディがおれたちを釈放しなけりゃ、あいつを殺してやる、とわめきつづけてる。だれかが壁の向こう側をたたきはじめ、その男を黙らせろ、とどなった。

ジョニーはジャックの隣にすわって話しかけ、こんどもうまくやつをなだめた。

「ホーマー？」しばらくしてジャックがいった。

「なんだい、ジャック？」とおれ。

「ハエの手品をやってくれねえか？」

ジャックがあれをおぼえてたことに、おれはびっくりした。「そうだな、お目にかけたいのは山々だが、あいにくここにはハエがいねえ。このあたりは、まだハエの季節じゃないらしいよ」

低いかすれ声で、ジャックは歌った。「ハエのたかるやつもいる。だけど、おれにはたからねえ。だよな、チャマー？」

チャマーというのがだれなのか、見当もつかなかったが、おれはうなずきかえして、やつの肩を軽くたたいた。熱っぽくてねとねとしてる。「そのとおりさ、ジャック」

ジャックの目の下には紫色のくまができ、唇には乾いた唾《つば》が貼《は》りついてた。げっそり痩せたみたいだ。においもきつい。小便のにおいはまだがまんできるが、壊疽のにおいにはまいる。だけど、ジョニーはにおいを気にするそぶりを絶対に見せなかった。

「あの逆立ち歩きを見せてくれよ、ジョン」とジャックがいった。「むかしよくやったみたいにさ」

「ちょっと待った」ジョニーはそういうと、ジャックのグラスに水をついだ。「その前にこいつを飲め。のどをうるおせ。そしたら、この部屋の端から端まで、まだ逆立ちで歩けるかためしてみるぜ。おぼえてるか、あのシャツ工場でおれがよく両手で走ったのを？　門まで走ってったあとで、やつら、おれを土牢《つちろう》へほうりこみやがったっけ」

「おぼえてるよ」ジャックはいった。

その晩、ジョニーは逆立ち歩きをやらなかった。ジャックの唇にグラスの水をあてがうころには、やっこさん、ジョニーの肩にもたれたままで眠っちまったからだ。

「やつはもう長くねえよ」とおれはいった。

「いや、だいじょうぶだ」とジョニーが答えた。

あくる朝、おれはジョニーにたずねてみた。これからどうするかを。おれたちになにができるかを。

「マクルーアから聞きだした名前がもうひとつある。ジョー・モーラン。マクルーアにいわせると、ブレマー誘拐事件の仲介屋だとさ。もしそいつがジャックを治してくれるなら、千ドル払っても惜しくねえ」

「六百なら持ってるぜ」とおれはいってみた。その金は喜んで出すつもりだが、ジャック・ハミルトンのためじゃない。ジャックはもう医者には用のない体だ。いまのジャックに必要なのは牧師だ。おれがその金を出すのは、ジョニー・ディリンジャーのためさ。

「ありがとよ、ホーマー」とジョニーはいった。「一時間でもどる。それまでこの坊やのお守りをたのむぜ」だけど、ジョニーはわびしい顔だった。もしモーランが手を貸してくれないと、この町を出るしかないのがわかってたからだ。つまり、ジャックをセント・ポールまで運んで、そこで医者を探すってことさ。盗んだフォードでそこへもどるのがなにを意味するかもわかってる。あれは一九三四年の春で、おれたちは三人とも――おれと、ジャックと、とりわけジョニーは――J・エドガー・フーヴァーの〝民衆の敵〟のリストに上がってたんだ。

「じゃ、元気でな」とおれはいった。「漫画のページで会おうぜ」

ジョニーは出ていった。おれはぼんやりひまをつぶした。もうその部屋にはつくづく嫌気がさしていた。まるでミシガン・シティー刑務所にもどった気分だが、もっとわるい。ムショなら、もうこれ以上にわるいことは起きっこねえ、とあきらめもつく。このマーフィーズの裏手に隠れてると、いつもっとわるいことが起きるかもしれねえ。このジャックがなにかぶつぶついってから、また眠りこんだ。

ベッドの裾《すそ》のほうに椅子がひとつあって、クッションがおいてある。おれはそのクッションを持ちあげて、ジャックのそばにすわった。そんなに手間はかからんだろう。ジョニーがもどってきたら、かわいそうなジャックはとうとう最後の息をひきとった、といえばいい。クッションは椅子《いす》の上にもどしておく。実際、そのほうがジョニーにとってはありがたいはずだ。ジャックにとっても。

「おまえが見えるぜ、チャマー」だしぬけにジャックの声がした。まったくの話、こっちは肝っ玉が縮みあがったよ。

「ジャック！」クッションの上に両肘《りょうひじ》をつきながら、おれはいった。「どうした？」

やつはぎょろっと目を動かしてから、目をつむった。「あの芸当を見せてくれ……ハエの芸当を」そういってまた眠りこんだ。だけど、ちょうどいいときに目をさましたもんだ。やつが目をさましてなけりゃ、帰ってきたジョニーはベッドの上に死人を見つけたにちがいないんだから。

やっと帰ってきたジョニーは、いまにもドアをぶっこわしそうな調子でノックした。おれはハジキを抜いていた。ジョニーがそれを見て笑いだした。「その豆鉄砲を早くしまえ。悩みはぜんぶ道具箱へしまいこめったら！」

「なにがあったんだい？」

「おれたちはここをおさらばする、それだけのこと」ジョニーは五年も若返ったように見えた。「もう潮時だ、そう思わねえか？」

「思う」

「おれの留守のあいだ、やつはだいじょうぶだったか？」

「ああ」とおれは答えた。椅子の上のクッションには、《シカゴで会おう》と縫いとりがしてあった。

「変化なし？　これからどこへ行く？」

「オーロラ」とジョニーはいった。「州北の小さい町だ。おれたちはそこへ行く。ヴォルニー・デイヴィスとガールフレンドの家へ」ジョニーはベッドの上へ身を乗りだした。ジャックの赤い髪はもともと薄かったが、ここへきて抜けはじめた。枕《まくら》の上に抜け毛が散らばり、脳天は雪みたいにまっ白だ。「聞いたか、ジャック？」とジョニーはさけんだ。「いまのおれたちはヤバいが、ほとぼりはじきに冷めるさ！　わかるか？」

「逆立ち歩きを見せてくれ。ジョニー・ディリンジャーがよくやったみたいに」ジャックは目をあけずにいった。

ジョニーは笑顔を消さなかった。おれにウィンクした。「やつにはわかってる」とおれにいった。「ただ、目がさめてないだけさ。そうだろう？」

「そうさ」とおれは答えた。

オーロラまでのドライブで、ジャックは窓にもたれ、車が穴ぼこの上を通るたびに、ゴツンゴツンと頭をガラスにぶつけてた。こっちの目には見えない連中と、なにかぶつぶつ長話のさいちゅうだ。いったん町から出ると、おれもジョニーも窓を開けずにはいられなかった。でないと、においがひどくてな。ジャックはじりじり体内から腐っていくが、それでも死なない。人間の命はつかのまのはかないものだってよくいうが、おれは信じないね。もしそうだったら、そのほうがよかったとは思うが。

「あのドクター・モーランってやつは泣き虫なんだ」とジョニーがいった。もうそのころには、車は町を離れて、林のあいだを走ってた。「こんな泣き虫と組んじゃまずい、とおれは判断したわけよ。しかし、なにかおみやげがなくっちゃな」ジョニーはいつもベルトに三八口径をさして旅をする。いま、やつはそれをひきぬいてみせた。きっとドクター・モーランの前でもそうやったにちがいない。「で、こういってやった。『もし手ぶらで帰ることになったら、ドク、おまえの命はもらうからな』やつはおれが本気なのを見て、近くの知りあいに電話した。それがヴォルニー・デイヴィスよ」

その名前に聞きおぼえがあるみたいに、おれはうなずいた。あとで知ったんだが、ヴォルニーもマー・バーカーの一味だった。なかなか感じのいい男だったぜ。ドック・バーカーもな。それと、ヴォルニーのガールフレンドで、みんなからラビッツと呼ばれてる女。ラビッツってあだ名の由来は、二度か三度、穴を掘って脱獄したことがあるからなんだ。この女は三人のなかでも最高だった。ピカイチだった。すくなくともラビッツは、あわれな足手まといのジャックの命を助けようとしてくれたんだ。ほかのだれも手を出さないのに――ヤブ医者どもや、指の皮むき屋や、変装アーチスト、それに、ドクター・ジョゼフ・〝泣き虫〟・モーランはいうまでもなく。

バーカー一味は誘拐でドジを踏んだあとで、逃走中の身だった。ドックのママはひと足先に逃げのびた――はるばるフロリダまで。連中のオーロラの隠れ家はたいしたヤサじゃないが――たった四部屋で、電気はきてないし、便所は屋外――それでもマーフィーズよりはましだった。それに、いまもいったとおり、ヴォルニーのガールフレンドが、すくなくとも手当をしようとしてくれた。おれたちがそこへ着いてから二晩目のことだ。ラビッツは石油ランプをベッドのまわりにならべてから、鍋《なべ》に湯をわかし、果物ナイフを消毒した。「あんたら、もし吐きたくなっても、あたしが仕事をすませるまではじっとがまんしてなよ」

「だいじょうぶだ」ジョニーが答えた。「そうだよな、ホーマー？」

おれはこっくりうなずいたが、まだなにもはじまらないうちからのどの奥がこそばゆくなってきた。ジャックはうつぶせに寝て、顔を横向け、なにかぶつぶついってる。あのひとりごとはやむときがない。どこの部屋へ行っても、そこはやつにしか見えない連中でいっぱいらしいんだ。

「そう願いたいわね」とラビッツはいった。「いったんはじめたら、もうあともどりはきかないから」彼女は顔を上げ、ドックが戸口に立っているのを見てとった。ヴォルニー・デイヴィスもそこにいた。「あっちへ行っててよ、お禿《は》げちゃん」と彼女はドックにいった。「そこの大酋長《だいしゅうちょう》を連れていくのを忘れずに」ヴォルニー・デイヴィスはおれ同様、インディアンとは縁もゆかりもないが、チェロキー国（訳注　十九世紀にチェロキー族が居住地内に作った部族自治国家で、ジョージア州内にあった）の生まれなんで、みんながそういってからかう。どこかの裁判官が、靴を一足盗んだ罪でやつに三年の刑をいいわたした。やつが犯罪の道に足をつっこんだのは、それがきっかけなんだってよ。

　ヴォルニーとドックは出ていった。ふたりがいなくなると、ラビッツはうつ伏せにしたジャックの背中を押さえつけて、ざっくりX形に切りさいた。とてもまともに見る気がしない。おれはジャックの両脚を押さえた。ジョニーはジャックの頭のそばにすわって、なだめるように話しかけていたが、ぜんぜん効果なし。ジャックが悲鳴を上げはじめると、ジョニーがその頭の上にディッシュ・タオルをかけ、つづけろというように、ラビッツにうなずいてみせた。そのあいだもジャックの頭をなでながら、心配するな、万事はうまくいくぜ、といいきかせてるんだ。

あのラビッツ。女はかよわいとかなんとかいうが、あの女にはかよわいとこなんかこれっぽっちもなかったぜ。両手がピクリともふるえない。切り口の奥からは、どす黒い塊のまじった血がどばっと出てくる。もっと深くまで刃を入れると、こんどは膿《うみ》が出てくる。白い膿もあるけど、大きな緑色の塊はでっかい鼻くそみたいだ。ぞっとしたね。だが、刃先が肺まで届いたときは、悪臭が千倍もひどくなった。毒ガス攻撃を受けたフランスの戦場でも、こんなにひどいにおいはしなかったろうぜ。

ジャックは口笛みたいにヒューヒュー呼吸してる。その音が、のどからだけじゃなしに、背中の穴からも聞こえるんだ。

「急いだほうがいい」とジョニーがいった。「やっこさんのホースは空気洩《も》れだ」

「わかってるわよ」ラビッツがいった。「弾は肺のなかにある。あんたは押さえつけててくれりゃいいの、色男」

実のところ、ジャックはそれほどじたばたしなかった。もうその力もなかったんだろうな。やつの体をヒューヒュー出入りする空気の音が、だんだんかぼそくなっていくんだ。ベッドのまわりにならべた石油ランプのせいで、部屋のなかは地獄より暑いし、燃える石油のにおいは壊疽のにおいに負けないほどすごい。はじめる前に窓をあけとけばよかったと気がついたが、もう後の祭りよ。

ラビッツはトングを用意していたが、なかなか傷口へはいってくれない。「くそったたれ！」とさけぶと、それをわきへほうりだし、血まみれの穴へ二本の指をつっこんでから、手さぐりのすえに弾を見つけ、つまみだして床へ投げつけた。ジョニーがそれを拾おうと身をかがめると、ラビッツはいった。「おみやげはあとであげるからさ、色男。いまはこの子を押さえつけてて」

ラビッツは指で傷口をひろげて、ガーゼを詰めこみはじめた。

ジョニーはディッシュ・タオルをめくって、その下をのぞいた。「ぎりぎりで間に合ったぜ」にやりと笑って、彼女にそういった。「レッド・ハミルトンはちょいと顔が青ざめてるが」

外では一台の車が私道へはいってきた。ひょっとしたらサツかもしれないが、そのときのおれたちには打つ手がなかった。

「そこをつまんでふさいでて」ラビッツはおれにそういうと、ガーゼを詰めた穴を指さした。「あんまり裁縫は得意じゃないけど、六針ぐらいなら縫えると思う」

その穴のそばへは手を近づけたくなかったが、断る勇気はとてもなかった。そこをつまんで傷口をふさぐと、また水っぽい膿がどろんと出てきた。おれのみぞおちはぎゅっと縮んで、ウグウグって音がのどから出てきた。とめようとしてもとまらない。

「しっかりしてよ」ラビッツがちらっと笑顔を見せた。「引き金をひく度胸のある男なら、穴ぐらいどうってことないさ」そういうと、大きなモーションをつけてかがり縫いをはじめた──皮膚に針をぶちこむような調子だ。ふた針でおれは目をそらしたね。

「ありがとう」手当がすんだあとで、ジョニーは彼女に礼をいった。「恩に着るよ。こんどのことは忘れない」

「あんまり期待しないで」とラビッツは答えた。「あたしの見たところ、助かるチャンスは二十にひとつだね」

「やつはきっと持ちなおすさ」ジョニーはいった。

そこへドックとヴォルニーが急いでもどってきた。ふたりのうしろには、マー・バーカー一味のもうひとりがいた──バスター・ダッグズだかドラッグズだか、名前はよくおぼえてない。とにかく、この男は町まで足をのばし、〈シティーズ・サービス〉のガソリン・スタンドから電話で情報を仕入れてきたんだ。それによると、シカゴではGメンがまたはりきりはじめて、バーカー・ギャング最後の大仕事になったブレマー誘拐事件に関係ありそうな人間を、かたっぱしから逮捕してるという。しょっぴかれたうちのひとりは、シカゴの悪徳政治屋の大物、ジョン・J・〝ボス〟・マクラフリン。もうひとりは、ドクター・ジョゼフ・モーラン、またの名、泣き虫男だと。

「モーランはきっとサツにこの場所を吐くぜ。こいつはクソが毛布にくっつくぐらいにまちがいない」とヴォルニーがいった。

「その話がガセだってこともある」とジョニーがいった。ジャックは意識がなく、赤い髪の毛が、針金の切れはしみたいに枕の上に落ちていた。「たんなる噂《うわさ》かもな」

「いや、甘く見るのは禁物だぜ」バスターがいった。「この話はティミー・オーシェイから聞いたんだ」

「ティミー・オーシェイって？　法王のごますり屋かい？」とジョニー。

「モーランの甥《おい》っ子さ」とドックが答え、それで結論は出たようだ。

「あんたがなにを考えてるかはわかるよ、色男」ラビッツがジョニーにいった。「だけど、それだけはよしな。この男を車に乗せて、セント・ポールまで裏道づたいにガタガタ走るつもりだろうけど、そんなことしたら、朝まではもたないよ」

「ここへ残していけ」とヴォルニーがいった。「もしもサツがここへ踏みこんできたら、やつらがこの男の手当をするさ」

　そこにすわったジョニーの顔からは、汗が滝のように流れていた。疲れた顔つきだが、それでもニコニコしてる。ジョニーってやつは、いつも笑顔を忘れない。「たしかに、サツはやつの手当をするだろうさ。だが、病院へ運んでくれるわけじゃないぜ。やつの顔の上に枕をあてがって、その上にけつをおく。そこらが相場だ」おれはそれを聞いてぎくりとしたが、そのわけはわかってくれるよな。

「とにかく、決心したほうがいいぜ」バスターがいった。「夜明け前までにここは包囲される。おれはとっととずらかるよ」

「みんなは逃げてくれ」ジョニーがいった。「おまえもだ、ホーマー。おれはジャックとここに残る」

「くそ、そうはいかねえ」ドックがいった。「おれも残るぜ」

「おなじく」とヴォルニー・デイヴィスがいった。

バスター・ダッグズだかドラッグズだかは、どうかしてるんじゃないかというような顔でふたりを見たけどさ、知ってるかい？　おれはちっとも驚かなかった。これもやっぱりジョニーの影響力なんだ。

「おれも残る」とおれはいった。

「そうか、おれは出ていくぜ」とバスター。

「いいとも」ドックがいった。「じゃ、ラビッツをいっしょに連れてってくれ」

「お断りだね」とラビッツが口をはさんだ。「あたしは料理をしたい気分さ」

「おつむはたしかか？」とドックがたずねた。「夜なかの一時だぜ。それに、両手の肘まで血だらけじゃないか」

「時間なんか知ったことかい。それに、血は洗えば落ちるさ」ラビッツはいった。「いまからみんなに、いままで食ったためしのないような、でっかい朝めしをこさえてやるからね──タマゴ、ベーコン、ビスケット、グレービー、ハッシュ・ブラウン」

「愛してるぜ。結婚してくれ」とジョニーがいい、みんなが大笑いした。

「くそ、負けたよ」とバスターがいった。「朝めしが出るなら、おれも残るか」

というわけで、全員がオーロラの隠れ家にケツを据えることになった。もうすでに――ジョニーの気持ちには関係なしに――あの世行きときまった男のために体を張ろうってわけさ。表口にはソファーと椅子《いす》でバリケードを築き、裏口はどのみち使い物にならないガス・ストーブでふさいだ。使い物になるのは薪《まき》ストーブだけだ。おれとジョニーはフォードまでトミー・ガンをとりにいき、ドックも屋根裏部屋から何挺《ちょう》かを運び下ろした。何発かの手榴弾《しゅりゅうだん》と迫撃砲が一門はいった木箱。それに、迫撃砲弾の木箱。賭《か》けてもいいが、このへんの陸軍でも、これだけの武器は持っちゃいないぞ。ハハッ！

「とにかく、相手が何人くたばろうと知ったことか。そのなかにあのメルヴィン・パーヴィスのくそ野郎がはいってりゃ、おれは満足」とドックがいった。ラビッツが食い物をテーブルにならべるころには、農家ならもうそろそろ朝めしの時間だ。おれたちは交代で食事した。いつもだれかふたりが長い私道を見張るって仕組みさ。一度バスターが警報を出して、みんなが持ち場へ駆けつけたが、本道を走ってる牛乳屋のトラックだとわかった。Gメンはやってこなかった。ガセネタというならどうぞ。おれにいわせりゃ、これもジョン・ディリンジャーのツキのひとつさ。

だが、ジャックの容態はわるくなる一方、どん底街道まっしぐらだ。あくる日の午後には、ジョニーでさえ、この分じゃ先は長くない、とさとったらしい。といっても、自分の口からは絶対に認めなかったがね。気の毒なのはあの女だよ。黒糸を使った大きな縫い目のあいだから新しい膿がにじみだしたのを見て、ラビッツはわんわん泣きだした。いつまでも泣きやまなかった。まるでジャック・ハミルトンとは長年の親友だったみたいに。

「そう泣くなよ」とジョニーはいった。「元気を出してくれ、べっぴんさん。あんたはできるだけの手当をしてくれた。それに、やつのことだ、まだ持ちなおすかもしれん」

「あたしが指で弾をほじくりだしたからよ」と彼女はいった。「あんなことするんじゃなかった。わかってたのに」

「いや」とおれはいった。「そのせいじゃないよ。あれは壊疽《えそ》だ。その前から壊疽がはじまってたんだ」

「たわごとをほざくな」ジョニーがおれをにらみつけた。「化膿《かのう》してたかもしれんが、あれは壊疽じゃねえ。いまも壊疽じゃねえぞ」

膿からそのにおいがちゃんとしてるのにさ。だけど、それ以上はいえない。

ジョニーはまだおれの顔を見ていた。「ペンドルトンにいたとき、ハリーがおまえのことをなんと呼んでたか、おぼえてるよな?」

おれはうなずいた。ハリー・ピアポントとジョニーはとびきりの仲よしだったが、ハリーはおれのことが好きじゃなかった。ジョニーがいなけりゃ、おれはギャングの仲間入りをさせてもらえなかったろう。おぼえてるかい、最初の名前がピアポント・ギャングだったのを？　ハリーはおれをまぬけだと思ってた。これもジョニーがけっして認めず、口にも出さないことのひとつだった。ジョニーはみんなが仲よくしてほしかったんだ。

「じゃ、外へ出てでっかいハエを仕込んでこい」とジョニーはいった。「おまえがペンドルトンにいたときとおなじように。でっかい、ブンブンうなるやつをな」ジョニーがそうたのんだとき、おれにはわかった。とうとうジョニーも、ジャックの死期が近いと納得したんだ。

ペンドルトン少年院でハリー・ピアポントがおれにつけたあだ名は、ハエ坊やだった。あのころはまだみんながただのガキで、おれは看守に聞こえないように枕《まくら》の下へ顔をつっこんで、毎晩泣きながら寝ついたもんさ。そう、結局ハリーはオハイオ州の刑務所で電気椅子にすわったんだから、まぬけはおれだけじゃないのかもな。

ラビッツはキッチンで、夕食の野菜を刻んでた。コンロの上ではなにかがぐつぐつ煮えてる。糸はないか、とおれがたずねると、むこうはいった。もちろんあるわよ、あんたの仲間の傷を縫ったとき、そばで見てたんじゃないのかい？　たしかにな、とおれは答えた。だけど、あれは黒糸、おれがほしいのは白糸だ。これぐらいの長さのを六本ぐらい。そういって、両手の人差し指を二十センチほど離してみせた。なんに使うのか、とむこうは聞く。おれは答えた。もし知りたけりゃ、流しの上の窓からのぞいてみなよ。「あそこから見えるのは便所だけさ」ラビッツはいった。「あんたが自分のケツを拭《ふ》くのをのぞく気はないね、ミスター・ヴァン・ミーター」

ラビッツは食料置場のドアにぶらさがった袋をとって、なかをひっかきまわし、ひと巻きの白糸をとりだして、注文どおりの六本を切ってくれた。おれはていねいに礼をいってから、バンドエイドはないかときいた。さっそく流しのそばの引き出しからそれが出てきた——しょっちゅう指を切るから、そこにおいてあるという。それを一枚もらって、おれは裏口から出ていった。

おれがペンドルトン少年院送りになったのは、ニューヨーク・セントラル・ラインで、あのチャーリー・マクリーといっしょに列車強盗をやらかしたからだ——世のなかはせまいもんだよ、ちがうか？　ハハッ！　とにかく、不良どもを手いっぱいにしとくことにかけちゃ、インディアナ州ペンドルトン少年院にはやたらに道具がそろってたぜ。ランドリーと木工室。それに、新米どもがおもにインディアナ州の刑務所看守用のシャツやズボンを縫わされる縫製工場。そこをシャツ工場と呼ぶやつもいた。くそ工場《シット》というやつもいた。おれがひきあてたクジはそこ——ジョニーとハリー・ピアポントにはじめて出会ったのもそこだ。ジョニーもハリーも〝一日分の割当〟をらくにこなしてたが、こっちはいつもシャツが十枚不足だったり、ズボンが五枚不足だったりで、マットの上へ立たされた。看守どもは、おれがいつもふざけまわってるからだと思ってた。ハリーもおんなじ考えだった。だけど、ほんとは不器用で、仕事がのろいからなんだ——ジョニーだけはそれをわかってくれたようだ。だから、おれはわざとおふざけをやってたのさ。

一日分の割当がこなせないと、つぎの一日は看守詰所で過ごさなくちゃならない。そこには六十センチ四方のイグサのマットがおいてある。服をぜんぶぬいで、靴下だけになって、一日じゅうそこに立たされる。一度でもマットの外に出たら、へら棒でけつをどやされる。二度目は、看守のひとりに押さえつけられ、もうひとりにヤキを入れられる。三度もマットの外へ出ようもんなら、一週間の独房入りだ。水は好きなだけ飲めるが、ウラがある。トイレへ行く休憩時間が、一日一回しかないんだ。小便を垂れ流しにしてるのが見つかったらさいご、さんざんぶちのめされた上に、土牢《つちろう》へほうりこまれる。あそこは退屈だった。ペンドルトンも退屈、ミシガン・シティー、神《アイ・ゴッド》かけのいたおとな用の刑務所も退屈。なかにはひとりごとで気をまぎらすやつもいた。歌をうたうやつもいた。出所したら抱きたい女のリストをこさえるやつもいた。

おれはちがう。投げ縄でハエを生け捕りにする術《すべ》をおぼえたんだ。

ハエの生け捕りに、便所はもってこいの場所だ。おれはドアの外で持ち場につき、ラビッツからもらった糸で輪をこしらえた。あとは、することといえば、あんまり動かずにいることだけかな。なにしろ、マットの上でおぼえた術だ、あっさりとは忘れない。

長くはかからなかった。ハエは五月はじめにわいてくるが、最初は動きがのろい。それに、ハエを投げ縄で生け捕りにするなんてできっこないと思うなら……そう、おれにいえるのはこれだけさ。ほんとに秘術をためしたけりゃ、カを生け捕りにしてみなって。

三回投げて、最初のハエをつかまえた。どうってことはない。マットの上にいたときなんか、最初の一ぴきをつかまえるのに、昼前までかかったこともある。おれがそいつを生け捕りにしたとたん、ラビッツが声をかけてきた。「いったいなにをやってんのよ？　魔法かい？」

遠くから見りゃ、たしかに魔法に似てらあな。二十メートルほど先からこっちをながめてるラビッツの目に、それがどう見えるかを想像してくれよ。便所のそばに立った男が——見たところはなんにもない空中へ——糸のはしをひょいと投げると、その糸がゆっくり地面に垂れてくるかと思いのほか、空中でじっとしてるじゃないか！　その端にくっついてるのは、かなりでっかいハエだ。ジョニーならそれぐらいの距離でも見えたろうが、ラビッツはジョニーほど遠目がきかないらしい。

おれはその糸の端を、バンドエイドで便所のドアの取っ手にくっつけた。それからつぎの獲物を狙《ねら》った。またそのつぎの獲物も。ラビッツが見物にきたので、おれは静かにしてるならいてもいい、と念を押した。だが、あの女は静かにしてるのが苦手らしく、とうとうおれは、あんたがいるとハエが寄りつかねえよ、とお引き取りを願った。

そのあと、便所のわきで一時間半ほど粘った——それだけ長居すると、もうにおいも気にならない。そのうちだんだん寒くなってきて、ハエの動きものろくなった。獲物は五ひき。ペンドルトンならかなりの大漁だが、便所のそばで立ちんぼうしてたわりにはすくない。とにかく、ハエが飛べないほど寒くならないうちに、家のなかへはいろう。

ゆっくりキッチンまで歩いて帰ってくると、ドックと、ヴォルニーと、ラビッツが笑いながら、拍手で迎えてくれた。ジャックの寝室は家の反対側にあって、なかはうす暗い。おれが黒糸じゃなく白糸を注文したのはそのためさ。いまのおれは、目に見えない風船につながった糸の束を握ってるみたいだ。ただ、ちがうのは、ハエのうなり声が聞こえるところ——どのハエも、どうしてつかまったのかわからないもんだから、めんくらってムキになってやがる。

「こいつはぶったまげた」とドック・バーカーがいった。「ほんとだぜ、ホーマー。おそれいりやした。どこでそんな芸当をおぼえたんだ?」

「ペンドルトン少年院」とおれはいった。

「だれに教わった?」

「だれにも。ある日、ひょいと思いついたんだ」

「どうして糸がからまねえのかな？」ヴォルニーがたずねた。やつの目はブドウみたいにでっかくなっていた。こいつはおかしかったね。ほんとに。

「わからん」おれは答えた。「ハエのやつはいつも自分の領分を飛びまわってて、めったに国境を横切らねえ。ひとつの謎《なぞ》だよ」

「ホーマー」とジョニーがべつの部屋からどなった。「ハエをつかまえたなら、いまがチャンスだ。持ってこい！」

おれはカウボーイ気どりでハエどもの端綱をつかんだまま、キッチンのなかを通りぬけようとした。ラビッツがおれの腕に手をおいた。「気をつけて。あんたの仲間が死にかけてるもんだから、もうひとりの仲間も気がヘンになってるみたい。まあ、いずれは治るだろうけど、いまは安全じゃないよ」

いわれなくてもわかっていた。いったんジョニーがなにかを決心したら、やつはたいていそれを手に入れる。ただし、今回はむりだが。

ジャックは積みあげた枕の上によりかかり、頭をその端っこにおいていた。顔色は紙みたいにまっ白だが、正気にもどったらしい。人間がときどきそうなるように、やつも死ぬまぎわに意識をとりもどしたんだ。

「ホーマー！」やつの声はこれ以上はないぐらいに元気だった。それから何本もの糸を見て、笑いだした。その笑い声は笛みたいにかんだかく、調子がくるってるし、すぐに咳《せ》きこみはじめた。咳《せき》と笑い声がごっちゃなんだ。口からは血が飛びちった——そのしぶきがハエの糸にもふりかかった。「ミシガン・シティーとおんなじだ！」ジャックはそういって、片脚をぽんとたたいた。口から流れだした血が、あごを伝ってアンダーシャツの上へこぼれた。「むかしとおんなじだ！」ジャックはまた咳きこんだ。

ジョニーの顔は見るもあわれだった。ジャックが自分で自分の体をずたずたにしないうちに、ジョニーはおれを部屋から出ていかせたがってる。だが、その一方、そうやったところで、なんのちがいもないのを知ってる。もし、糸につながれた便所バエを見てジャックがたのしく死ねるなら、そうしてやろうってわけさ。

「ジャック」とおれはいった。「静かにしてなくちゃだめじゃないか」

「いや、おれはもうだいじょうぶ」やつはにやにや笑い、のどをぜいぜい鳴らした。「ハエをこっちへ連れてこいよ！　おれにも見えるように！」だが、それ以上は言葉がつづかず、また咳がはじまった。体をふたつ折りにして、折り曲げた膝《ひざ》のあいだへ血しぶきの飛んだシーツをかいば桶《おけ》みたいにはさんでるんだ。

おれがジョニーの顔をうかがうと、むこうはこっくりうなずいた。心のなかでなにかを乗りこえたらしい。ジョニーはおれを手招きした。おれはそろそろと近づいた。手に持った何本かの糸が、薄暗がりのなかでただの白い線みたいに見えた。しかも、ジャックはごきげんで、自分が最後の咳をしてるとはまったくご存じない。

「ハエを放してやれ」ジャックの湿ったかすれ声は、ほとんど聞こえないほどだった。

「思いだすぜ……」

おれはそうした。糸から手を離した。一秒か二秒のあいだ、ハエは下のほうでかたまりあってた――おれの掌《てのひら》からにじむ汗にひきよせられてたんだろう――だが、そこでハエはばらばらに分かれて、まっすぐに高く昇っていった。だしぬけに、おれは思いだした。メイスン・シティーでの銀行強盗のあと、通りで仁王立ちになったジャックをだ。やつはトミー・ガンを撃ちまくり、人質を連れて逃走車へ向かうおれとジョニーとレスターを援護してくれた。銃弾の雨が降りそそぎ、やつは肩に傷を負ったが、まるきり不死身に見えたもんだ。いまのジャックは、血まみれのシーツの下で両膝を立てて咳きこんでいる。

「すげえ、あれを見ろよ」ジャックは何本かの白糸がひとりでに天井へ昇っていくのを見ながらいった。

「まだつづきがあるんだぞ」とジョニーがいった。「よく見てろよ」そういうと、キッチンのドアのほうへ一歩進んでから、向きなおって一礼した。にやにや笑っていたが、それはこれまでに見たジョニーのいちばん悲しい笑顔だった。おれたちはジャックのためにできるだけのことはした。だけど、最後の食事をあてがってやることもできない、ちがうか？　「おぼえてるかい、おれがシャツ工場でよく逆立ち歩きをやってみせたのを？」

「おぼえてるとも！　口上もたのむぜ！」とジャックはいった。

「レディーズ・アンド・ジェントルメン！」とジョニーはいた。「いまより中央リングでお目にかけますのは、あっと驚く曲芸の大名人、ジョン・ハーバート・デリンガー！」ジョニーは自分の名前をそう発音した。やつのおやじが名乗ってたとおりに、あれほど有名になる前のジョニーが自分でもそう名乗ってたとおりに。それからポンと手をたたくと、前に飛びこんで両手をついた。バスター・クラブでもこれ以上にうまくはやれないだろう。ズボンが膝のあたりまでずり落ち、靴下のてっぺんと毛脛《けずね》が見えた。ポケットから小銭がこぼれて、床の上をころがっていった。ジョニーはむかしのままの身軽さで、床の上を両手で歩きながら、大声で歌った。「トラ・ラ・ラ・ブーン・ディー・アイ！」盗んだフォードの鍵束《かぎたば》もポケットから落っこちた。ジャックは——まるで流感にかかったみたいに——咳のまじった大きなかすれ声で笑っていた。それにドック・バーカーも、ラビッツも、ヴォルニーも、みんな戸口の前にかたまってげらげら笑っていた。腹の皮がよじれそうだ。ラビッツが拍手しながらわめいた。「ブラボー！アンコール！」おれの頭の上では、何本かの白い糸がまだふわふわ浮かんでるが、おたがいにじわじわと離れていくようだった。おれもみんなといっしょに大笑いしてたんだが、つぎになにが起こるかに気がついて、はっと笑いやめた。

「ジョニー！」とおれはさけんだ。「ジョニー、ハジキに気をつけろ！　ハジキを落とすな！」

そう、問題はジョニーがいつもズボンの上にはさんでる例の三八口径だ。それがベルトからずり落ちかけてる。

「はあ？」ジョニーがそういったとたん、ハジキが床の上、鍵束の上に落っこちて、暴発した。三八口径は世界一音のでっかい拳銃《けんじゅう》じゃないが、あの裏部屋のなかではおそろしくでっかい音に聞こえた。閃光《せんこう》もおそろしくまぶしかった。ドックがなにかどなり、ラビッツが悲鳴を上げた。ジョニーはなにもいわずに、くるりととんぼ返りを打ってから、うつぶせに倒れた。両足がどすんと音を立て、ジャック・ハミルトンが死にかけてるベッドの脚へもうちょいでぶつかりそうになった。それからジョニーはじっと動かなくなった。おれは白い糸をわきへ払いのけて、そばへ駆けよった。

最初はてっきりジョニーが死んだのかと思った。体をひっくりかえすと、口と頬に血がいちめんについてたからだ。だが、そこでジョニーは起きあがった。自分の顔を手でこすり、出血に気がついて、おれの顔を見た。

「なんてこった、ホーマー。おれは自分を撃ったのか？」ジョニーはそうたずねた。

「らしいね」とおれ。

「傷の程度は？」

わからない、と返事しかけたとき、ラビッツがおれを押しのけ、エプロンで血をふきとった。一秒か二秒、じっとジョニーを見つめてからいった。「だいじょうぶ。かすり傷がひとつ」ただ、あとでラビッツがヨーチンで手当をしてわかったんだが、かすり傷はふたつだった。弾はジョニーの唇の右側をかすってから、五センチほど空中を飛び、こんどは目の真下の頬骨を削りとったんだ。そのあと、弾は天井にめりこんだが、その前におれのハエの一ぴきを仕留めていた。信じられないだろうが、ほんとの話。誓ってもいい。そのハエは白い糸の塊といっしょに床の上に落ちていた。脚が二本残ってるだけだった。

「ジョニー？」とドックがいった。「わるい知らせがひとつあるんだ」どういう知らせかは、ドックが話すまでもなかった。ジャックはまだベッドの上にすわってはいるが、頭がぐったり垂れ、膝のあいだのシーツに髪の毛がくっついてた。おれたちがジョニーの傷のぐあいを調べてるうちに、ジャックは死んじまったんだ。

オーロラの境界線を越えたむこう、三キロ先の砂利採取場まで死体を運ぶようにと、ドックはおれたちに教えた。ラビッツが、流しの下においてあった苛性《かせい》ソーダのびんをくれて、「使い方は知ってるわね？」ときいた。

「知ってる」とジョニーは答えた。上唇にはラビッツにもらったバンドエイドが貼《は》ってあった。あとになっても、そこだけはもう口ひげが生えてこなかった。ジョニーの口ぶりは大儀そうで、ラビッツと目を合わせようともしない。

「やらせなくちゃだめよ、ホーマー」ラビッツはそういうと、親指を寝室のほうへ向けた。そこではジャックが血まみれのシーツにくるまれて横たわってる。「もし、あんたらがずらかる前に、サツが見つけて身元確認でもしようもんなら、よけいまずいことになる。たぶん、あたしらにとってもね」

「ほかのだれもがいやがるなかで、あんたらはおれたちをかくまってくれた」とジョニーはいった。「後悔はさせないよ」

ラビッツはにっこりジョニーに笑いかけた。ほとんどたいていの女がジョニーに惚《ほ》れこむ。この女はあんまりビジネスライクなんで例外かなと思ったが、そうじゃないことがいまわかった。自分のお面がイマイチなのを知ってるから、わざとそうしてたんだと思う。それに、おれたちみたいにハジキを持った人間が隠れ家にいるときは、正気の女なら内輪もめを起こしたくないと考えても当然だ。

「あんたらがもどってくるころ、おれたちはもうここにいねえ」ヴォルニーがいった。

「マーはよくフロリダの話をしてた。お目当てはレーク・ウェアのそばの——」

「だまってろ、ヴォルル」ドックがヴォルニーの背中を強くこづいた。

「とにかく、おれたちはここから出ていく」ヴォルニーはこづかれた場所をさすりながらいった。「あんたらも長居は無用だ。荷物を積んでいけ。帰ってきても、ここへ車を入れるなよ。いつ情勢が変わるか知れたもんじゃない」

「わかった」とジョニーはいった。

「とにかく、やつは幸せに死ねたよ」とヴォルニー。「笑いながら死んでった」

おれはだまってた。いまやっと納得がいったが、レッド・ハミルトンは――おれの長年のダチは――とうとう死んだんだ。そう考えると、すごく悲しくなった。頭を切り替えて、あの弾がジョニーをかすっただけだったことを（そのあと、身代わりにハエを殺したことを）考えようとした。それで気分が晴れるかと思ったんだ。だが、そうはならなかった。よけいに気分がめいってきた。

ドックはおれの手を握り、つぎにジョニーの手を握った。青白くて陰気な顔だった。

「いったいどうしてこんな羽目になったのか、さっぱりわけがわからん。ほんとだぜ。子供のころのおれは、鉄道技師にあこがれてたのにな」

「じゃ、いいことを教えよう」とジョニーがいった。「おれたちがくよくよ心配することはないさ。最後には神さまがちゃんと帳尻《ちょうじり》を合わせてくださるんだから」

おれたちは血まみれのシーツに包んだジャックを最後のドライブへ連れていくことに

して、盗んだフォードの後部席へ押しこんだ。ジョニーの運転で、車は大きなバウンドをくりかえしながら砂利採取場の奥まではいっていった（悪路の運転ってことになると、おれはいつだってフォードよりもテラプレーンを選ぶがね）。そこでジョニーはエンジンを切り、上唇に貼ったバンドエイドにさわってから、こういった。「きょうのおれは、自分のツキをすっかり使い果たしたぜ、ホーマー。こんどばかりは百年目だ」

「そんなことをいわないでくれ」とおれは答えた。

「どうして？　事実をいってるだけじゃねえか」頭の上の空は白くて、いまにもひと雨きそうだった。これだと、オーロラとシカゴのあいだでぬかるみを走ることになりそうだ（ジョニーはシカゴへ帰ることに決めていた。Gメンはおれたちがセント・ポールに潜伏してると思ってるだろうから）。どこかでカラスが鳴いてる。それ以外に聞こえるのは、冷えていくエンジンのカチカチいう音だけだ。バックミラーに映った、後部席のシーツぐるみの死体から目が離せなくなった。両肘《りょうひじ》と両膝が四つのこぶになってる。死にぎわにやつがかがみこみ、咳と笑い声をごっちゃにしながら作りあげた赤い血しぶきも見える。

「おい、見てみろよ、ホーマー」ジョニーがベルトにさした三八口径を指さした。それから指先でミスター・フランシスの鍵束をいじった。その指には、あれほど苦労したのに、また指紋が生えかかってる。リングにはフォードのキーのほかに、四つか五つの鍵がくっついてた。それと、幸運のお守りのウサギの後足が。「ハジキが床に落っこちたとき、握りがこれに当たったんだ」ジョニーはそういって、首をうなずかせた。「おれの幸運のお守りに。てなわけで、おれのツキもおしまいさ。よし、運ぶのを手伝ってくれ」

おれたちは砂利山の斜面へジャックを運んでいった。それからジョニーが苛性ソーダのびんをとりだした。ラベルには、茶色のドクロとぶっちがいの骨が印刷してあった。ジョニーはひざまずいてシーツをめくった。「指輪をはずせ」そういわれて、おれは死人の指輪をはずした。ジョニーはそれを自分のポケットにつっこんだ。とどのつまり、カルメット・シティーでそれを売って四十五ドルになったんだが、ジョニーは悪態をつきながら、その指輪のダイヤは本物だぞ、といいはってたっけ。

「さあ、やつの両手をこっちへ出せ」

おれがそうすると、ジョニーはキャップ一杯の苛性ソーダを両手の指先にふりかけた。この指紋だけはもう二度と生えてこない。それからジョニーはジャックの顔の上にかがみこんで、ひたいにキスをした。「こんなことはしたくねえんだ、レッド。だけど、もし立場が逆だったら、おまえもおなじことをおれにしたろうよ」

そういうと、ジョニーは苛性ソーダをジャックの頬と唇とひたいにふりかけた。苛性ソーダがシューシュー泡立ち、白くなった。ジャックの閉じたまぶたが溶けはじめたとき、おれはそっちへ背を向けた。もちろん、せっかくの用心もむだになったがね。死体は砂利を取りにきた農夫に見つかった。野犬の群れがおれたちのかぶせた石をおおかた押しのけて、両手や顔に残った肉を食ってたらしい。それ以外の部分には、サツがジャック・ハミルトンだと身元確認できるだけの傷痕《きずあと》が残ってたという。

たしかにそれがジョニーのツキの終わりだった。それからのジョニーの行動は——パーヴィスと、その手下のバッジをつけた殺し屋どもが、バイオグラフ劇場の外でジョニーを仕留めるまで——ご難つづきだった。あの晩、ジョニーが両手を上げて、降伏したらどうだったろう？　やっぱりだめだったろうな。パーヴィスは、なんにしてもジョニーを殺すつもりだった。だから、Ｇメンはシカゴ警察の連中に、ジョニーが町にいることを知らせなかったのさ。

おれが糸の先についたハエを連れていったときのジャックの笑い声は、いまでも忘れられない。ジャックはいいやつだった。たいていのやつがそうなんだ——気のいいやつらなのに、まかりまちがって裏稼業《うらかぎょう》にひきこまれる。なかでもジョニーはピカイチだった。あれ以上に義理堅い友だちはいなかった。おれたちはそのあとでもう一度だけ銀行をおそったよ。インディアナ州サウス・ベンドの〈マーチャント・ナショナル〉だ。そのヤマにはレスター・ネルソンが仲間入りした。町からずらかるときは、インディアナ州の田舎警官がひとり残らずこっちをめがけて弾を撃ちまくってるような気がしたが、それでもおれたちは逃げのびた。しかし、その実入りは？　あのときは十万以上の稼ぎを期待してたんだぜ。メキシコへ高飛びして、王様みたいな暮らしをする資金を。だが、手にはいったのは、二万ぽっちで、その大部分が小銭とよれよれの一ドル札だったっけ。最後には神さまがちゃんと帳尻を合わせてくださる。ジョニーはドック・バーカーと別れしなにそういった。おれは生まれも育ちもキリスト教徒だ——人生の旅の途中でちょいと道を踏みはずしたのは認めるがね。そのおれがこう信じてる。おれたちはめいめいの運命から出るに出られないが、そいつはしょうがない。神さまの目からすると、おれたちはみんな糸につながれたハエみたいなもんさ。問題はその途中でどれだけの日ざしをふりまけるかだけだ。最後にシカゴでジョニー・ディリンジャーに会ったとき、やつはおれのいったなにかの冗談でげらげら笑った。おれはそれだけで満足なんだよ。

子供のころ、わたしは大不況時代の無法者たちの物語に魅了された。その関心がピークに達したのは、アーサー・ペン監督の傑作《俺たちに明日はない》を見たときだろうか。二〇〇〇年の春、その時代の歴史を綴《つづ》ったジョン・トーランドの『ディリンジャー時代』を再読したが、とりわけ印象に残ったのは、ディリンジャーの子分のホーマー・ヴァン・ミーターが、ペンドルトン少年院でハエを生け捕る術《すべ》をどうやって編みだしたかというくだりだった。ジャック・〝レッド〟・ハミルトンの長びいた死は、記録に残された事実である。ドック・バーカーの隠れ家でなにが起きたかというわたしの物語は、いうまでもなく、純然たる想像……それとも、もしあなたがこちらの言葉のほうをお好きなら、神話と呼んでもらってもいい。わたしはそれだけで満足だ。

死の部屋にて

In the Deathroom

白石朗訳

ここは死の部屋だ。一歩足を踏みいれるなり、フレッチャーには部屋の用途がすっかりわかった。床は大量生産ものの灰色のタイル張り。壁は色のぬけた白い石でできており、血であっても不思議はない黒っぽい染《し》みがあちこちに飛んでいる——この部屋で流血の事態があったことにまちがいはない。天井の照明は金網のケージでおおわれている。部屋のなかほどには細長いテーブルがあり、その向こうに三人の人間がすわっていた。テーブルの前には無人の椅子《いす》が一脚だけおかれ、フレッチャーを待っている。椅子の横には小さな手押し式のカートがあった。カートに載っている品は布で隠されていた——ちょうど彫刻家が、製作途中にある作品に布でおおいをかけておくように。

フレッチャーは半分引き立てられ、半分足を引きずりながら、用意された椅子に近づいていった。看守につかまれたまま体がよろめいたし、わざとよろめきもした。じっさいより意識が朦朧《もうろう》としているかに見え、じっさいよりもショックが大きく、頭がはたらいていないかのように見えていれば、それにこしたことはない。ここ、情報省の地下室を生きて出られる確率は、せいぜいが三十分の一か二程度。それさえ楽観的な見とおしだろう。現実の確率がどれだけあるにせよ、多少なりとも頭がしっかりしていることを顔や態度にうかがわせて、その確率をいま以上に減らしてしまうのは本意ではない。そう考えれば、腫《は》れあがった目もと、おなじく腫れている鼻、ざくりと切れた下唇は役に立つ。同様に、口のまわりを赤黒い山羊《やぎ》ひげのようにとりまいている、乾いた血の汚れもだ。ひとつだけ確実に断言できることがある。自分がここを出ていくとしたら、ほかの人間——看守とテーブルの反対側に裁判官よろしくすわっている三人——は死んでいるはずだ。フレッチャーは一介の新聞記者であり、これまでスズメバチ以上に大きい生き物を殺した経験はないが、それでもこの部屋を出ていくために必要ならば殺しにも手を染めるかまえだった。修養中だった妹のことを思った。スペイン語の名前がついた川で泳ぐ妹のことを思った。それから、正午になると川面《かわも》を照らし、まっすぐ見ていられないほどまぶしく照り返す日ざしを思った。フレッチャーと看守はテーブルの前にたどりついた。看守からかなり強い力で椅子に押しつけられて、フレッチャーはあやうく前に転びそうになった。

「気をつけるんだ、そんなやり方じゃなく。事故は禁物だぞ」テーブルの反対にいる男のひとりがいった。名前はエスコバル。エスコバルは看守にスペイン語で話しかけた。エスコバルの左どなりにも男がすわっていた。エスコバルの右には六十歳ほどの女。ふたりの男女は痩《や》せている。エスコバルは太っており、安物の蠟燭《ろうそく》そっくりに脂《あぶら》ぎっている。見た目はまるで、映画に出てくる典型的メキシコ人だ。いまにも、映画《黄金》のアルフォンゾ・ベドイヤが演じた山賊よろしく、「バッジ？　バッ、ジ、だと？　おれたちにゃ、くそったれなバッジなんぞ必要じゃないのさ」とでもいいだしそうな雰囲気。しかしこの男は、情報省長官だ。ときにはこの街のテレビ局が放送する天気予報で、英語の部分を担当していることもある。しかも出演すれば、かならずファンレターが来る。スーツ姿だと脂ぎったところなど微塵《みじん》もなく、ずんぐりむっくりの男にしか見えない。フレッチャーはそのすべてを知っていた。エスコバルについては三回か四回ほど記事を書いたことがある。生彩に富む人物だ。さらに風聞によれば、熱心な拷問《ごうもん》愛好家らしい。《さしずめ中央アメリカのヒムラーというところか》フレッチャーはそう思い、ここまで恐怖にふるえあがっている状態でも、人間のユーモアのセンス——といってもきわめて幼稚なセンスだが——が機能することに驚かされた。

「手錠は？」看守がやはりスペイン語で質問し、手にしていたプラスティック製の手錠をかかげて見せた。フレッチャーは、頭が朦朧としてなにも理解できていないという表情をたもとうとした。ここで手錠をかけられたら一巻のおわり。三十分の一のチャンスをあきらめなくてはならなくなる——あるいは三百分の一のチャンスを。

エスコバルは、右どなりにすわる女にちらりと顔をむけた。女の顔の肌はかなり黒っぽく、黒い髪に白髪が筋となって混じっていた。その髪の毛は、まるで正面から強風に吹きつけられでもしたように、ひたいから上にぴったりと撫《な》でつけられている。その容《よう》貌《ぼう》からフレッチャーが連想したのは、《フランケンシュタインの花嫁》のエルザ・ランチェスターだった。フレッチャーはパニックに近いほどがむしゃらに、ふたりが似ているという事実にしがみついた。川面にまばゆく照りはえる日ざしの光景にしがみつき、みんなで川べりにむかって歩きながら、友人たちと笑っている妹の姿にしがみついたように。いま求めているのは映像だった。考えではない。いまの自分にとって、映像は贅《ぜい》沢《たく》品だ。そしてこんな場所では、考えはどれもこれも役に立たない。こんな場所で頭に浮かんでくるのは、見当はずれの考えばかりだ。

女はエスコバルに、小さくうなずいてみせた。これまでにも、ここの建物で何回か見かけたことのある女だった。いつも、いま着ているような体の線をまったく見せない種類の服を着ていた。エスコバルといっしょにいるところをあまり何回も見かけたものだから、フレッチャーはてっきりこの女がエスコバルの秘書か助手、あるいは、おかかえの伝記作家あたりではなかろうかと推測していた。エスコバルのような男となれば、その種の従属物をぶらさげたいと思うほど巨大なエゴのもちぬしであっても不思議はない。そしかしいまフレッチャーは、事実がこれまでの推測とは正反対ではないかと思いはじめていた。そう、この女がエスコバルのボスなのかもしれない。

どちらにしても、女がうなずいたことでエスコバルは満足したようだった。フレッチャーにむきなおったとき、エスコバルはにやにや笑っていた。その口がひらくと、出てきた言葉は英語だった。

「馬鹿《ばか》なことをいうな。そんな物はしまいたまえ。フレッチャー氏がここにいるのは、いくつかの問題でわれわれを手助けするためだ。もうすぐ自分の国にお帰りになることだし——」エスコバルはここで深々とため息をついて、いかにフレッチャーの帰国を残念に思っているかを雄弁に物語った。「……しかし、お帰りになるまでは、われわれの賓客なのだよ」

《おれたちにゃ、くそったれな手錠なんぞ必要じゃないのさ》フレッチャーは思った。

フランケンシュタインの花嫁に似た色黒の女がエスコバルに顔を近づけ、手で口もとを隠しながら短くささやきかけた。エスコバルはにたりと笑ってうなずいた。

「いうまでもないことだがね、ラモン、われわれの客人が愚かしいことをしでかしたり、攻撃的な行動に出たりした場合には、きみにちょっと撃ってもらう必要があるな」そういってエスコバルは高笑いを——ずんぐりむっくり男ならではのテレビ用笑い声を——響かせ、自分の発言がフレッチャーだけでなく看守ラモンにも理解できるようにスペイン語でくりかえした。ラモンは真剣な顔でうなずき、手錠を自分のベルトにもどすと、フレッチャーの視界ぎりぎりの場所までさがっていった。

エスコバルはふたたび注意をフレッチャーにむけると、オウムや熱帯の植物が描きこまれた中米風のゆったりしたシャツのポケットから、赤と白の箱をとりだした。マルボロだ。第三世界のどこの国でも、いちばん人気のあるタバコである。

「吸うかね、ミスター・フレッチャー？」

フレッチャーは、エスコバルがテーブルのへりにおいたタバコの箱に手を伸ばしたが、その手を引っこめた。タバコは三年前にやめていた。もしほんとうにこの窮地から抜けだせたら、そのときにはまた悪癖に手を出してもいい——いっしょに強い酒をがぶ飲みすることにもなりそうだ——が、いまこの瞬間はタバコを吸いたいとは思わなかったし、吸わずにいられない状態でもなかった。それでも手を伸ばしたのは、手がふるえているところをこの連中に見せておきたかったからにほかならない。

「あとでもらうかもしれない。ただ、いまのところタバコは——」

タバコは——なんだというのか？　ただしエスコバルはそんなことを歯牙《しが》にもかけず、話は理解したといいたげにうなずき、赤と白の箱を最初においたとおりの場所——テーブルのへり——においたままにした。フレッチャーの脳裡《のうり》に、いきなりもの狂おしい映像が浮かんできた。四三丁目通りのニューススタンドの前で足をとめて、マルボロを買っている自分の姿だった。ニューヨークの街角で幸せの毒物を買っている自由な男。もしここから逃げだせたなら、そのとおりのことをしてやろうじゃないか——フレッチャーは自分にいいきかせた。癌《がん》がなおったり視力が復活したりしたとき、人がローマやエルサレムに巡礼の旅に出るように。

「きみにそんな真似《まね》をした担当者たちには——」エスコバルはいいながら、それほどきれいとはいえない手をひとふりして、フレッチャーの顔をさし示した。「——それなりの処分がくだされた。といっても決して厳罰ではないし、きみも気がついているだろうが、わたしが謝罪をするにはいたらないよ。あの男たちも、ここにいるわれわれと同様に愛国者でね。きみもやはり、愛国者なのではないか？」

「そうだろうね」いかにも怯《おび》えて相手に迎合し、ここから出してもらうためなら、どんなことでも口にする状態になっている男——そう見せかけることが、フレッチャーのいまの仕事だった。対するエスコバルの仕事はといえば相手をなだめること、椅子にすわらされている男に、目もとが腫れあがって唇が裂け、歯がぐらついていることにはなんの意味もないと納得させることだ。すべてはちょっとした誤解の産物にすぎないし、その誤解を正すことさえできたなら、フレッチャーはここを出て自由の身になれる、と。

こうして死の部屋にいるいまになってさえ、ふたりはともに相手を騙《だま》そうとしていた。

エスコバルは注意を看守のラモンにむけ、早口のスペイン語で話しかけた。フレッチャーのスペイン語の能力ではすべてを理解するのは無理だったが、このくそだめのような首都で五年近くも暮らしていれば、いやでも語彙《ごい》がそれなりに増える。スペイン語は世界でいちばん難解な言語ではない。エスコバルとその友人であるフランケンシュタインの花嫁も、そのあたりは当然知っているはずだ。

エスコバルは、フレッチャーの荷物がまとめられているかを質問し、フレッチャーがホテル・マグニフィセントをチェックアウトしたのかどうかを質問した。答えは《はい《シ》》。つぎにエスコバルは、この尋問がおわりしだいミスター・フレッチャーを空港まで送っていくための車が用意されているか、と質問した。《はい《シ》、五月五日通りの交差点の近くに用意してあります》というのが答えだった。

エスコバルはフレッチャーにむきなおって、こういった。「わたしがこの男になにを質問したか、理解できたかね？」

エスコバルの発音では〝理解《りきやい》〟というふうにきこえた。それを耳にして、フレッチャーはまたもやテレビ出演中のエスコバルを連想した。《低気圧《ていきあちゅ》？　低気圧《ていきあちゅ》とはなんの話だ？　おれたちにゃ、くそったれな低気圧《ていきあちゅ》なんぞ必要ないね》

「わたしはまず、きみがホテルの部屋からチェックアウトしたかどうかを質問し――余談だが、あれだけ長いこと滞在していると、ホテルではなくアパートメントというほうがしっくりこないか？――つづけて、ここでの話しあいがすんだあときみを空港まで送っていく車の用意ができているか、と質問したんだ」ただし、スペイン語では〝話しあい〟という単語をつかっていなかったが。

「ほ、ほんとうか？」自分の幸運が信じられないといいたげな口調。いや、そういう口調にきこえればいいとフレッチャーが願っているだけか。

「あなたはいちばん最初のデルタ航空機に乗って、マイアミに帰ることになるわ」フランケンシュタインの花嫁がいった。その話しぶりにスペイン語訛《なま》りは微塵もない。「パスポートは、飛行機がアメリカの地面に着陸した時点で即座に返す。あなたはここで傷つけられるわけでもなければ、拘留されることにもならない――もちろん、わたしたちの調査に協力してもらえればの話ね――だけど、はっきりさせておくわ、国外退去処分になるのよ。この国から蹴《け》りだされることにね。あなたたちアメリカ人の言いまわしを借りるなら、〝つまみだされる〟というところ」

エスコバルとは比較にならないほど達者な英語だった。これまでこの女をエスコバルの助手としか思っていなかったことが、われながら滑稽《こっけい》だった。

《そうはいうが、おまえだって新聞記者を自称していたわけだしな》と思う。もちろんフレッチャーがその自称どおり、タイムズ紙の中央アメリカ特派員という一介の新聞記者だったら、こんな情報省の地下室に――血としか思えない怪しげな汚れが壁に点々とついているこの部屋に――来ることもなかったはずだ。新聞記者稼業《かぎょう》は、はじめてヌニェスと会ったころ、かれこれ一年四カ月ほど前から開店休業状態である。

「わかった」フレッチャーは答えた。

エスコバルがタバコを一本抜きだしていた。金張りのジッポでタバコに火をつける。ジッポの側面には模造ルビーが埋めこまれていた。「どうだろう、われわれのききとり調査に協力してもらえるかね、ミスター・フレッチャー？」

「協力する以外にどんな道があると？」

「いつだって選択の余地はあるとも」とエスコバル。「しかしわたしが思うに、きみはこの国でカーペットをすり減らしてしまっているようではないか？　きみたちはこういう表現をするのだろう？　長居をしてきらわれることを？」

「当たらずといえども遠からずだね」フレッチャーはいい、頭のなかではこう考えた。《当面の敵は、こいつらの話を信じたいというおれ自身の気持ちだ。信じたがるのは人として当然のことだし、いっそ真実を打ち明けてしまいたいという気持ちだって当然なのかもしれない——贔屓《ひいき》のカフェから出たところをいきなり取り押さえられ、炒《いた》めなおした豆料理そっくりの体臭をさせた男どもに手早く叩《たた》きのめされたあととなったら、なおさらだ。しかし、こいつらの求めに応じたところで、こっちの役に立つことはひとつもない。ひたすらその考えにしがみついているのが肝心だ。この手の部屋ですこしでも役に立つ考えといったら、それしかないんだぞ。連中のしゃべる言葉はどうだっていい。たったひとつ意味があるのは、あのカートに載っている品、布に隠されている品だ。重要なのは、いまもってひとことも話していないあの男だ。それから、もちろん壁の汚れも》

　エスコバルが真剣な面もちを見せて、前に身を乗りだした。

「さて、過去十四カ月のあいだ、きみはある種の情報をトマス・ヘレーラという男に流しており、そのヘレーラがきみから得た情報をペドロ・ヌニェスという共産主義的不穏分子に流していたという話があるのだが、きみはこれを否定するかね？」

「いいや」フレッチャーは答えた。「否定はしないとも」

この茶番劇──〝尋問〟と〝話しあい〟というふたつの単語の差異にまで要約できる茶番劇──における自分の役割を適切に維持しようと思ったら、ここで自分の立場を正当化し、釈明をこころみておく必要がある。世界の歴史を見わたせば、この手の部屋で戦わされる政治論議で相手を論破した人間もいないではない、というふりをして。しかしいま、そんなことをする勇気はなかった。

「じつをいえば、もうすこし長い期間にわたっていたかな。ひっくるめれば、一年半近かったと思うよ」フレッチャーはいった。

「タバコを吸いたまえ、ミスター・フレッチャー」エスコバルは抽斗《ひきだし》をあけて、薄いファイルをとりだした。

「いや、まだいい。ありがとう」

「オーケイ」エスコバルの発音では、〝ホー・カイ〟ときこえた。この男がテレビに出演しているとき、局の調整室のスタッフが天気図の上にビキニ姿の女の写真を重ねあわせることがよくあった。こういったいたずらを見つけると、エスコバルは声をあげて笑い、両手をふり動かして、自分の胸を叩いてみせた。これが視聴者にうけた。コミカルだった。〝ホー・カイ〟という発音のようなもの。〝くそったれなバッジ〟のようなもの。

エスコバルは唇の中央にまっすぐタバコをくわえ、立ち昇る煙を目もとにうけながら、ファイルをひらいた。このあたりの街角でタバコを吸っている老人たちの流儀そのままだった——いまだに麦わら帽子をかぶり、サンダルを履《は》いて、白いバギーパンツを穿いている老人たちだ。いまエスコバルはほくそ笑んでいた。タバコが口からテーブルに落ちないよう唇をきっぱりと結んでいるにもかかわらず、この男はにやにやと笑っていた。つづいてエスコバルは、薄いファイルから一枚のモノクロの光沢写真を抜きだして、フレッチャーのほうにすべらせた。

「きみの友人のトマスの写真だ。あまり見栄えがいいとはいえまい？」

顔をアップでとらえたコントラストの強い写真だった。写真を見てフレッチャーは、四〇年代から五〇年代にかけてそこそこ有名だったニュース写真家、ウィージーと名乗っていたカメラマンの作品を連想した。死者のポートレート。両目を大きく見ひらいている。フラッシュの光が眼球に反射して、そこにある種の命を吹きこんでいた。血は見あたらず、なにかの痕《あと》がひとつあるだけだが、それでもひと目見たとたんに被写体が死んでいることがわかる写真だった。髪はきれいに撫でつけられ、いまだに櫛《くし》の目が見えるほどだったし、両目には先ほどもいったように光が宿ってはいたが、それはただ光を反射しているだけ。ひと目で死人の写真だとわかることに変わりはない。

ひとつきりの痕があるのは、左のこめかみ。火薬による火傷《やけど》とおぼしき彗星《すいせい》の形をした痕跡《こんせき》だが、弾丸の射入孔は見あたらず、血は一滴も流れていないばかりか、頭蓋骨《ずがいこつ》の変形もない。二二口径のような小さな弾丸でさえ、皮膚に火薬の火傷を残すほどの近距離から発射されれば、ふつうは頭蓋骨を変形させてしまうものだというのに。

エスコバルは写真をとりかえしてファイルにおさめ、ファイルを閉じて、肩をすくめた。《わかるね？　どうなるかがわかったね？》といいたげな動作だ。肩をすくめた拍子に、タバコの灰がテーブルに落ちた。エスコバルは肉づきのいい手の側面をつかって、灰をグレイのリノリュームの床にはらい落とした。

「正直にいわせてもらえば、きみの手をわずらわせたくはないんだよ」エスコバルはいった。「当然じゃないか？　ここは小さな国だ。われわれは、いわば小さな国にいる非力な人間だよ。一方ニューヨーク・タイムズとなれば、大きな国の大きな新聞だ。もちろん、われわれとて誇りはあるが……それだけではなく、われわれには……」いいながら、一本指でこめかみを叩く。「わかるね？」

フレッチャーはうなずいた。いまもまだトマスの顔が見えていた。写真がファイルにもどされていても、なおトマスの顔が見えたし、トマスの黒髪に残った櫛の目もはっきりと見えていた。トマスの細君がつくった料理を食べたこともある。トマスの末っ子、おそらく五歳くらいの女の子と床にすわり、テレビのアニメ番組を見たこともあった。トムとジェリーのアニメ。もとからほとんどない会話は、スペイン語の吹き替えだった。

「きみの手をわずらわせるのは本意ではないよ」エスコバルがそう話しているあいだにも、タバコの煙が立ち昇って顔の前で左右にわかれ、目のまわりで渦まいた。「しかし、これでも長いこと監視をつづけていてね。きみには、こっちの姿は見えなかっただろう――きみが大きくて、こっちがちっぽけだからかもしれないね――しかし、われわれはずっと監視していた。だから、トマスがなにを知っていたにせよ、その知識がきみに受けつがれたことは知っている。そんな事情で、あの男をつかまえたんだ。あの男をつかまえて、なにを知っているのかを吐いてもらおうとしてね――そうすれば、きみの手をわずらわせずにすむじゃないか。ところが、あの男は話そうとしない。万策つきて、ここにいるハインツの力でなんとか口を割らせることができたわけだ。ハインツ、トマスの口を割らせた方法をミスター・フレッチャーに教えてやれ――いまミスター・フレッチャーがすわっている椅子《いす》にトマスがすわっていたときに、つかった方法をね」

「わかりました」ハインツがいった。鼻にかかった発音のニューヨーク流アクセント。耳のまわりの髪の毛だけは残っているが、それ以外はつるりと禿《は》げており、小さな眼鏡をかけている。エスコバルは映画に出てくる典型的メキシコ人に似ており、女は《フランケンシュタインの花嫁》のエルザ・ランチェスターそっくり、そしてハインツはというなら、テレビのコマーシャルに出てきて、あなたの頭痛にいちばん効くのはエキセドリンですと宣伝している男にそっくりだった。ハインツはテーブルをまわって前に出てくると、カートに近づき、茶目っけにあふれていると同時に共謀者めいた目をフレッチャーにむけてから、カートにかぶせてある布を一気にとりさった。

布に隠してあったのは機械だった。ダイヤルがいくつかあり、ライトもあったが、いまはどれも消えていた。フレッチャーは最初、これを嘘《うそ》発見機かと思った――そうであっても、いくらか筋は通る。しかし素朴な雰囲気の操作パネルの前に、黒く太いコードで機械の側面につながれた物体がおいてあった。物体の握りの部分にはゴムのおおいが巻きつけてある。見た目は一種の鉄筆か万年筆のようだった。しかし、ペン先は見あたらない。先細りになった先端の部分は丸いスチールがあるだけだった。

機械の下に棚があった。棚には《**デルコ**》というメーカー名のはいった自動車用バッテリーがおいてあった。バッテリーの端子にはゴムのキャップがかぶせてある。ゴムのキャップから伸びている導線が機械の背面に接続されていた。そう、これは嘘発見機ではない。ただし、ここにいる人々にとっては嘘発見機になるのだろう。

ハインツはきびきびとした話しぶり、自分の仕事を人に説明することに快感を覚える人間ならではの口調だった。「じつに単純な機械でね。神経科医が単極性神経症の患者に電気ショックを与えるときにつかう機械を改良したものだ。ただし、こちらの機械のほうがずっとずっと強力な電気ショックを与えることができる。嘘かと思われるかもしれないが、苦痛は副次的なものでね。たいていの人間は、自分がどんな苦痛を味わったのかさえ覚えていない。人間がしゃべりたがるようになるのは、ひとえにこのプロセスを嫌悪《けんお》するからでね。隔世遺伝的といってもいい副作用だな。いずれこれについて論文を書きたいと思っているんだよ」

ハインツは絶縁ゴムの握り部分をつかんで尖筆《スタイラス》をとりあげると、自分の目の前までもちあげた。

「この先端部を手足にふれさせてもいい……胴体でも……もちろん生殖器でもね。しかし、これを……挿入することも可能だよ。そう——ぶしつけな言い方になるが——決して日光を浴びないあの穴にね。くそに電気を流されると、人はその経験を決して忘れないものなんだな、ミスター・フレッチャー」

「トマスにもその手を？」

「いや」ハインツはいい、スタイラスを慎重な手つきで電気ショック発生装置の前においた。「あの男には、半分のパワーで手に電流を流してやっただけだ——これからどんなことに直面するのかを、ちょっとだけ教えてやろうと思ってね。それでもあの男は頑として〈コンドル〉の話をこばんだので——」

「その話は出さないで」フランケンシュタインの花嫁がいった。

「おっと、失敬。とにかく、こちらの知りたいことをトマスがしゃべろうとしないので、わたしはこのスタイラスをあの男のこめかみにあてがい、慎重に計算して電流を流してやった。慎重に計算したことは、きっちりと強調しておきたいね。最大出力の半分きっかり、それ以上は流してない。ところがあの男は、発作を起こして死んでしまった。なにか持病でもあったのではないかと思う。あの男の病歴を、きみは知っているかな、ミスター・フレッチャー？」

フレッチャーは頭を左右にふった。

「それでも、わたしは死因がそこにあると確信しているよ。検死解剖でも、心臓にはなにひとつ問題が見つからなかったしね」ハインツは指の細長い両手を顔の前で組みあわせ、じっとエスコバルを見つめた。エスコバルはタバコを唇の中央から抜きとると、床の灰色のタイルに落として靴で踏みにじってから、フレッチャーに目をむけて笑顔をのぞかせた。「いうまでもなく、痛ましいかぎりだよ、まったく。さて、これからきみにいくつか質問をさせてもらうよ、ミスター・フレッチャー。隠しだてせずに教えておくが、大多数はトマス・ヘレーラが返答をこばんだ質問だ。きみには返答をこばんでほしくはない。きみのことが好きなのでね。その椅子に威厳をたもってすわっているではないか――悲鳴をあげたり、泣きついたりせず、ズボンにお洩《も》らしもせずに。きみのことは好きだ。きみがあんなことをしたのも、ひとえに信念の行動だったからだね。愛国心だ。だからこれだけはいっておくが、わたしの質問には迅速に、かつ正直に答えたほうが身のためだ。ハインツに自慢の機械をつかわれたくはないだろう？」

「いったじゃないか、協力すると」フレッチャーは答えた。死はいま、天井の照明を保護している忌《い》まわしい金網ケージよりもなお近くまで迫っている。不幸の上塗りというべきか、苦痛はそれよりもさらに近いところに迫っている。ヌニェス、別名〈コンドル〉はどこまで近づいているのか？　ここの三人が思っているよりは近くまで来ているが、あいにくフレッチャーを助けられるほどの近さではない。エスコバルとフランケンシュタインの花嫁があと二日待っていてくれたら……いや、わずか二十四時間でも先延ばししてくれていれば……しかし現実にはそうならず、その結果フレッチャーはこうして死の部屋にいる。そしていまから、自分の体がなにから出来ているのかを思い知らされることになるのだ。

「そういったからには、その言葉どおりにすること」女がひときわ明瞭《めいりょう》な口調でそう話しかけてきた。「わたしたちも、ただの馬鹿《ばか》じゃないのよ、白《グリ》んぼ《ンゴ》」

「ああ、それはわかってるとも」フレッチャーは、ため息まじりのふるえる声でいった。

「そろそろタバコを吸いたくなってきただろう？」エスコバルはいった。フレッチャーがかぶりをふると、エスコバルは自分で一本抜きだして火をつけ、考えこんでいる表情を見せた。しばらくして、エスコバルは顔をあげた。前の一本と同様、こんどのタバコも唇の中央にはさまれていた。「ヌニェスがもうじき来るのか？　映画の快傑ゾロのように？」

　フレッチャーはうなずいた。

「いつ？」

「それは知らない」フレッチャーは、みずからの悪魔の機械の近くにたたずむハインツの存在が意識されてならなかった。ハインツは、合図ひとつで苦痛からの救済法をしゃべる準備をしているかに見えた。それに自分の右側、視界のへりぎりぎりの場所に立っているラモンの存在も意識された。はっきりは見えなかったが、ラモンが手を拳銃《けんじゅう》のグリップにかけているはずだとわかってもいた。そこに、つぎの質問がむけられた。

「こっちに来たときには、ヌニェスはエルカンディードの山地にある駐屯地や、サンタテレサの駐屯地を攻撃するのか？　それとも、まっすぐこの街に潜入するのかな？」

「サンタテレサの駐屯地だ」フレッチャーは答えた。

《あの男はこの街に来る予定だよ》トマスはそう話していた。トマスの妻と娘は床にならんですわってテレビのアニメ番組を見ながら、ふちに青い縞《しま》模様がある白いボウルからポップコーンを食べていた。あの青い縞模様を、フレッチャーはいまもまざまざと覚えていた。いまもはっきりと見えていた。すべてが記憶に残っていた。《あいつはまっすぐ心臓をめざしてやってくる。まわりくどいことはしない。あの男はいきなり心臓を

攻撃するんだ——吸血鬼を退治する男みたいにね》

「テレビ局は目あてじゃないのか？」エスコバルが質問した。「それに国営ラジオ局は？」

《最初に攻撃するのはラジオ局だな》アニメ番組のかたわらで、トマスはそう話していた。そのときは、ロードランナーが出てくるアニメだった。コヨーテがどんな仕掛けでつかまえようとしても、いつもつかまる寸前で〝ミッミッ〟という鳴き声だけを残し、土埃《つちぼこり》のなかに姿を消していく、あのロードランナーだ。

「それはないな」フレッチャーはいった。「おれがきいた話だと、コンドルは『放送局の連中には勝手にしゃべらせておけ』といってるらしいし」

「ヌニェスはミサイルをもっているのか？　地対空ミサイルか？　対ヘリコプター用か？」

「もっているよ」これは真実だ。

「たくさん？」

「数はそれほどでもない」これは嘘だった。ヌニェスの手もとには、その手の武器がざっと六十はある。それにひきかえ、この国のくそめいた空軍にはぜんぶでヘリコプターが十機ばかりあるだけ——おまけにどれもこれも、長距離飛行ができない性能の低いロシア製のヘリだ。

フランケンシュタインの花嫁がエスコバルの肩を叩《たた》いた。エスコバルは女に顔を近づけた。女は口もとを隠さずにささやきかけた。唇がろくに動いていなかったのだから、隠す必要もなかった。これはフレッチャーの頭のなかで、刑務所と結びついているテクニックだった。服役経験はないが、映画で見て知っていた。ただし、やはりささやき声で返事をするとき、エスコバルは口もとを手で隠していた。

フレッチャーはふたりのようすを見ながら、ただ待っていた。どうせ〝この男は嘘をついている〟と話していたことはお見とおしだ。まもなくハインツは、自分の論文に必要なデータをさらに入手することになるだろう。《非協力的尋問対象者への直腸糞便《ふんべん》通電法の施術とその結果にまつわる予備的考察例》とかなんとかいう論文の。フレッチャーは、恐怖が自分の内面にふたつの——最低でもふたつの——人格をつくりだしていたことに気がついた。この内面フレッチャーたちもまた、いまの事態の展開について、ひとつも役に立たないくせに強硬な意見をいだいていた。ひとりは悲しいことに希望的観測をいだいており、もうひとりはただ悲しんでいるだけ。悲しいことに希望的観測をいだいているほうは、〝ミスター・かもしれない〟だ。〝彼らは本気でおれを釈放してくれようとしているのかもしれない〟とか〝五月五日通りの交差点のちょっと先には、ほんとうに車が用意されているのかもしれない〟とか、あげくは、〝こいつらは本気でおれをこの国から蹴《け》りだしたいのかもしれないし、おれはほんとうに明朝には、恐怖にふるえあがってはいても無傷の体でマイアミ空港に降り立ち、ここでのひと暮すべてを早くも悪夢でしかなかったと感じはじめているかもしれない〟などと考えているからだ。

もうひとり、ただ悲しい気持ちになっているほうは、〝ミスター・たとえ成功したとしても〟とでも名づけられる。いきなり行動を起こせば、この三人を驚かせることができるかもしれない――こちらは殴られて痛めつけられた身だし、三人は思いあがってたかをくくっている。だから、不意をついて驚かせることも無理ではないかもしれない。

《しかし、たとえそれに成功したとしても、ラモンに射殺されるのがおちだ》

もしラモンに殴りかかっていったら？　あの看守から銃を奪うことができたら？　見こみは薄いが完全に不可能ともいいきれない。ラモンは太っている。エスコバルよりも、さらに十三キロは体重がありそうだし、息をするときにも〝ひゅうひゅう〟という音をたてているくらいだ。

《しかし、たとえそこまでは成功したとしても、銃を撃つよりも先にエスコバルとハインツにとりおさえられてしまうに決まっている》

それに、あの女にもだ。先ほどから女は唇をほとんど動かさずにしゃべっている。柔道か空手、そうでなかったら跆拳道《テコンドー》の心得があるかもしれない。それでも、もし三人とも射殺することができて、この部屋を脱出できたとしたら？

《たとえ成功したとしても、いたるところに兵隊がどっさりいるに決まっている――銃

声をきつければ、走ってやってくるはずだ》
もちろん、こうした部屋ならば――理由はいうまでもなく――防音設備があって当然だが、たとえ階段を駆けあがってドアから外の通りに出ることに成功したとしても、それは出発点にすぎない。そのあとも〝ミスター・たとえ成功したとしても〟はいつまでもずっと――逃避行がつづいているあいだずっと――フレッチャーにつきまとってくるはずだ。
肝心なのは、〝ミスター・かもしれない〟と〝ミスター・たとえ成功したとしても〟のどちらにも、フレッチャーを助ける力がないことだ。ふたりは現状から目をそらさせるための存在であり、しだいに絶望を深めていく自分の精神がおのれに信じこませようとする嘘でしかない。フレッチャーのような人間が、三人を言葉で説得するだけで部屋を出してもらえると思ったら大まちがいだ。そんなことなら、〝ミスター・やればできる〟という三人めの脳内フレッチャーをつくりだして、すがりついていたほうがましだろう。なんといっても、うしなうものはなにもない。あとは、その事実を相手に悟られないことを心がけていればいいだけだ。
エスコバルとフランケンシュタインの花嫁は顔を離しあった。エスコバルはまたタバコを口の中央に突き立てて、悲しげな笑みでフレッチャーを見つめた。「友人《アミーゴ》、きみは嘘をついているな」

「いや」フレッチャーは答えた。「おれが嘘をつく理由がどこにある？ おれがここから出してもらいたくないと思っているとでも？」

「あなたが嘘をつく理由は、さっぱり思いあたらないわ」細い刃物を思わせる顔つきの女がいった。「それに、あなたがそもそも最初にヌニェスを助けようと思いたった理由もまったく理解できない。アメリカ人ならではの世間知らずが理由だという声もあったし、それが一部を占めていることにも疑いはないと思う。でも、それがすべてであるはずはないわ。そんなことはどうだっていい。このあたりで、実演をするのが適切ではないかと思っているから」

ハインツがにこにことほほえみながら装置にむきなおり、スイッチをはじいた。真空管が温まるあいだ旧式のラジオから出ていたような〝ぶうん〟というハム音がして、三つならんだ緑のライトがともった。

「よせ」フレッチャーはそういって立ちあがりかけ、パニックの演技がわれながら達者だと思った。それも当然ではないか。ほんとうにパニックを起こしていたか、あるいはその寸前だったのだから。ハインツがあのこびと用のスチール製張形《ディルド》を体のどこかにくっつけてくると思っただけで、恐怖にいてもたってもいられなくなったのは事実だ。しかし、フレッチャーのなかにはべつの自分もいた――冷静に計算をしているフレッチャー、最低でも一回は電気ショックを食らう必要がある、と判断しているフレッチャーだ。

首尾一貫した計画のようなものの存在は感じられなかったが、最低一回は電気ショックを食らう必要がある。〝ミスター・やればできる〟は、そう強く主張していた。

エスコバルがラモンにうなずきかけた。

「おれにそんな真似《まね》ができるものか。おれはアメリカ市民だし、ニューヨーク・タイムズで働いてる。しかも、おれの居場所はみんな知ってるんだからな」

がっしりとした力強い手が左肩におかれ、そのままフレッチャーの体を椅子《いす》にむけて押しつけた。と同時に、拳銃の銃口が右耳の深くまでねじこまれた。いきなり襲ってきた激痛のせいで、目の前に星が散って激しく乱舞した。思わず悲鳴をあげたが、自分の悲鳴がなぜかくぐもってきこえた。いや、片耳がふさがれているからに決まっている――片耳がふさがれているからに。

「片手を前に出してもらえるかな、ミスター・フレッチャー」エスコバルがいった。タバコをくわえた口がまた笑みの形を見せていた。

「右手だよ」ハインツがいった。鉛筆をもつ要領で、スタイラスの黒いゴムの握りの部分をもっている。装置が低いうなり音をあげていた。

フレッチャーは右手で椅子の肘《ひじ》かけを握りしめた。もはや自分が演技をしているのかどうかもさだかではない――演技とパニックをわかつ境界線はすでに消えていた。

「命令にしたがいなさい」女がいった。両手をテーブルの上で組みあわせたまま、前に身を乗りだす。両目の瞳《ひとみ》に小さな光の点が浮かび、その黒い目を釘《くぎ》の頭のように見せていた。「命令どおりにしないのなら、その結果には責任がもてないから」

フレッチャーは肘かけを握った右手から力をゆっくりと抜いていったが、右手を完全にもちあげる前にハインツがすばやく前に進みでてきたかと思うと、フレッチャーの左の手の甲にスタイラスの丸い先端を押しつけた。いや、最初から左手を狙《ねら》っていたのかもしれない——左手のほうが立っていた場所に近かったからだ。

〝ぱちん〟となにかがへし折れるような音がした。小枝のように細い物が折れるときの音。フレッチャーの左手が瞬時にぎゅっと拳《こぶし》をつくり、指先の爪《つめ》が手のひらの肉に食いこんだ。不気味な感覚が手首から前腕を踊るように這《は》いあがって、びくびくと動く肘に達し、最終的には肩と左の首すじに達したばかりか、歯茎にまで襲いかかってきた。左側の歯でもショックを感じたばかりか、歯の詰め物にも感じられたくらいだった。われ知らず、口からうめき声が洩《も》れた。舌を嚙《か》み、椅子にすわったまま体が横にびくんと跳ねた。すでに耳から銃が抜きとられ、ラモンがフレッチャーの体を押さえていた。押さえられていなければ、灰色のタイル張りの床に倒れこんでいたことだろう。

スタイラスが引っこめられた。先端がふれた箇所——左手の薬指の第二関節と指のつけ根のまんなか——の小さな一点だけが熱く感じられた。腕はいまなお痺《しび》れが抜けず、筋肉はびくびくと痙攣《けいれん》していたが、現実の苦痛は指の痛みだけだ。それでも、こんなふうに電気ショックをあたえられるのは恐ろしい経験だった。あのちっぽけなスチール製ディルドを肌に当てられずにすむのなら、生みの母親を銃で撃ち殺すことをも真剣に考えるのではないか——そんなふうにも思った。隔世遺伝——ハインツはそんなふうに呼んでいた。いつか論文を書きたいとも。

そのハインツの顔が上から迫ってきた。唇が大きくまくれあがって愚かしげな笑みをつくり、目が生き生きときらめいていた。

「どう表現する？」ハインツは大声でいった。「さあ、まだ記憶も生々しいいま、この体験をどのように表現するね？」

「死にかけたような気分だ」フレッチャーは、自分の声とは思えない声でそういった。

ハインツはわが意を得たりという顔になった。「いいことをいうね！　それであの男も洩らしたんだよ。たいした量じゃない、ほんのちょびっとだけだが、洩らしはした……それでね、ミスター・フレッチャー——」

「そこをどいて」フランケンシュタインの花嫁がいった。「出すぎた真似をするんじゃないわ。わたしたちが仕事を進める邪魔はしないで」

「それでね、いまのはフルパワーのたった四分の一なんだよ」ハインツは畏敬《いけい》のこもった自信たっぷりな声でそういうと、横にしりぞいて、また腕組みをした。

「ミスター・フレッチャー、きみには失望したよ」エスコバルは嫌悪《けんお》もたっぷりにそういうと、短くなったタバコを口から抜きだして、ひとしきり検分し、床に投げ捨てた。《タバコ》フレッチャーは思った。《そう、タバコだ》電気ショックは腕にかなりのダメージをあたえていた——いまだに筋肉はひくひく痙攣し、握りしめた拳の内側の手のひらには出血が感じられた——が、電流はまた脳を再活性化したようにも思えた。いや、考えてみればそれも当然の話で、医療現場ではその効能が期待されているではないか。

「いいや……おれは協力したいと思っているし……」

しかし、エスコバルは頭を左右にふっていた。「わたしたちはすでに、ヌニェスがこの街を目ざしていることを知っているのだよ。可能ならばラジオ局を占拠するつもりだということも……おそらく占拠に成功するだろうということもね」

「それも一時的なものよ」とフランケンシュタインの花嫁。「ごく短期間ね」

エスコバルはうなずいた。「そう、ごく短期間だ。まあ、せいぜい二日……いや、二時間程度かな。そんなことはどうでもいい。いま大事なのは、われわれがきみにかまをかけ、きみがまんまとひっかかって、自分で自分の首を絞めたという事実だね」

フレッチャーは椅子にすわったまま、また背すじをぴんと伸ばした。ラモンはすでに一、二歩うしろにさがっている。フレッチャーは左の手の甲に目を落とした。黒っぽい小さな痕跡《こんせき》が残っていた。写真で見たトムの死顔のこめかみにあった痕跡と、まったくおなじだった。そして、いまここにはフレッチャーの友人を殺した当の犯人であるハインツが立っている。装置のすぐ横に、腕組みをして立っている。おおかた頭のなかでは、自分が書く論文のことでも考えているのだろう。文章やグラフ、それに〈図一〉〈図二〉などと記された小さな写真……いまのフレッチャーからすれば、それが〈図九九四〉にまで達していたとしても不思議はない。

「ミスター・フレッチャー？」

フレッチャーはエスコバルの顔に目をむけながら、左手の指をまっすぐに伸ばした。腕の筋肉はまだ痙攣していたが、それもしだいにおさまってきている。いざその瞬間が来たときには、腕をつかえるようにもなっているはず。もしラモンに撃たれたとして、それがなんだというのか？　ご自慢の装置で死者を復活させることができるかどうか、ハインツに確かめさせればいい。

「われわれの話をきいているのかな、ミスター・フレッチャー？」

フレッチャーはうなずいた。

「どうしてきみは、このヌニェスという男をかばうんだ？」エスコバルがたずねた。「つらい思いをしてまでヌニェスをかばう理由がどこにある？　コカイン商売をしている男だぞ。そんな男が革命で勝利をおさめでもしたら、おおかた終身大統領を宣言して、きみの国にコカインを売りつけるに決まっている。日曜日にはミサに足を運び、それ以外の日はコカインづけの娼婦《しょうふ》をとっかえひっかえ、ファック三昧《ざんまい》で過ごすだろうよ。最終的にはだれが勝つ？　共産主義者かもしれない。大企業ユナイテッド・フルーツ社かもしれない。人民が勝つことだけはぜったいにないな」エスコバルは低い声で話をつづけた。穏やかな目つきだった。「われわれに力を貸してくれ、ミスター・フレッチャー。それもきみの自由意思で。われわれとて、きみに協力を無理じいするのは本意ではない。きみに鎖をつけて力ずくで引きずるようなことをさせないでほしい」そういって、左右がつながった太く濃い眉毛《まゆげ》の下から、フレッチャーを見あげる。見あげるその目は、穏やかなコッカースパニエルの目。「いまでもまだ、その気にさえなれば飛行機でマイアミに帰れるぞ。帰る道々、一杯飲みたいんじゃないか？」

「ああ」フレッチャーは答えた。「協力するとも」

「それはけっこう」エスコバルはにこりと笑い、女に目をむけた。

「ヌニェスはミサイルをもっている？」女がたずねた。

「もってる」

「数は？」

「すくなくとも六十発」

「ロシア製？」

「それもある。イスラエルという表示がある木箱にはいったミサイルもあるが、ミサイル本体に書かれた文字は日本語のようだ」

女は満足した顔でうなずいた。エスコバルが満面の笑みを見せた。

「ミサイルはいまどこに？」

「いたるところに配置されてるよ。いまから捜索して見つけだすのは無理だな。それに、オルティスにはまだ十発ほどあるかもしれない」ただし、そうではないことをフレッチャーは知っていた。

「ヌニェス本人は？」女が質問した。「〈コンドル〉はオルティスにいるの？」

正確な事実を知っていながらの質問だ。「あの男はジャングルにいるよ。さいごに話をきいたときには、ベレン県にいるという話だったな」これは嘘《うそ》だった。フレッチャーがさいごに会ったとき、ヌニェスは首都近郊のクリストバルにいた。まだそこにいる可能性はある。しかしエスコバルとこの女がそれを知っているのなら、そもそもこんな尋問の必要はなかったはずだ。しかし、ヌニェスがフレッチャーにおのれの所在地を明かしているとふたりが考えた根拠はどこにある？こんな国、エスコバルとハインツとフランケンシュタインの花嫁の三人などは敵のごく一部にすぎない国で、どうしてヌニェスがアメリカ人の新聞記者を信頼し、おのれの所在を教えたりする？そんな馬鹿《ロコ》な！だいたい、どうしてアメリカの新聞記者がこの件に足を突っこんだりした？しかし──すくなくとも当座だけは──三人はこの種の疑問を棚あげしているようだった。

「この街でヌニェスはだれと話をしているの？」女が質問してきた。「いいこと、ファック相手じゃなくて話し相手よ」

この先に行こうと思うのなら、ここでいよいよ行動を起こさなくてはならない。真実はもはや安全ではないし、嘘は彼らに見ぬかれてしまうかもしれない。

「ひとりの男がいて……」フレッチャーはそういいかけて口をつぐんだ。「すまないが、さっきのタバコを一本もらえるかな？」

「ミスター・フレッチャー！　いやいや、もちろん吸えばよろしい！」つかのまエスコバルは、客のもてなしに腐心している晩餐会《ばんさんかい》のホストそっくりになった。これが演技だとは、フレッチャーには思えなかった。エスコバルは赤と白のパッケージを——自由な身の男女ならば、フレッチャーの記憶にある四三丁目通りのニューススタンドと同様の場所で自由に買えるパッケージを——手にとってふり動かし、一本を途中まで出した。フレッチャーはそのタバコを受けとった。この一本がフィルターまで燃えつきる前に、自分は命を落としているかもしれない、地上の一員ではなくなっているかもしれないと意識しながら。しかし、なにも感じていなかった。ただひとつ感じていたのは、いまはもう消えつつある左腕の筋肉の痙攣と、左側の歯の詰め物から感じられる焼け焦《こ》げたような妙な味だけだった。

フレッチャーはタバコを唇のあいだにはさみこんだ。エスコバルがさらに身を乗りだし、金張りのライターのふたを〝かちり〟とあけ、フリントホイールを指でまわした。

ライターから炎が立ち昇った。ハインツの装置から、裏側に真空管があった昔のラジオを思わせるハム音があがっていることが意識された。また、頭のなかで――ユーモアのかけらもないまま――フランケンシュタインの花嫁と呼ぶようになった例の女が、アニメ番組でロードランナーを見つめているコヨーテの目つきで、自分をじっと見ていることも意識された。自分の心臓の鼓動も、口にくわえたタバコの記憶にあるとおりの丸い輪郭――劇作家だかだれかが、〝たぐい稀《まれ》なる歓喜をもたらす円筒〟と呼んでいた――の感触も意識されたし、その心臓の鼓動が信じがたいほど緩慢になっていることも意識されてきた。先月、ありとあらゆる外国人記者がたむろする〈クラブ・インターナショナル〉で昼食会のあとにスピーチをしてほしいと依頼されたが、そのときのほうがよほど激しい動悸《どうき》がしていたほどだ。

さあ、いよいよだ。しかし、それがどうした？　目の見えない人間でさえ、ここからの出口を見つけられるはずだ。いや、あの川のほとりにいる妹にさえ見つけられるだろう。

フレッチャーはライターの炎に顔を近づけた。マルボロの先端に火がついて、赤く輝いた。フレッチャーは煙を深々と吸いこんだ。咳《せき》の発作をよそおうのは造作もなかった――三年間の禁煙のあとで吸ったのだから、咳をするなというほうが無理な相談だ。フレッチャーは椅子《いす》の背もたれに体をあずけ、うがいをするときのような耳ざわりな音を咳にまぜこませた。それから全身をがたがたふるわせ、両肘を横につきだして頭をぐいっと左にふり動かすと、両足で床をがんがんと踏みつけはじめた。さらにその総仕上げとして、少年時代に習い覚えたテクニックを動員した——白目を大きく剝《む》きだしてみせたのである。そのあいだも、いちどとしてタバコを口から落とすことはなかった。

　この種の発作を起こしている人をじっさいに見たことはなかったが、映画《奇跡の人》でパティ・デュークが見せていた演技はぼんやりと記憶していた。本物の患者の発作を忠実に再現しているかどうかは心もとないが、トマス・ヘレーラが頓死《とんし》したという事情があれば、フレッチャーの演技に嘘が混じっていたとしても、ここの連中が見のがすことは期待できる。

「くそ、二の舞はまっぴらだ！」ハインツが、悲鳴じみたかん高い声をはりあげた——映画でなら、笑いを誘う声になったかもしれない。

「その男を押さえろ、ラモン！」エスコバルがスペイン語で怒鳴りながら、いきなり立ちあがろうとした。しかし肉づきのいい太腿《ふともも》がテーブルを裏側からもちあげる形になって、また椅子にへたりこんだ。女はその場を動かない。フレッチャーは思った。《あの女は疑ってる。はっきりと見ぬいているかどうかはわからないが、あの女はエスコバルとはくらべものにならないほどの切れ者だ……その切れ者が疑ってる……》

ほんとうに疑っているのか？　両目とも白目を剝いているので、女の姿はぼんやりとしか見えず、ほんとうに疑っているのかどうかはわからないが……はっきりと感じとれた。しかし、それがどうした？　事態はすでに動きはじめている。あとは、だれもが役割を演じきるだけだ。それも迅速に。

「ラモン！」エスコバルがまた怒鳴った。「その男が床に倒れないようにしろ、この間抜け！　そのままじゃ、やつが自分の舌を飲みこむぞ――」

ラモンが上体をかがめて、フレッチャーのがくがく揺れている両肩をつかんだ。フレッチャーの顔をのけぞらせたかったのかもしれないし、フレッチャーが舌を飲みこんでいない安全な状態かどうかを確認したかったのかもしれない（ただし、舌が切り落とされてでもいないかぎり、人間が舌を飲みこむことはありえない――どうやらラモンは《ER／緊急救命室》を見ていなかったようだ）。しかし、ラモンの目あてはこのさい関係なかった。ラモンの顔が手のとどく距離にまで近づくなり、フレッチャーがマルボロの火のついている側の端をラモンの片目に突き立てたからだ。

ラモンはぎゃっと悲鳴をあげて、うしろに身をのけぞらせた。右手がさっと上にあがっていき、眼窩《がんか》に突き立って、ななめにぶらさがったたまま、まだ燃えているタバコをつかもうとしたが、左手はまだフレッチャーの肩を押さえたままだった。その手が万力のように肩をつかんできた。ラモンがそのままあとじさった拍子に、フレッチャーの椅子が倒れた。フレッチャーは椅子から床に躍りこむと、すかさず身を転がして立ちあがった。

ハインツがなにやら大声でわめきちらしていた。なんらかの言葉を叫んでいたのだろうが、フレッチャーの耳にはアイドル歌手——ハンソンズのメンバーあたりか——を目にした十歳くらいの女の子が張りあげる黄色い歓声にしかきこえなかった。エスコバルはなんの声も出していないが、これは不吉な兆候だった。

フレッチャーは、ふりかえってテーブルのほうを確かめたりしなかった。ふりかえらずとも、エスコバルがむかってきていることはわかった。代わりにフレッチャーは両腕を思いきり前に突きだしてラモンの拳銃《けんじゅう》のグリップを握り、ホルスターから抜きとった。しかしラモンは、拳銃を奪われたことにも気づいていないようだった。自分の顔をかきむしりながら、奔流のようにスペイン語をわめきちらしている。タバコをつかんで抜きだそうとしたはよかったが、あいにくタバコが途中でへし折れて、燃えている部分は眼球に突き刺さったままだ。

フレッチャーは身をひるがえした。エスコバルがすぐそこにまで迫っていた——細長いテーブルの端をまわりこみ、肉づきのいい両腕を精いっぱい前に突きだしている。そんなエスコバルには、もはやテレビの天気予報に出演して高気圧《こうきあちゅ》の話をする男の雰囲気はかけらもなかった。

「その厄介なアメ公をはやくつかまえて！」女が吐き捨てるようにいった。

フレッチャーは、ひっくりかえった椅子をエスコバルの進路に蹴《け》り飛ばした。エスコバルが椅子に足をとられて転んだ。エスコバルが転ぶと同時に、フレッチャーは両手でしっかりと拳銃をかまえて腕を前に突きだし、相手の頭部めがけて発砲した。エスコバルの髪の毛が飛びあがった。鼻と口、そして弾丸が体外へ出ていったあごの下側から、大量の血があふれだしてきた。両足がむなしく灰色のタイルの床を叩《たた》いている。死にゆく男の体から糞便《ふんべん》の悪臭が立ち昇った。

女はもう椅子にすわってはいなかったが、フレッチャーに近づこうというそぶりは見せていなかった。ドアにむかって走りだしていたのだ。体の線を見せない黒い服で走る女は、鹿《しか》のごとく駿足《しゅんそく》だった。フレッチャーと女のあいだには、いまだ悲鳴をあげつづけているラモンがいる。しかもラモンが、フレッチャーにむかって腕を伸ばしてきた。首をひっつかんで絞め殺そうというつもりだ。

フレッチャーはラモンにむかって二発撃った——一発は胸に、もう一発は顔に。顔に命中した弾丸がラモンの鼻と右頬の肉をあらかた削りとったが、それでも茶色い制服姿の大男は、目からタバコの吸殻をぶらさげた姿のまま、ソーセージのような太く長い指——うち一本の指には銀の指輪——を大きく広げたり、拳《こぶし》をつくったりしながら、うなり声も高らかにフレッチャーめがけて迫ってきた。

しかしラモンは、椅子に足をとられてエスコバルが倒れたように、エスコバルの死体に足をとられた。一瞬フレッチャーの脳裡に、有名なひとコマ漫画がひらめいた。魚が行列をつくっている漫画だ。どの魚も大きく口をひらいて、自分の前にいる自分より小さな魚を食べようとしている。漫画の題名は《食物連鎖》といった。

弾丸を二発撃ちこまれて、うつぶせに倒れこんだラモンがぐうっと手を伸ばして、フレッチャーの足首をつかんだ。その手をふりはらった拍子によろめいたフレッチャーは、四発めの弾丸を天井にむけて撃ちこんでいた。埃《ほこり》が降りかかってきた。部屋には硝煙のにおいが濃く立ちこめるようになっていた。女はまだ部屋のなかにいた。片手でノブを引きながら、もう一方の手でターンロックをまわそうとしていたが、ドアをあけられないでいる。もしドアをあけていたら、もう部屋にはいなかったはず。いまごろは廊下のずっと先にたどりつき、階段の上にむかって血まみれの殺人の発生を金切り声で告げていたことだろう。

「おい」フレッチャーはいった。毎週木曜の夜におこなわれる恒例のボウリング大会の会場に行って、三百点ゲームをやってのけた、ごくふつうの男の心境だった。「おい、くそあま、おれを見るんだ」

女は前にむきなおると、手のひらをぴったりとドアに押しあてた。両手でドアをもちあげようとしているかのように。両目には、いまもまだ釘《くぎ》の頭めいた光がわずかに残っている。女はフレッチャーにむかって、自分を傷つけるのはまずいという話をはじめた。

最初はスペイン語で話しはじめたが、ためらったのち、おなじ内容を英語で話しはじめる。「どんな形でも、わたしを傷つけるのは禁物よ、ミスター・フレッチャー。あなたがここから無事に出ていくことを保証できるのは、このわたしだけなのだから。ええ、嘘偽りなく誓うわ。あなたを外に出すと。でもそのためには、わたしを傷つけてはだめ」

ふたりの背後では、ハインツが愛か恐怖のどちらかで胸をいっぱいにしている子どものように泣き叫んでいた。女に近づいていくと――ちなみに女は、両の手のひらを死の部屋の金属製のドアにぴったりと押しつけて立っていた――ほろ苦い香水の香りが鼻に嗅《か》ぎとれた。女の目はアーモンドの形。髪の毛はすべて頭頂部にむかって撫《な》でつけられている。

《わたしたちも、ただの馬鹿《ばか》じゃないのよ》女はそういっていた。フレッチャーは思った。《あいにくおれも馬鹿じゃないさ》

フレッチャーの目におのれの死の知らせを読みとったのだろう、女は尻《しり》と背中と手のひらをこれまで以上に強く金属ドアに押しつけながら、いっそう早口にしゃべりはじめた。そうやって体全体を強くドアに押しつけていれば、そのうち体をドアに溶けこませて、反対側に抜けて出ていけると信じこんでいるように。自分は書類をもっている――女はそんな話をしていた――自分の名前がはいった書類だ、それをフレッチャーにわたそう、と。それだけではなく、金もある、かなりの額の金をもっているし、金塊ももっているうえ、スイス銀行に口座があり、フレッチャーでも自宅のパソコンからネット経由でアクセスできる……。フレッチャーはふと、こんなことを思った。つまるところ、悪党と愛国者を見わける方法はひとつしかないのかもしれない。目の前に自分の死が迫ってきたとき、愛国者は演説をぶつ。一方悪党は、スイス銀行の口座番号を明かしたうえで、オンラインで口座にアクセスさせてやるという話をもちかけてくる。

「黙れ」フレッチャーはいった。この部屋がほんとうに防音設備をそなえているのならともかく、そうでなかったらいまごろ十人ばかりの兵隊が地下のこの部屋にむかっているはずだ。兵隊をしりぞける方法はなにひとつないが、だからといってこの話をしないですませるわけにはいかない。

女は黙った。あいかわらずドアに背中を押しつけ、両の手のひらもドアに押しつけたまま。目にはあいかわらず釘の頭。何歳だろう？　フレッチャーは思った。六十五歳？　これまでにこの部屋で、あるいはここのような部屋で、いったい何人の人間を殺してきたのか？　何人を殺せと命令してきたのか？

「おれの話をきけ」フレッチャーはいった。「きいてるのか？」

いま女の耳には、女を救うために近づきつつある足音がきこえているにちがいない。《夢のなかでな》フレッチャーは思った。

「あそこの天気予報屋は、〈コンドル〉がコカインを商売しているとか、共産主義者のホモ野郎だとか、ユナイテッド・フルーツ社の娼婦《しょうふ》だとかなんだとか、いろいろなことをしゃべっていたな。たしかに一部は当たっているのかもしれないし、なにもかも的はずれなのかもしれない。おれはなにも知らないし、知りたいとも思ってないね。おれが知っていること、おれが関心をもっていること、それはたったひとつ——一九九四年の夏、ヌニェスがカヤ川付近のパトロールを担当していた兵隊のなかにいなかったということ、それだけだ。あのときヌニェスはニューヨークにいた。ニューヨーク大学にいたんだ。だからあの男は、カヤ川べりで修養中だった尼僧《にそう》たちを見つけた兵隊グループにはいなかった。そのグループがなにをしたかといえば、そう、三人の尼僧の生首を棒に刺して、その棒を川べりの地面に突き立てたんだ。ついでにいえば、まんなかの尼僧がおれの妹だったんだ」

フレッチャーは女に二発の弾丸を撃ちこんだ。三発めを撃とうとしたとき、ラモンの銃から空薬莢《やっきょう》を叩く音がした。二発で充分だった。体をドアに押しつけたまくずおれていくあいだ、女の目はかたときもフレッチャーを離れなかった。

《死ぬのはそっちだったはずよ》双眼はそう語りかけてきた。《なにがなんだかわからない……だって、死ぬのはそっちだったはずだから》

女の片手が一回、もう一回と自分ののどをわしづかみにし、それっきり静かになった。

そのあとも、女の目はしばしフレッチャーにとどまっていた——きらめく光をたたえた瞳《ひとみ》は、語るべき価値のあるすばらしい逸話を秘めた老水夫の瞳。そして、女の頭ががくりと前にうなだれた。

フレッチャーは身をひるがえし、ラモンの銃を前にかまえたままハインツに近づいていった。歩いていて、右の靴が脱げていることに気がついた。広がりつつある血だまりに顔を伏せて横たわるラモンに目をむける。その手にはまだ、フレッチャーのローファーが握られていた。死にかけているのになお、獲物の鶏をあきらめきれない鼬《いたち》のようだ。

フレッチャーは足をとめて、靴を履きなおした。

ハインツが逃げだそうとするそぶりを見せて、体の向きを変えた。フレッチャーは銃をハインツにむけてふりまわした。弾薬はもう底をついているが、まだそのことに気づかれてはいまい。それにハインツは、この死の部屋には逃げ場がないことを思い出したようだ。その場で足をとめ、近づきつつある拳銃と拳銃をかまえる男の姿をただ見つめているばかり。ハインツは泣いていた。

「一歩さがるんだ」フレッチャーが命じると、ハインツは泣きながら一歩あとじさった。

フレッチャーは、ハインツの装置の前で足をとめた。この男はなんといっていただろう？　そう、隔世遺伝ではなかったか？

カートに載った装置は、ハインツほど知性ある男が利用するにしては単純すぎるように思えた。ダイヤルが三個、それに《オン》と《オフ》の表示があるスイッチがひとつ（いまは《オフ》になっている）、それに可変抵抗器。このつまみがまわされて、いまはつまみの上の白線がおおざっぱに十一時の向きを指していた。三つあるダイヤルの針は、どれもゼロを指している。

フレッチャーはスタイラスを手にとって、ハインツにさしむけた。ハインツは口から水っぽい音を洩《も》らして、頭を左右にふり、また一歩あとじさった。顔をあげては、そこに悲嘆にくれた薄笑いと表現するべき表情が形づくられ、すぐにまた表情が崩れていくことのくりかえし。ひたいは汗に濡《ぬ》れ、両の頬は涙で濡れていた。二回めにあとじさったせいで、いまハインツは金網ケージのある照明の真下に立っており、足のまわりに本人の体の影が落ちていた。

「こいつを手にとれ。さもないと殺すぞ」フレッチャーはいった。「ああ、あと一歩でもうしろにさがったら、そのときも殺すからな」

こんなことをしている時間はないし、なにより正しくないおこないに思えたが、フレッチャーは自分を抑えられなかった。トマスの写真がくりかえし目に浮かんできた。見ひらかれた目、見た目が火薬火傷《やけど》に似ている小さな焼け焦《こ》げの痕《あと》。

ハインツはしゃくりあげて泣きながら、先端が丸くなった万年筆状の品をうけとった——注意ぶかい手つきで、絶縁ゴムの部分にしかふれないようにして。

「そいつを口に入れろ」フレッチャーはいった。「キャンディを舐《な》めるみたいにしゃぶりな」

「い、いやだ！」ハインツは涙ながらに叫んだ。頭を左右にふると、その顔から水滴が飛び散った。顔面はいまなお収縮をくりかえしている——ぎゅっと縮んではゆるみ、またぎゅっと縮んではゆるむ。片方の鼻の穴に、緑色の鼻ちょうちんができていた。鼻ちょうちんはハインツのせわしない息づかいにあわせて、大きくなったり小さくなったりしていたが、弾《はじ》けることはなかった。こんな物を見たのははじめてだった。「いやだ、いくらいわれても、そんなことはするものか！」

しかしハインツは、自分がフレッチャーにしたがうとわかっていた。フランケンシュタインの花嫁は信じなかったかもしれないし、エスコバルには信じるも信じないも最初から時間がなかったが、ハインツなら自分に拒否する権利がないことがわかっているはず。いまハインツはトマス・ヘレーラがおかれた立場、そしてフレッチャーがおかれた立場に追いこまれている。ある意味ではこれで充分な復讐《ふくしゅう》といえるが、またべつの意味では充分ではなかった。知るというのは、頭でひとつの考えをいだくこと。そして考えは、この部屋では無意味だ。ここでは、目に見えることが信じることに通じる。

「早くそいつをくわえろ——でないと撃ち殺すぞ」

フレッチャーはいい、弾薬が切れた銃の銃口をハインツの頭に押しあてた。ハインツは恐怖の叫びをあげて、ぎくりと身をのけぞらせた。ここにいたってフレッチャーは、自分の声がこれまでよりも低く自信に満ちたものになったばかりか、そこに正直な響きも混じりこんできたことをききとっていた。ある意味で、自分の声にエスコバルの声を連想しもした。

《一部の地域に低気圧《てぃきあちゅ》がかかっていましゅ》フレッチャーはそんなことを思った。《そのため、くそったれなにわか雨が降っていましゅ》

「いますぐいわれたとおりにすれば、電気ショックをあたえたりはしないとも」フレッチャーはいった。「おれはただ、おまえにその気分を味わってほしいだけさ」

ハインツはまじまじとフレッチャーを見つめた。青い瞳の目にいまは赤い縁どりができているうえに、涙でうるんでもいる。もちろんフレッチャーの言葉を信じたりはしていないはずだ。そもそもが筋の通らない言葉だからだ。しかし一方で、その言葉をとにかく信じたがっていることは明らかだった。筋が通ろうが通らなかろうが、生殺与奪の権をフレッチャーに握られているからだ。ハインツはあと一回背中をあと押しされるだけで、あと一歩前に進む状態になっていた。

フレッチャーはほほえんでいった。「研究のためにも命令どおりにするんだな」

これでハインツは信じたようだ――心の底から信じたわけではないにしても、フレッチャーこそ〝ミスター・この男ならひょっとすると〟かもしれないという確信をいだいたようだ。スチールの棒を口に突き入れる。いまにも眼窩《がんか》から転げでそうになっている両目が、フレッチャーを見つめていた。両目の下、口から突きだしたスタイラス——どう見てもキャンディというよりは、昔の体温計に似ている——の上では、例の緑の鼻ちょうちんがふくらんではしぼみ、ふくらんではしぼんでいた。フレッチャーは銃をハインツにむけたまま、いきなり制御パネルのスイッチを《オフ》から《オン》に切り替え、可変抵抗器のつまみを思いきりひねった。つまみに描かれた白線が、それまでの午前十一時の位置から夕方五時の位置に変わった。

その気になればスタイラスを吐きだす時間の余裕もあった。しかし電気ショックの影響で、ハインツの唇は逆にスチールの棒を絞めつけた。なにかが折れるときのような〝ぱちん〟という物音は、さっきよりもずっと大きく響いた。細い小枝ではなく、ちょっとした枝が折れたような音。ハインツの唇がいちだんと強くスタイラスを絞めつけた。緑の鼻ちょうちんが〝ぽん〟と弾けた。ついでに片方の眼球も〝ぽん〟と飛びだしてきた。ハインツの全身が、服の下でがくがくと小刻みにふるえているようだった。両手が手首でねじ曲がり、指が大きく広げられていた。最初白かった頬はまず淡い灰色に変わって、そのあとどす黝《ぐろ》い紫色に変じた。鼻の穴から煙が流れだしてきた。残っていた眼球も、顔から飛びだしてきた。所定の位置から抜け落ちた眼球の上では、見るからにぬるぬるとした空虚なふたつの眼窩が、びっくりしたかのようにフレッチャーを見あげていた。ハインツの片頬が引き裂けていった——いや、溶けたというべきか。頬にあいた穴からどっと煙が噴きだし、同時に肉の焼け焦げる強烈な臭気が立ち昇ってきた。フレッチャーには、小さな炎——オレンジとブルーの炎——が見えた。ハインツの口のなかが燃えていた。舌がラグマットのように燃えあがっていた。

フレッチャーは、可変抵抗器のつまみに手をかけたままだった。つまみを左いっぱいにまわし、電源スイッチを《オフ》にする。小さなダイヤルの上でどれも《＋50》を指していた針が、いっせいにまた動かなくなった。電流が体に流れなくなったその瞬間、ハインツの体が灰色のタイルの床にばったりと倒れた——倒れていくあいだ、口から煙をなびかせて。スタイラスが口から離れて転がった。見ると、ハインツの唇の一部がへばりついていた。フレッチャーの胃がでんぐりがえって、塩からい味をふくんだげっぷが突きあげてきた。しかし、自分がハインツにしたことの結果に反吐《へど》をぶちまけている時間の余裕はない。それでもフレッチャーはしばしこの場にとどまり、体をかがめて、煙をあげているハインツの頬とはずれて飛びだした目玉を見おろした。

「どう表現する？」死体にむかって質問をする。「まだ記憶も生々しいいま、この体験をどのように表現するね？」

フレッチャーは身をひるがえすと、早足で部屋を横切っていった。途中、まだ息があってうめき声を洩らしているラモンを迂回《うかい》する。悪夢にうなされている人のような声だった。

そこでフレッチャーは、ドアに鍵《かぎ》がかかっていることを思いだした。鍵をかけたのはラモンだ。となれば、鍵はラモンのベルトにぶらさがっているキーリングにあるだろう。フレッチャーは看守のところに引きかえして横にひざまずき、ベルトからキーリングを引きちぎった。そのとき、ラモンがまた手を伸ばしてきて、今回もフレッチャーの足首をつかんだ。フレッチャーの手にはまだ銃があった。銃の握りをラモンの頭に思いきり叩《たた》きつける。足首を握る看守の手につかのま力がこもったが、すぐにすべての力が抜けていった。

フレッチャーは立ちあがりかけ……こう考えた。《銃弾。この男なら予備の弾薬をもっているにちがいない。銃は弾切れだから》つぎにこんな考えが浮かんだ。もうくそったれな銃弾は必要ではない、ラモンの拳銃《けんじゅう》はこれ以上望めないほど役に立ってくれたではないか。この部屋の外で発砲したら、それこそ兵隊たちが蠅《はえ》のように群がってくるだけだ。

それでもフレッチャーはラモンのベルトをさぐっていき、小さな革のパウチのスナップボタンをはずしてスピードローダーを見つけだした。これをつかって、拳銃に弾薬をフル装塡《そうてん》する。いくら自分に鞭打《むちう》っても、はたして兵隊を撃てるかどうかは心もとない——兵隊とはいえ、しょせんはトマスとおなじ種類の男たち、食わせていく家族をもった男たちだ。しかし将校クラスが相手なら撃てるはずだし、自分用にすくなくとも一発を残しておくこともできる。おそらく、この建物から外に出ていけることはないだろう──もし出ていけるとすれば、三百点ゲームをつづけて二回達成するようなものだ──しかし、この部屋にふたたび引き立てられてくる気はなかったし、ハインツの装置の横の椅子《いす》におめおめとすわらされる気もなかった。

フレッチャーは、フランケンシュタインの花嫁の死体を足でドアの前から押しやった。どんより濁った女の目が天井を見あげていた。自分は生き残って、ほかの連中が命を落としたという事実の重みが、しだいしだいに実感できるようになってきた。彼らの体は冷えていく一方だ。その皮膚では、バクテリアの大集団が早くも滅亡しつつあるのだろう。それは情報省の地下室で頭にいだくには不都合な考えだし、世にいう行方不明者《デサパレシード》、政府や軍の手で隠密裡《おんみつり》に〝始末〟された人間のひとりになった男──その状態にあるのも一時的かもしれないが、永遠にそのままとも考えられる──の頭に浮かんでもいい考えともいいかねる。

三本めの鍵でドアがあいた。フレッチャーはまず頭だけを外に突きだした。コンクリートブロックづくりの壁。下半分は緑に、上半分は薄汚れた白っぽいクリーム色に塗ってある。昔の学校の廊下とそっくりだ。床は色褪《いろあ》せた赤いリノリューム。廊下はまったくの無人だった。十メートルほど先の左の壁ぎわに、小型の茶色い犬が寝そべっていた。

犬の足はひくひくと動いていた。犬がなにかを追いかける夢を見ているのか、なにかに追いかけられる夢を見ているのか、それはさだかではない。しかし、もし銃声が——それにハインツの絶叫が——廊下にも大きく響いていたら、自分だったらとても寝てはいられないだろう、と思った。

《生きて帰りつくことができたら》フレッチャーは思った。《あの部屋の防音設備こそ、独裁政治がもたらした最高の勝利だと書くことにしよう。全世界にむけて書いてやる。もちろん、生きて帰れることはない……いくら四三丁目通りを目ざしても、あの右側の階段まで近づくのが精いっぱいのはず……しかし……》

しかし、〝ミスター・やればできる〟がいる。

フレッチャーは廊下に足を踏みだすと、死の部屋のドアをきっちりと閉めた。小さな茶色い犬が頭をもちあげてフレッチャーに目をむけ、ささやきめいた〝ふうっ〟という声を口から出したが、それっきりまた頭をさげて眠りこんだように見えた。

フレッチャーは床にひざまずいて、両手を（片手はまだラモンの拳銃を握っていた）床に押しあてると、さらに身をかがめてリノリュームに口づけをした。口づけをしながら、妹のことを思った。川べりで死を迎える八年前、カレッジに進学するために旅立っていった妹の姿を。カレッジに入学するというその日、妹はタータンチェックのスカートを穿《は》いていた。タータンチェックの赤い色は、この色褪せたリノリュームの色とまったくおなじというわけではない。しかし、政府のやることならしょせんこの程度、という言いまわしもある。

フレッチャーは立ちあがると、廊下を歩いて階段を……一階の廊下を……外の通りを……まわりに広がる街を……国道四号線を……パトロールを……道路閉鎖箇所を……国境を……検問所を……そして海をめざしはじめた。いみじくも中国人のこんな言葉がある――千里の道も一歩から。

《どこまで行けるか確かめようじゃないか》フレッチャーはそう考えながら、階段のあがり口にたどりついた。《自分でも驚く結果になるかもしれないしな》

しかし、こうしてまだ生きながらえているだけでも驚きだった。ラモンの拳銃を前に突きだした姿勢で、フレッチャーは階段をあがりはじめた。

それから一カ月後のこと、四三丁目通りにあるカーロ・アーカッジのニューススタンドにひとりの男が近づいてきた。てっきり男が銃を突きつけて金を奪うにちがいないと思ったカーロは、つかのま生きた心地がしなかった。まだ八時になったばかり、あたりは明るく、人通りも多い。しかし、そんなもので狂気《パッツォ》を秘めた男をとめられるだろうか？　しかもこの男は、どっさりと狂気《パッツォ》をそなえているかに見えた――かなり痩《や》せているせいで、白いシャツと灰色のスラックスが体のまわりで浮かんでいるかに見えるし、両目は深くまで落ちくぼんだ眼窩の底にある。たとえるなら、ついこのあいだ強制収容所のたぐいから釈放されてきたか、あるいは（なにやら大変な手ちがいで）その種の病院から出された人間のようだ。男がスラックスのポケットに手を入れたのを見て、カーロ・アーカッジは思った。《さあ、銃が出てくるぞ》

しかしポケットから出てきたのは銃ではなく、つかいこまれた財布だった。男は財布から十ドル紙幣を一枚とりだすと、正気そのものの声でマルボロをひと箱くれ、といった。カーロは注文の品を手にとってマッチの箱を重ね、カウンターにおいて相手に押しやった。男がマルボロの箱をあけているあいだ、カーロは釣り銭をかぞえて用意した。

「いらない」釣り銭を目にすると、男はそういった。男は早くもタバコを口にくわえていた。

「いらない？　そりゃどういう意味だ？」

「釣りはいらないといったんだよ」男はそういうと、マルボロの箱をカーロにさしだした。「タバコはやるのか？　もし吸うなら、一本とるといい」

カーロは、白いシャツと灰色のスラックスの男に疑惑の目をむけた。「いや、タバコはやらないんだ。体にわるい習慣だからね」

「ああ、むちゃくちゃ体にわるいな」男はうなずくと、タバコに火をつけ、喜びもあらわな顔つきで煙を深々と吸いこんだ。男はその場に立ってタバコを吸いながら、道の反対側を歩いて行く通行人たちの姿をただ見つめていた。反対側の歩道には若い女たちがいた。男なら、どうしても夏服の女たちに視線を吸いよせられてしまう。人間のさがというものだ。カーロはもう、目の前の客を頭がいかれているとは考えていなかった——ただし釣り銭はまだ、ふたりをへだてるカウンターにおいたままにしていたが。

　痩せた男は、フィルターぎりぎりまでタバコを吸っていた。それから男はカーロにむきなおったが、その拍子にすこし体をよろめかせていた。タバコを吸いなれておらず、煙で頭がくらくらしたかのようだった。

「気持ちのいい夜だな」男がいった。

　カーロはうなずいた。そのとおり。たしかに気持ちのいい夜だった。

「生きていることがなによりの幸運に思えるよ」カーロはいった。

　男はうなずいた。「人間だれしもそうだよ。いつでもそうだ」

　それから男は、小さなごみ箱が設置されている歩道のへりにむかって歩いていくと、一本吸っただけのマルボロの箱を小さなごみ箱に落としこんだ。

「人間だれしも。いつでもだ」男はそういって、歩み去った。カーロは遠ざかるその姿を見おくりながら、やはり男は狂気《パッツォ》を秘めていたのかもしれないと思いなおした。いや、そうではないかもしれない。なんとなれば、狂気の範囲は定義しがたいからだ。

これは南アメリカ版地獄の尋問室を舞台にした、いくぶんカフカ風味のある作品である。こうした小説では、尋問されている側がおおむねさいごに一切合財をぶちまけたのち、命を奪われる（あるいは正気をうしなう）のが定番だ。しかしわたしは、いくら非現実的な展開になろうと、多少なりとも幸せな結末を迎える物語を書きたかった。そうして書きあがったのがこの作品だ。

エルーリアの修道女
〈暗黒の塔〉外伝

The Little Sisters of Eluria

風間賢二訳

私の人生における超大作《マグナム・オーパス》があるとすれば、おそらく、現在進行中の〈暗黒の塔〉シリーズ（全七巻）だろう。それは、存在の中枢《ちゅうすう》の役割を果たしている〈暗黒の塔〉を探索するギリアドのローランド・デスチェインにまつわる長大な物語である。一九九六年か九七年のこと、ラルフ・ヴィチナンザ（ときによっては、私の版権代理人であり、また海外向けの版権権利者である）が私にたずねてきた。SF作家ロバート・シルヴァーバーグが編纂《へんさん》中のとてつもなく巨大なファンタジー・アンソロジーに、若き日のローランドに関する話を寄稿する気はないかと。私は、とりあえず引き受けた。ところが、待てど暮らせど、何もアイデアが浮かばない。あきらめかけていたある朝、私は、『タリスマン』のこと、および主人公のジャック・ソーヤーが初めて〈テリトリー〉の女王の姿をちらりと見る大天幕のことを思いながら目覚めた。シャワー室で（そこで私はいつも、最高にすばらしいイメージを生み出す――思うに、そこは子宮のようなものだ）、荒廃している……が、囁《ささや》くように話す女性たちがまだたくさんいるテントを視覚化し始めた。女性たちは幽霊。吸血鬼かもしれない。修道女だ。生ではなく死の看護婦。この中心となるイメージから物語を構想するのは、驚くほど困難をきわめた。イメージを膨らませたり広がらせたりして、自由に動かせる余地はかなりあった——シルヴァーバーグは短めの長編を所望していたのだ、短編ではなく——が、それでもむずかしかった。当時、ローランドと彼の旅の仲間たちにまつわることはすべて、単に長いだけではなく、いわば壮大な叙事詩的物語《エピック》となることを望んでいたのである。一言述べておくが、本編は独立した作品として創作されているので、〈暗黒の塔〉シリーズを読んでいなくとも楽しめる。ついでながら、〈暗黒の塔〉マニアのあなた、シリーズの五巻目は脱稿している。九百ページの作品となった。タイトルは『カーラの狼《おおかみ》』である。

［著者注　〈暗黒の塔〉本は、〝変転〟を続ける枯渇《こかつ》した世界における最後の拳銃《けんじゆう》使い（ガンスリンガー）、ギリアドのローランドが黒衣の魔術師のあとを追っている場面で始まる。長い歳月にわたって、ローランドは背信の魔術師ウォルターを追跡している。第一巻で、ついにローランドは、その黒衣の男に追いつく。しかし、本編では、まだローランドがウォルターの痕跡《こんせき》を捜しまわっている時期に設定されている。S・K］

I

〈実りの大地〉。無人の町。鐘。少年の死骸《しがい》。転覆した荷馬車。緑色の民。

かなり暑く、呼吸もままならぬほど熱気が空気を吸いとっているかのような、そんな〈実りの大地〉の時期のある日のこと、ギリアドのローランドはデザトヤ山脈にある集落の関門にさしかかっていた。当時、彼はひとりで旅をしていたが、まもなく、徒歩でそうすることになりそうだった。このまる一週間というもの、拳銃《ガンスリンガー》つかいローランドは馬の医者を探し求めていたが、もはや、その類《たぐい》の人間がこの町にいたとしても事態は改善されまい。彼の乗馬は栗糟毛《くりかすげ》の二歳馬だったが、いまや疲労困憊《こんぱい》の状態にあった。

町の関門は、いまだに祭りかなにかのための花々で飾られたまま開かれており、入来者を歓迎していたが、その向こう側の沈黙がなにやら不穏である。馬の蹄《ひづめ》の音や馬車の車輪の転がる音、市場で商人たちの呼び売りする叫び声が聞こえてこない。音と言えば、コオロギ（とにかく一種の昆虫であるらしく、そのときはコオロギよりいささか旋律的な音色を奏《かな》でていた）の弱々しい鳴き声、木を叩《たた》いているような奇妙な音、そして小さな鐘のかすかで、夢のような響きしか聞こえてこない。

また、装飾的な錬鉄製の関門にからみつかせられた花々は萎《しお》れて久しい。

ローランドの両膝《りょうひざ》の間で、トプシーが大きくて虚《うつ》ろなくしゃみをして――クション！クション！――横にぐらついた。ローランドは大地に降りた。馬のため、そして自分自身のために――もしこの瞬間、トプシーが自分の生に見切りをつけ、己の人生行路の果てにある空き地に駆け足で向かうつもりなら、ローランドはトプシーの下敷きになって脚を折りたくなかったのである。

ガンスリンガーは灼熱《しゃくねつ》の太陽の下、土埃《つちぼこり》だらけのブーツと色褪《いろあ》せたジーンズという身なりで立つと、トプシーの栗糟毛のもつれた首を撫《な》で、ときおりたてがみにからまった指をぐいと引き抜き、トプシーの両目の端に群れ集う小さな蠅《はえ》を追い払った。そこに奴《やっ》らに卵を植えつけさせ、蛆虫《うじむし》を湧《わ》かせてやるのはトプシーが死んでからのこと、だが、それまでは許さん。

ローランドはそのようにしてできうるかぎり愛馬に敬意を表しながら、あいかわらず続いている彼方《かなた》の夢幻的な鐘の音《ね》と木を叩くような奇妙な音に耳を澄ましていた。しばらくして、彼は放心状態で行なっていた馬の手入れをやめ、開かれている関門を思案深げに見つめた。

その中央の上にある十字架がいささか尋常ではなかったが、他の点では、関門はその手の典型的な造りで、西部地方ではありふれていた。つまり機能的ではなく、単に伝統として設置されていた――この十カ月の間にローランドが訪れたすべての小さな町の入口には（壮麗な）関門があり、出口には（壮麗ではない）もうひとつのそれがあったような気がする。それらのどれひとつとして、来訪者を寄せつけぬためのものではなかったし、たしかに眼前のそれもそうではない。その関門は桃色の干乾《ひぼ》し煉瓦《れんが》塀の間に立っており、壁は道の左右両側に約二十フィートほど伸び、岩屑《がんせつ》のあいだで途切れていた。つまり、関門が閉じられ、たくさんの錠で施錠されていたとしても、来訪者は煉瓦塀のいずれかの端までちょいと足を伸ばし、そこを迂回《うかい》すればよいわけだ。

関門の向こう側に、あらゆる点においてまったく通常の〈本街道〉を望むことができた――宿場、二軒の酒場（一軒は〈豚の大騒ぎ〉という名だったが、もう一方の店の看板は色褪せていて読みとることができない）、商店、鍛冶《かじ》屋、そして集会所が並んでいる。その他に、小さいがゆえにむしろ愛らしい木造の建物が見え、その頂きには質素な鐘楼、下にはがっしりとした自然石の礎石があって、建物の二枚扉の上には黄金色《こがねいろ》で十字架が描かれている。十字架は関門に記されているそれと似ていたが、その建物がイエスという名の男を信奉する人々の礼拝の場であることを示している。それは、〈中間世界〉では一般的な宗教ではなかったが、けっして知られていないわけではない。当時は、バール、アスモデウス、そして他のよろずの神々を含む、ほとんどの崇拝形式について同様のことが言えた。信仰は、昨今の世界におけるある他のあらゆることどもと等しく、変転していたのである。ローランドの知るかぎり、十字架の神の教えは他の宗教と変わるところがない。すなわち、愛と殺戮《さつりく》はわかちがたいほどひとつに結ばれる——最後には。神は常に血を欲するのである。

一方では、コオロギのように思えるが、昆虫が歌うように羽をすり合わせる音がしている。鐘の夢のような音色。そして木を叩きつけているような奇妙な音。さながら、拳《こぶし》で扉をノックしているよう。あるいは、棺《ひつぎ》の蓋《ふた》を。

何かがまっとうじゃない、とガンスリンガーは思った。気をつけろ、ローランド、この場所は赤茶けた匂《にお》いがする。

ローランドは枯れた花々で飾られた関門をトプシーを引いて通り抜け、〈本街道〉を下った。店先のポーチには、本来ならば、老人たちが収穫や政策、そして若い世代の愚行について論じるために集っているはずだが、もぬけの殻の揺り椅子《いす》が列をなしているだけだった。そのひとつの揺り椅子の下には、あたかも不注意な手から落ちたかのように焦げたコーンパイプが横たわっている。〈豚の大騒ぎ〉の前にある馬草棚には何もない。酒場自体の窓は真っ暗である。コウモリの翼型の扉のひとつは引き抜かれ、建物の端に立てかけてある。もう一方の扉は半開きになっていて、その霞《かす》んだ緑色の横木には、海老茶色《えびちゃいろ》のものが飛び散っている。それはそのように塗られたのかもしれないが、おそらくそうではあるまい。

貸し馬屋の店先は無傷だが、まるで良質の化粧品を入手した自堕落女の顔のようだった。しかし、その店の背後の二階建ての納屋《なや》は黒こげの骸骨《がいこつ》と化している。火災は雨の日に発生したのにちがいない、とガンスリンガーは思った。さもなくば、この不吉な町全体が炎の中に消失していただろう。たいそう派手な見世物となっていたにちがいない。

いまやローランドの右手、町の広場へと開けている通りの半ばに教会があった。両側は草深い植え込みになっている。片側は教会を町の集会所と分け隔てており、もう一方の側は説教師とその家族（もし、これが妻帯して家族を持つことをシャーマンに許しているイエスの宗派のひとつならば、そうである。明らかに狂信的な連中に取り仕切られている宗派では、少なくとも、表向きは禁欲であることを要求する）のために横に建てられた小さな家との境になっている。それら草の繁《しげ》った細長い土地には花があり、多くのものがまだ咲いていた。したがって、ここに何が起きて人気《ひとけ》がなくなったのかわからないが、それはそう遠い昔のことではない。一週間、おそらくは。せいぜいが二週間、花が日照りに耐えられるのは。

トプシーが再びくしゃみをして――クション！――弱々しく頭を下げた。

ガンスリンガーは、チリンチリンという音源を見た。教会の扉の十字架の上に、長く浅い弧を描いて紐《ひも》が垂れていた。その紐に、おそらく二ダースほどの小さな銀の鐘が吊《つ》り下げられている。風はほとんどなかったが、それら小さな鐘がじっとしていられないほどの風はあった……そしてもし、本格的に吹いたならば、鐘のチリンチリンと鳴る音は、おそらく耳に心地よいどころではあるまい、とローランドは思った。

「おーい！」ローランドは、通りの向こう側にある、〈寝心地のよいホテル〉と誇大広告を掲げた大きな表看板を見ながら呼ばわった。「こんにちは、町のお方！」

応《こた》えはなく、ただ鐘の音《ね》と虫の旋律的な鳴き声、そして木を強打する奇妙な音が聞こえるばかり。返事はなく、何の動きもない……が、住民はいる。住民、もしくは何かが。ローランドは自分が監視されているのを感じた。うなじの産毛《うぶげ》がこわだつ。

ローランドはトプシーを町の中央へと引っ張りながら、前進した。一歩踏み出すたびに、整備されていない〈本街道〉の土埃が舞い上がる。さらに四十歩進み、ローランドは平屋の前で足を止めた。そこにはそっけなく一文字だけ記されていた――〈法〉。その保安官事務所（〈内世界〉から遠く隔たった地にも保安官がいればの話だが）は、先ほどの教会と著しく似かよっていた――石の礎《いしずえ》の上の壁板がいささか不気味なこげ茶色に染められている。

背後の鐘がかすかにチリチリンと鳴った。

ローランドは通りの真ん中に栗糟毛の馬を立たせておき、〈法〉事務所の階段を上った。鐘の音《ね》、首筋に照りつける太陽、そして両側の脇《わき》の下に滴《したた》る汗が痛いほど意識される。扉は閉まっていたが、鍵《かぎ》はかかっていない。扉を開けると、室内に捕らわれていた熱気が沈黙の喘《あえ》ぎ声をあげて突進してきた。ローランドは身を守るようにして片手を半ば上げながら、背後に退いた。もし、閉じられている家のすべての内部がこのように暑いのであれば、じきにいずれの建物も貸し馬屋の納屋と同じく燃えつきた残骸となろう、とローランドはつくづく思った。そして炎をくい止める雨が降らなければ（あきらかに、有志の消防団員の姿はない、今はもう）、すぐにもこの町は大地に帰すだろう。

ローランドは、大きく息をするというよりも、むっとくる空気を啜《すす》りながら室内に踏みこんだ。とたんに、蝿のブーンと飛ぶ音が聞こえた。

誰もいない広い監房がひとつあり、その格子《こうし》扉は開き放しになっている。縫い目のほころびかけている汚らしい革靴が、〈豚の大騒ぎ〉に飛び散っていたのと同じ海老茶色の乾いたものがびっしり付着している造り付けの寝台の下に転がっている。蝿はそこにおり、変色した染《し》みの上を這《は》いまわり、そこから滋養をとっていた。

机の上に日誌があった。ローランドはそれを自分のほうに向け、赤い表紙に浮出しになっている文字を読んだ。

悪行および矯正処置の記録簿
主の年に

エルーリア

これで、少なくともこの町の名は判明した——エルーリアだ。愛らしい、にもかかわらず、どこかしら不吉だ。しかし、このような状況では、いかような名であろうとも不吉に感じただろう、とローランドは思った。立ち去ろうとして振り向くと、木の閂《かんぬき》でしっかりと閉じられた扉が見えた。

ローランドはその扉の前に行き、しばらく佇《たたず》み、やがて腰の両脇《りょうわき》に吊るしてある大きなリボルバーの片方を抜いた。そして俯《うつむ》いて考えながら、一瞬立ちつくしていたが（ローランドの頭の歯車は回転が遅いが、すこぶる上等品だというのが旧友のカスバートのお気に入りのセリフだった）、すぐに閂を引いた。扉を開くと、彼は拳銃《けんじゅう》を構えながら素早く背後に飛びのいた。矯正処置の必要な悪者の犠牲者が喉《のど》を切られ、目玉を飛び出させた死体（エルーリアの保安官だ、たぶん）となって室内に転がり込んでくるものと思ったが——

何も起こらなかった。

おそらく長期の囚人が着るものと思われる汚いジャンパーが六着、二本の弓と矢筒、古くて埃をかぶったモーター、おそらく最後に撃ってから百年は経ていると思われるライフル銃、そしてモップ……しかし、ガンスリンガーにとって、それらはすべて何ら意味をなさなかった。単なる収納戸棚だ。

ローランドは机に戻ると、記録簿を開き、パラパラとページをめくった。ページまでもが熱い。まるで記録簿が天火で焼かれていたかのよう。ある意味ではそうだったのだ、とローランドは思った。もし〈本街道〉沿いの建物の配置が異なっていたら、莫大《ばくだい》な数の宗教的な罪が記録されていることを期待したかもしれないが、彼はここにそれをひとつも見いだせなかったからといって驚きはしなかった――イエスの教会が酒場と共存していたのだから、信徒は実によく理をわきまえていたのにちがいない。

ローランドが記録簿の中に見いだしたのは、ありきたりのとるにたりない犯罪だったが、わずかに重罪もあった――殺人、馬泥棒、淑女の嘆き（たぶん、強姦《ごうかん》のことだろう）である。殺人者は絞首刑《こうしゅけい》に処せられるためにレキシングワースという場所に移動させられていた。ローランドは、その場所の名を聞いたことがなかった。最後のほうに覚書があった。「ここより緑色の民が送られた」と読める。ローランドにはなんのことやら皆目わからなかった。最新の記載は以下のようになっている。

12／Fe／99　牛泥棒のチャス・フリーボーンの裁判。

ローランドは、12／Fe／99という表記にはなじみがなかったが、これは二月《FEBRUARY》の勝手な短縮形であると同時に、〈実りの大地《FULL EARTH》〉を表しているのかもしれないと思った。ともあれ、インクは監房の寝台に付着していた血痕《けっこん》と同じぐらい真新しく見える。そしてガンスリンガーは、牛泥棒のチャス・フリーボーンが己の人生行路の果てにある空き地に辿《たど》り着いたことを理解した。

ローランドは熱気と弱々しい鐘の音《ね》の中へと出た。トプシーは物憂《ものう》げにローランドを見ると、〈本街道〉の土埃の中に何か食えるものがあるとでもいうかのように、再び頭を下げた。実際、トプシーはもう一度餌《えさ》を食いたいようだった。

ガンスリンガーは手綱を取ると、それで自分の色褪せたジーンズの埃を払い、通りを歩き続けた。進むにつれて、木を打ちつける音が大きくなっていく（彼は、〈法〉を後にしてからも銃をホルスターに戻していなかったし、いまやそうする気もなかった）。通常であれば市が開催されているにちがいない町の広場に近づくと、ローランドはついに動くものを目にした。

広場の向こう側に、見たところ鉄樹（この地以外ではセコイアと呼ばれている）で作られていると思われる家畜用の水桶《みずおけ》があり、明らかに平穏な時期には錆《さ》びついた鋼《はがね》のパイプから水が供給されていたのだろうが、いまやそれは桶の南側の上に乾いた状態で突き出ている。この町のオアシスの片側にだらりと半分ほど外向きに垂れ下がっているのは、褪せた灰色のパンツに包まれ、よく嚙《か》まれたカウボーイブーツで終わっている脚だった。

ブーツを噛んでいるのは、脚を覆《おお》っているコーデュロイパンツより二倍は濃い灰色の大きな犬だった。他の状況であれば、ローランドが思うに、野良犬《のらいぬ》はとっくにブーツを剝《は》ぎ取っていたのだろうが、おそらくブーツに収まっている足とふくらはぎが膨張しているのだろう。ともかく、犬はその障害物を噛みちぎることで取り除こうとしていた。犬はブーツに食らいつき、それを前後に振っている。ときおり、踵《かかと》が水桶の木製の部分にあたって新たに虚ろなノック音を出している。ガンスリンガーは、槌を打つ音を想像したのだが、つまるところ、あたらずとも遠からずだったわけだ。

どうして野良犬は数歩後退し、水桶の中に飛び込んで死体に食らいつかないのだ？ とローランドは思った。パイプから水は流れ落ちていないのだから、溺《おぼ》れる心配はあるまいに。

トプシーがまた虚ろな疲弊したくしゃみをし、そして野良犬がそれに反応してよろめいたとき、ローランドは、なぜ犬が手間のかかることをしているのか了解した。片方の前足が骨折し、あらぬ方向に曲がって治癒していたのである。歩くにも難渋するほどで、跳躍などもってのほか。胸の部分が薄汚れた白い毛の斑《まだら》になっており、黒い毛が大雑把な十字架をかたどっている。イエスの犬が、おそらく、ひとかじりの午後の正餐《せいさん》にありついているというわけだ。

　とはいえ、その犬の胸から吐き出されはじめた唸《うな》り声や涙目をぐるりと動かす様子には宗教的なものは微塵《みじん》もなかった。そいつは、かなり立派な歯並びを露《あらわ》にしながら、せせら笑うかのように上唇をめくりあげた。

「逃げな」ローランドは言った。「そうできるうちに」

　犬は自分が齧《かじ》っていたブーツに後ろ足が押しつけられるまで退いた。そいつは、自分に迫り来る相手が恐ろしいことはわかっていても、明らかに自分の地歩を保つ気でいるようだ。ローランドの手にしているリボルバーは、そいつにとってはなにほどのものでもない。だからといって、ガンスリンガーは驚かなかった──おそらく、その野良犬はこれまで銃を目にしたことがなく、それは棍棒《こんぼう》のようなもので、一度投げればそれっきりぐらいにしか思っていないのだろう。

「とっととうせろ、さあ」ローランドは言ったが、犬は動こうとしない。

　撃ち殺すべきだ──そいつ自身のためにならないし、人肉の味を覚えた犬は他の者のためにもならない──が、ローランドはどういうわけかそうしたくなかった。この町で唯一《ゆいいつ》の生き物（鳴いている虫を別にすれば）を殺すことは、悪運を呼び寄せるような気がしたのである。

　ローランドは、犬のまっとうな方の前足近くの土埃《つちぼこり》に発砲した。射撃音が灼熱《しゃくねつ》の日中に炸裂《さくれつ》し、一時的に虫たちを沈黙させた。野良犬は走ることができた。千鳥足ではあったが。その光景にローランドの目と……そして心がいささか痛んだ。犬は広場の遥《はる》か向こう側で引っくり返っている平台型荷馬車（荷主の座席によりいっそう大量の乾いた血痕が見えた）のそばで止まり、ちらりとこちらを振り返ると、絶望的な吠《ほ》え声をあげ、ローランドのうなじの毛をさらに逆立てた。それから犬は前を向いて、転覆した荷馬車の周囲をめぐってから、足をひきずって二軒の馬屋の間の路地に入っていった。その道はエルーリアの裏門へと通じているのだろう、とローランドは推測した。

自分の死にかけている馬を引きながら、ガンスリンガーは広場を横切って鉄樹製の水桶に向かい、その中を覗《のぞ》きこんだ。

齧られたブーツの持ち主は大人ではなく、成長途上にある少年だった――実際のところ、夏の太陽の下で沸騰《ふっとう》している水の中に長いあいだ漬かっていたおかげで膨張している事実を差し引いても、生きていれば、将来かなりの図体に成長しただろう、とローランドは判断した。

少年の眼球は、いまや単なる白濁の玉と化し、さながら彫像の目のように、ガンスリンガーの像を映じることなく凝視していた。髪は老人の白髪のように見えたが、それは水のせいだった。おそらく亜麻色の髪だったのだろう。服はカウボーイのそれだが、十四歳か十六歳より上には見えない。首のまわりには、夏の陽射《ひざ》しの下、皮膜に覆われた黄金色《こがねいろ》のメダルシチューへとゆっくりと変じていく水の中でかすかにきらめいている、があった。

ローランドは気がすすまなかったが、ある種の義務感を覚えて、水の中に手を伸ばし、メダルをつかんで引っぱった。鎖が切れたので、水の外に引き上げると、それは雫《しずく》を垂らした。

ローランドは、イエスと呼ばれる男の象徴——十字架と呼ばれているもの——を期待したが、鎖の先には小さな方形がぶら下がっていた。その代物《しろもの》は純金のように見えた。次のような銘が彫られている。

ジェイムズ
家族に愛されし者、神に愛《め》でられし者

ローランドは、汚染された水に手を突っ込むことにかなりの不快感を覚えたが（もう少し若かったら、ぜったいにそんなことはしなかっただろう）、いまは自分のしたことに満足していた。この少年を愛した誰かと出くわすことはけっしてないだろうが、気まぐれな〈カ〉のこと、先のことは断言できない。ともあれ、自分は正しいことをしたのだ。同様に、少年をしかるべく葬《ほうむ》って供養《くよう》しなければなるまい……となると、当然のことながら、まず、衣服の中身を崩さずに水桶から出さねばならない。

ローランドが、このような状況における自分の人としての義務と、町から出たいという募りゆく欲求とを秤《はかり》にかけながら、さてどうしたものかと考えあぐねているうちに、ついにトプシーが死んだ。

栗糟毛《くりかすげ》は引き具をきしらせ、今際《いまわ》の際《きわ》の嘶《いなな》きをあげながら、大地にどうと倒れた。その音に背後を振り向くと、通りに八人の人影があり、まるで鳥が驚いてパッと飛び立つのを期待しているか、あるいはちょっとした獲物を駆り立てる勢子《せこ》のように、こちらに一列になって歩いてくるのが目に入った。彼らは蠟《ろう》を引いたような緑色の皮膚をしていた。そのような皮膚をしている輩《やから》は、闇《やみ》の中では幽霊のように霞んで輝くだろう。性別は判じがたかった。だが、そんなことは彼らにとっても、また誰にとっても重要なことではない。彼らはスロー・ミュータントなのだ。ある秘密の魔術によって再生された死体のように背中を丸めた緩慢な足取りでやってくる。

土埃が絨毯《じゅうたん》のようになって彼らの足音を消していた。野良犬が立ち去ってしまったので、トプシーが頃合いを計ったかのように今このときに倒れなかったら、奴《やつ》らはローランドを襲撃するのに都合のよい範囲内に達していたかもしれない。見たところ、連中は銃は持っていない。手にしているのは棒だ。それらのほとんどは椅子《いす》やテーブルの脚だが、そうでないものが一本あった——その棒からは何本もの錆びた釘《くぎ》が刺《とげ》のように突き出している。かつては酒場の用心棒の小道具だった代物。おそらく、〈豚の大騒ぎ〉にあったのだろう。ローランドは、列の中央にいる相手を狙《ねら》いながら銃を構えた。いまや、奴らの足を引きずって歩く音と鼻をぐずつかせた息使いが聞こえる。まるで、肺炎にでもかかっているかのようだ。

ローランドは、おおかた坑道から出てきたのだろうと思った。この付近にはラジウム鉱坑がある。そのために皮膚が緑色なのだろう。太陽に晒《さら》されても、奴らはだいじょうぶなのだろうか。

そのとき、ローランドが見つめていると、列の端にいた奴――溶けた蠟燭《ろうそく》のような顔をした生き物――が死んだ……かどうかわからないが、ともかく崩れるように倒れた。彼（ローランドはそいつは男性だと確信した）は両膝《りょうひざ》を折り、ゴブリンじみた叫び声を上げ、自分の隣を歩いている者――瘤《こぶ》だらけの禿頭《はげあたま》で首にジュージューと音を立てている裂傷をいくつもつけた生き物を手さぐりした。そいつは倒れた仲間にはまったくおかまいなく、ローランドにどんよりと曇った目をひたと据えながら、他の仲間と一緒に乱れた足取りでよたよたと向かってきた。

「そこから動くな！」ローランドは言った。「用心しろ、今日の日の入りを生きて目にしたいのなら！　用心するんだ！」

ローランドは主として、列の中央にいる奴に向かって話しかけた。そいつはボロボロのシャツの上に年代ものの赤いサスペンダーをして、薄汚れた山高帽子を被《かぶ》っている。この紳士には片目しかなかったが、その目は見まちがえようもないほど恐ろしいまなざしで貪欲《どんよく》にガンスリンガーを凝視している。山高帽子の隣の奴（ローランドは、そいつは女性かもしれないと思ったが、というのも、ベストの下に乳房の名残を垂らしていたからだ）が手にしていた椅子の脚を投げた。狙いはよかった。が、それはローランドの十ヤード手前で落下した。

ローランドはリボルバーの引き金を引き、二度目の発砲をした。今回は、野良犬の前足の代わりに山高帽子のズタ靴の上に弾丸によって飛ばされた土埃が舞い降りた。

緑色の輩は野良犬のように走って逃げださなかったが、歩みを止め、鈍く曇って飢えたまなざしでローランドを見つめていた。エルーリアの民は、これら化け物たちの胃袋の中に消えたのか？　そんなことは信じがたかった……とはいうものの、ローランドは、奴らが人肉嗜食《ししょく》になんのためらいもみせないことを重々承知していた（おそらく、それは実際には、人肉嗜食――共喰い――とはいえない。奴らのような化け物を、たとえ、かつてそうであったとしても、はたして人間とみなせるだろうか？）。奴らは、あまりに動作が鈍く、ウスノロだ。保安官に追い払われたのち、懲《こ》りずにまた町に戻ってきたとしても、奴らは燃やされるか石に打たれて死んでしまうだろう。

無意識のうちにローランドは、幽鬼たちが道理をわきまえないときに備えて、もう一方の手を二丁目の拳銃を引き抜くために自由にしたいということだけを思いながら、死んでいる少年から取ったメダルを壊れた鎖ともども自分のジーンズのポケットに突っ込んだ。

奴らは背後に自分たちの奇妙に歪《ゆが》んだ影を引きずりながら、ローランドを凝視している。さて、どうする？　奴らに自分たちのねぐらに帰れと言うか？　だが、言うことを聞くだろうか？　ともあれ、奴らを射程距離に保っておくことが最善だと思った。そして、これで少なくとも、ジェイムズという名の少年を埋葬するために、この場にとどまるということは問題外となった。かくてその難問は解決された。

「じっとしていろ」ローランドは後退しながら、ロー・スピーチ語で言った。「最初に動いた奴は——」

彼が言いおえないうちに、奴らのひとり——ヒキガエルのように膨れて突き出た唇と肉の幾重にも弛《たる》んだ首の横に鰓《えら》のようなものが付いている胸幅の分厚いトロール——が、早口かつ奇妙に活気のない声でわけのわからぬことを口走りながら前に進み出た。笑っていたのかもしれない。そいつはピアノの脚のように見える棒を振りまわしていた。

ローランドは撃った。ミスター・ヒキガエルの胸に風穴があいた。そいつはピアノの脚を握っていないほうの手で胸を引っかきながら、バランスをとろうとして数歩あとじさった。そして、爪先《つまさき》の巻き上がっている汚れた赤いビロードのスリッパを履いた足をもつれさせると、奇妙かついくぶんもの寂しげなうがいのような音を喉《のど》から発しながら転倒した。そいつは梶棒を放すと、横向きに身体を転がして立ち上がろうとしたが、もう一度土埃の中に沈んだ。そいつの見開かれた両目の中では無慈悲な太陽がギラついており、ローランドが見守っていると、皮膚から白い蒸気が渦巻き状に立ち昇り始め、急速に緑色が褪《あ》せていった。同時に、熱いストーブの表面に唾《つば》を吐いたときのような、ジュッという音がした。

少なくとも、これで警告する手間がはぶけた、とローランドは思いながら、他の者を眺めわたした。「よし、そいつが最初に動いた奴というわけだ。で、二番目になりたい奴は？」

その気は誰にもなさそうだった。奴らはローランドを見つめたまま、近づこうとせずに、ただ立っているだけだった……が、撤退もしない。単にもう一丁の銃を引き抜き、奴らが突っ立っているあいだに一掃してしまうべきかもしれない、とローランドは思った（先ほど野良犬を相手にしたときのように）。自分のガンスリンガーとしての技量をもってすれば、数秒の出来事だ、たとえ何人かが逃げだしたとしても。だが、ローランドにはできなかった。冷酷非道ではなかったからだ。彼は殺戮者《さつりくしゃ》ではなかった……少なくとも、そのときはまだ。

実にゆっくりと、ローランドは後退しはじめ、まず水桶をまわり、それを自分と敵との間の防御壁とした。山高帽子の男が前に進み出たとき、ローランドは、列の他の者たちがそいつのあとに従うような真似《まね》はさせなかった。山高帽子の足先一インチ、〈本街道〉の土埃に弾丸を撃ち込んだのである。

「これが最後の警告だ」ローランドは、あいかわらずロー・スピーチ語を用いて言った。相手が理解しているのかどうかわからなかったが、実際のところそんなことは関係ない。おそらく、ただならぬ口調は理解しているだろう。「次は誰かの心臓にぶち込む。俺のあとを追えば、おまえたちは皆殺しだ。じゃれあいをするには暑すぎるし、俺はいいかげん頭に――」

「バアーッ！」ローランドの背後で荒々しい叫び声があがった。明らかに、その声には歓喜の色合いが込められていた。ローランドは、自分があとずさりながら近づいた引っくり返っている荷馬車の陰から影が伸びるのを目にした。即座に、その荷馬車の下に緑色の化け物のひとりが潜んでいたことを理解した。

振り向きざま、肩に棍棒の一撃をくらい、右腕が手首のところまで痺《しび》れた。ローランドは拳銃《けんじゅう》を構えて一発放ったが、弾丸は馬車の車輪のひとつに消えて、木の輻《や》を砕き、甲高い音を立てて猛スピードで車輪を回転させた。背後では、通りにいる緑色の輩が前進しながら耳障《みみざわ》りな雄叫びをあげている。

転覆した荷馬車の下に隠れていた奴は、首からふたつの頭を生やした化け物だった。

そのふたつの頭のうち、ひとつは死体の名残をとどめた精彩のない顔をしており、もう一方は緑色をしていることにかわりはなかったが、活気に満ちていた。もう一度棍棒をお見舞いしようとして、そいつの分厚い唇がニヤリと開いた。

ローランドは左手で銃を引き抜いた――そちらの腕は痺れていなかった。そして素早く、奇襲攻撃をかけてきた相手のにやけた顔に弾丸を撃ちこんだ。すると相手は血と歯をまき散らし、弛緩《しかん》した指から棍棒を放り出しながら後方へ吹き飛んだ。そのとき、他の者どもが棍棒を振り回し、打ち降ろしながら、ガンスリンガーに襲いかかってきた。

ガンスリンガーは最初の何本かの棍棒の襲撃をくぐり抜けたとき、一瞬、考えた――引っくり返っている荷馬車の後方へ転がりこみ、態勢を立て直して銃で応戦しようと。絶対に、できるはずだ。〈暗黒の塔〉の探索は、エルーリアと呼ばれる極西のちっぽけな町の灼熱《しゃくねつ》にさらされた通りで、半ダースほどの緑色の皮膚をしたスロー・ミュータントの手にかかって終焉《しゅうえん》を迎えることにはなっていないはずだ。〈カ〉がそれほど残酷なわけがない。

しかし、山高帽子の武器の強烈な一撃がローランドをとらえた。おかげで、彼は荷馬車のゆっくりと回転している後輪を避けて通るかわりに、それに激突した。大地に四つんばいになり、雨霰《あめあられ》と降り注ぐ棍棒の殴打《おうだ》を避けるために振り向きながら這《は》い進もうとしたとき、ローランドは、いまや敵が半ダースどころではないことに気づいた。少なくとも三十人の緑色の男と女たちが町の広場に向かって通りをやってくる。一族郎党なんてものではない、部族の総出陣だ。しかも白昼堂々と！　ローランドの経験に照らし合わせれば、スロー・ミュータントは闇を好む、まるで意識のある毒キノコのような生き物であり、あまつさえ、彼はかつてこれほどの数を目にしたことがなかった。奴らは――

赤いベストを着た奴は女だ。汚れたベストの下で剝《む》き出しの垂れ乳が揺れている。それがローランドのはっきりと目にした最後の光景だった。たちまちスロー・ミュータントたちが彼に群がり、棍棒を激しく揮《ふる》った。棍棒に打ち付けられていた釘のひとつがローランドの右のふくらはぎに打ち降ろされ、その錆《さ》びた牙《きば》が深々と肉に突き刺さった。彼は今一度、大きな銃のひとつを構えようとしたが（いまや視界は薄れかけていたが、もし引き金を引くことができるなら、そんなことは関係なかった。射撃にかけては、彼は常にとてつもない才能を発揮してきたからである。かつてジャミー・デカリーはこう宣言したことがある――ローランドは目が潰《つぶ》れたって的をはずさないよ、だってあいつの指には目がついてるから）、拳銃は殴打されて土埃《つちぼこり》の中に転がった。まだ彼は、もう一丁の白檀《びゃくだん》の滑らかな銃把を感じたが、にもかかわらず、それはすでに手の中にはないのだろうと思った。

奴らの匂《にお》いを嗅《か》ぐことができた――いたんだ肉の濃厚な腐った匂い。あるいは、それは頭部を守るために、弱々しい無駄なあがきとしてあげた自分の両手の匂いだったのか？　死んだ少年の皮膚の小片が浮いている汚染された水に漬けた、自分の両手の匂いか？

棍棒《こんぼう》が打ち降ろされる。身体じゅうに。まるで、緑色の民は単にローランドを打ち殺そうとしているのではなく、彼らの身体がそうであるように、彼の肉を叩《たた》いて柔らかくしようとしているようだ。これが死なのかと思われる闇の中に下っていくとき、ローランドは、虫の鳴き声と彼が見逃してやった野良犬《のらいぬ》の吠え声、そして教会の扉に吊《つ》り下げられていた鐘の音を聞いた。それらの音はひとつに溶け合って奇妙にも甘い音楽を奏《かな》でていた。やがて、それもまた消えた。闇が食らいつくしたのである。

II

上昇。宙吊り。純潔美。

他のふたり。メダル。

ガンスリンガーのこの世への帰還は、殴打を受けたあとに意識を回復するような感じではなかった。それならこれまでにも何度か体験したことがある。また、それは眠りから目覚めるような感じとも異なっていた。上昇するような感じだった。

俺は死んだ。ローランドは上昇していく過程のある時点でそう思った……少なくとも、思考能力は部分的に回復していた。死んだのち、死後の世界とやらに上昇していくのだ。そうにちがいない。いま聞こえる歌声は死者の魂のそれなのだ。

まったき闇が雨雲の黒ずんだ灰色へと席を譲り、やがて霧の明るい灰色へと変わった。そして太陽が顔を出す直前の濃霧のむらのない清澄《せいちょう》さにまで輝く。その濃霧の中を昇っていく感覚。さながら、穏やかだが強力な上昇気流に乗っているようだ。

上昇していく感覚が失《う》せていき、瞼《まぶた》の裏の明るさが増したとき、ようやくローランドは、自分はまだ生きていると信じはじめた。そう確信したのは歌声のせいだった。死者の魂のそれではなく、また、ときおりイエスの説教師たちによって語られる天空の天使群のそれでもなく、単なる虫たちの鳴き声だった。コオロギにも似た、だが、それより甘く軽やかな鳴き声。エルーリアで耳にした鳴き声だ。

そう思いながら、ローランドは目を開いた。

自分はまだ生きているという信念は、かなり揺らいだ。というのも、ローランドは自分が白くて美しい世界の中で宙吊りになっていることに気づいたからだ――彼が最初に当惑したのは、自分が空にいて、好天のときの雲の中に漂っていることだった。周囲では虫たちの甲高い鳴き声がしている。いまや、鐘がチリンチリンと鳴る音も耳にすることができた。

頭をめぐらそうとすると、身体《からだ》が一種の装帯のようなものの中で揺れ、それが軋《きし》る音が聞こえた。草陰に潜んでいるコオロギにも似た、虫たちの静かな鳴き声がためらいがちになり、リズムが乱れた。すると、ローランドの背中に痛みの木のようなものが育ちはじめた。燃え上がるような枝の正体はわからなかったが、その幹は確実に背骨だと知れた。それよりも激しい痛みを片方の脚の下部に感じた――困ったことに、ガンスリンガーにはそれがどちらの脚なのかわからなかった。釘《くぎ》の打ちつけられた棍棒にやられた箇所だ、とローランドは思った。さらには頭も痛い。頭蓋骨《ずがいこつ》がめちゃくちゃに割れた卵のように思える。ローランドは叫び声をあげたが、そのとき耳にした耳障りなカラスの鳴き声が自分の喉から飛び出してきたものだったとは信じがたかった。また、きわめてかすかにだが、胸に十字架の印のある犬の吠《ほ》え声を耳にしたが、それは自分の想像力の産物にちがいないと思った。

俺は死にかけている？　末期《まつご》にいま一度目覚めたのか？

額を手で撫《な》でられた。ローランドはそれを感じたが、見ることはできなかった――指が傷つき打たれた額のそこかしこで止まりながら皮膚を横切っていく。気持ちがいい、猛暑の日の冷えた飲み物のようだ。ローランドは両目を閉じはじめた。そして恐ろしいことを考えた。すなわち、この手は垂れ乳の上にぼろぼろの赤いベストをはおった緑色の民のものなのでは？

だったらどうだというのだ？　どうすることもできまい？

「静かに」若い女性の声が言った……あるいはおそらく、少女の声。ローランドが最初に思った人物はスーザンだった。ローランドに〝汝《なんじ》〟と語りかけた、メジス生まれの少女。

「どこだ……どこにいる……」

「静かにして、動いてはなりません。まだ早すぎます」

いまや背中の痛みはおさまっていたが、痛みの木の幻像は残っており、皮膚が微風に揺れる木の葉のような感じがする。いったいどういうことだ？

ローランドは問いかけるのをあきらめ――すべての質問を放棄した――、額を撫でる小さくて冷たい手に意識を集中した。

「静かに、美しいお方、神のご加護がありますように。まだ、ひどい状態です。じっとしていて。傷を治すのです」

野良犬は吠えるのをやめており（そもそも、いたとすればの話だが）、ローランドは再び低く軋る音に気づいた。それは馬を繋《つな》ぐ縄か、あるいは何かその手のものを想起させる。

たとえば、絞首刑《こうしゅけい》の縄。

そんなことは考えたくもない。いまやローランドは自分の腿《もも》、臀部《でんぶ》、そしておそらくは……そう……肩に圧迫感を覚えていた。

俺は寝台の中にいるのではない。思うに、寝台の上にいるのだ。まさか、そんな？ ローランドは自分が一種の吊り網の中にいるのではないかと思った。そして少年時代のあることを思い出した。〈大いなる広間〉の背後にある獣医の部屋で、ある男がいまのローランドのように吊るされていたのだ。灯油でひどい火傷《やけど》を負った厩務員《きゅうむいん》は寝台に横たえられることに耐えられなかった。男は死んだが、すぐにではなかった。二晩、彼の絶叫が〈収穫広場〉の素敵な夏の空気に満ち溢《あふ》れていた。

俺は燃やされ、そして吊り網に入れられて、脚のついた消し炭になるのか？

指がローランドの眉間《みけん》の皺《しわ》を撫でながら額の真ん中に触れた。器用で滑らかな指先で彼の思考を拾い上げて読み取っているかのようだった。

「あなたはよくなります。神がそうあらしめれば」手の持ち主の声が言った。「でも、時は神に属するもの、あなたにではありません」

ちがう、ローランドはできることなら、そう言っただろう。時は〈塔〉に属しているのだ。

やがてローランドは、上昇したときと同様に滑るように下降しながら、手および歌う虫と軽やかに鳴り響く鐘の夢のような音色から遠ざかっていった。眠り、あるいはおそらく失神かと思われる間《ま》があったが、彼はすっかり意識を喪失したわけではなかった。

ある時点で、ローランドは少女の声を聞いたと思った。しかし確信はなかった。なぜなら今回のその声には、怒り、あるいは恐れ、もしくはその双方が含まれていた。「いけません！」彼女は叫んだ。「それをこの方から取り上げてはなりません、わかってるでしょ！　自分の務めを果たし、そのことは口にしないで！」

二度目に意識を取り戻すと、身体は弱っていたものの、精神はいくぶんしっかりしていた。両の瞼《まぶた》を開けたときに目に入ってきたのは雲の中の光景ではなく、まず、おなじみの言い回し――純潔美――が想起された。そこは、ある意味では、ローランドのこれまでの人生で訪れたなかで最も美しい場所だった。

天井が高く奥行きのある巨大な部屋だった。ついにローランドは首をめぐらせ――用心して、細心の注意を払って――自分にできるかぎり、部屋の大きさを計ろうとしたが、少なく見積もっても、端から端まで二百ヤードはあるにちがいないと思った。建物の幅は狭かったが、高さはこの場所が宙高く聳《そび》え立っているような感覚を与える。

そこにはローランドが見知っているような壁や天井はなく、いくぶん、広大なテントのようだった。頭上では、太陽が赤々と燃え、その陽射《ひざ》しを大きく波うつ薄くて白い絹のパネルに発散し、彼が最初に雲と見まちがえたそのパネルを輝き揺れる広がりに変えている。この絹の天蓋の下では、室内は黄昏時《たそがれどき》のような灰色に染まっている。壁は、それもまた絹だが、微風を受けている帆のように小波《さざなみ》が走っている。それぞれの壁からは、小さな鐘の付いた曲線状の縄が吊り下がっている。それらの鐘は絹の壁と接しており、したがって壁が風にそよぐたびに、ウインドベルさながら、いっせいに小さく魅力的な音を奏でた。

縦長の室内の中央には通路が走っており、その両側に多数の寝台が列をなしている。いずれも清潔な白いシーツが敷かれ、白い枕《まくら》が置かれている。寝台は通路の向かい側におそらく四十はあり、みな空いていた。そしてローランドのいる側にも四十は並んでいる。だが、ふたつの寝台はふさがっていた。ひとつはローランドの右隣の寝台である。そこに横たわっているのは――

少年だ。水桶《みずおけ》に漬かっていた少年。

そう思うと、ぞっとして両腕に鳥肌が立ち、ローランドは猛烈に迷信的な恐怖にかられた。彼は眠っている少年をさらにじっと見つめた。

そんな馬鹿《ばか》な。俺はまだ意識が朦朧《もうろう》としているだけだ。こんなことはありえない。

じっくりと観察したおかげで、馬鹿げた考えを追い払うことができた。そいつはたしかに水桶にいた少年のように見えたし、おそらく病気でもあるのだろうが（でなければ、少年はどうしてここにいるのだ？）、死んではいないようだ。ローランドは、少年の胸がゆっくりと上下するのを見ることができたし、また、寝台の脇《わき》に垂れている指がときおり引きつることにも気づいた。

おまえは確信できるほどじっくり相手を見たわけではないし、しかも水桶に何日も漬かっていたあとでは、彼の母親でさえ、それが誰であるのか自信をもって判別することはできまい。

だがローランドには、彼にもまた母親がいたが、よくわかっていた。また、自分が少年の首のまわりにメダルがあったのを目にしたことを知っていた。緑色の民に襲撃される直前に、彼はそのメダルを少年の死体から取り、ポケットに入れたのだ。それなのにいま、誰か——おおいにありえるのは、ジェイムズという名の少年の中断された生を魔術的に取り返してやった人々、すなわちこの場所の主たち——がローランドからそれを取り戻して少年の首に返したのだ。

素晴らしく冷たい手の持ち主の少女がそうしたのだろうか？　彼女は、つまるところ俺のことを死体から物を盗む人でなし野郎だと思っているのだろうか？　そんなふうには思いたくない。実際のところ、そんなふうにみなされていると思うことは、若いカウボーイの膨張した身体がなぜかしら通常の大きさに戻ってから蘇生《そせい》したと考えるよりもおぞましい。

通路のこちら側を遥《はる》かに下ったところ、少年とローランド・デスチェインのいる場所から、おそらく何ダースもの無人の寝台を隔てたところに、ガンスリンガーは、この奇妙な診療所における三人目の入院患者の姿を見た。そいつは、少なくとも少年の四倍、ガンスリンガーの二倍ほどの年齢に見える。その男は、かなりの白髪まじりの長い髭《ひげ》を生やしており、その先端は胸のところで不揃《ふぞろ》いに二股《ふたまた》に分かれている。髭の上に連なる顔は真っ黒に日焼けしており、皺深く、両目の下が弛《たる》んでいた。左頬から鼻梁《びりよう》にかけて太くて黒い線が走っているが、ローランドは、それを傷跡と見た。髭を生やした男は眠っているか意識を喪失しているかのいずれかの状態にあった――ローランドは彼の鼾《いびき》を耳にすることができた――が、ほの暗い空気の中でかすかに輝いている白い帯の複雑な連なりによって、寝台から三フィートの高みに吊るされていた。それらの白い帯は互いに交差し、一連の8の字を形作って、男の身体のまわりを取り囲んでいる。さながら彼は、なにやら異郷の蜘蛛《くも》の巣にかかった虫のように見える。男は紗《しや》のような薄く透き通った白い寝巻を身にまとっていた。帯のひとつが臀部の下に走っていて、股間《こかん》を持ち上げているのが、まるで彼の秘所の膨らみを薄暗く夢のような空気に差し出しているような感じである。その身体のさらに下の方に、ローランドは相手の両脚が暗い影のような形になっているのを目にした。それらは太古の枯れ木のように捩《ね》じれて見える。あのような形になるには、いったい何箇所ぐらい骨折しなければならないのか考えるだにおぞましい。あまつさえ、その異形の両脚はまだ動いているようだ。いったいそんなことがありえるのだろうか、髭を生やした男は失神しているのでは？　おそらく、光線のいたずらだろう、あるいは影のせい……たぶん、男の着ている紗のような寝巻が微風にそよいでるのだ、もしくは……

ローランドは加速していく心臓の鼓動を抑えようとしながら、男から目をそらすと、高みにあって大きく波うつ絹のパネルを見上げた。自分が目にしたのは、風のせいでも、影のいたずらでも、あるいは他の何かのためでもなかった。男の両脚は動くことなくしてどういうわけか動いていた……ちょうど、ローランドが自分の背中が動くことなくしてどういうわけか動くのを感じたように。そのような現象の原因はわからなかったし、知りたくもない、少なくともいまのところは。

「心の準備ができていない」ローランドは囁《ささや》いた。唇がかなり乾いているようだ。再び両目を閉じた。眠りたい、髭を生やした男の捩じれた両脚が自分自身の状態を示唆《しさ》しているのかも知れないといったことを考えたくない。しかし――

しかし、覚悟しておいたほうがいいぞ。

その声は、ローランドが気を緩めようとしたり、仕事をごまかそうとしたり、あるいは手を抜いて障害物を避けようとしたりすると、常に聞こえてくるようだった。それは、ローランドのかつての師匠コートの声だ。少年たちはみな、彼の杖《つえ》を恐れた。しかしながら、それでさえ彼の口にする言葉ほど恐ろしくはなかった。少年たちが気弱になったときのコートの嘲《あざけ》り、また、自分たちの置かれている状態について泣き言を述べたり、不満を口にしたときのコートの侮蔑《ぶべつ》。

おまえはガンスリンガーだろ、ローランド？　そうであるなら、覚悟しておいたほうがいい。

ローランドは再び目を開き、今一度、頭を左に向けた。そうしたとき、彼は自分の胸の上で何かが移動するのを感じた。

きわめて緩慢に動きながら、ローランドは右手を支えている吊《つ》り帯からはずした。背中の痛みが動き、ざわついた。彼は動きを止め、痛みがそれ以上ひどくならないことを（少なくとも、細心の注意を払えば）見きわめてから、胸への残りの行程に手を移動させた。すると見事に織られた布に行き当たった。絹だ。そして顎《あご》を胸骨まで下げ、自分が髭を生やした男の身体を覆《おお》っているのと同じ寝巻を着ているのを見た。

ローランドは寝巻の襟の下に手をやり、そこに純金の鎖を感じた。さらにもう少し下に手を伸ばすと、指が長方形の金属と出会った。彼は、それがなんであるかわかっているつもりだったが、確信はなかった。あいかわらず用心に用心を重ねながら手を動かし、背中のどんな筋肉をも使わないようにしながら、その金属を引き出した。黄金のメダルだった。痛みをものともせず、そこに彫られている言葉を読めることができる高さにメダルを持ち上げた。

ジェイムズ

家族に愛されし者、神に愛《め》でられし者

ローランドは再びメダルを寝巻の中にたくしこみ、隣の寝台で寝ている少年を見直した——寝台に横たわっているのであって、その上に吊るされているのではない。シーツは少年の肋骨《ろっこつ》のところにまで被《かぶ》せられているだけだった。おかげで、メダルが少年の寝巻の染《し》みひとつない白い胸の上に横たわっているのが見えた。ローランドが身につけているメダルと同一のものだ。ただし……

ローランドはわけがわかったと思ったし、理解できたことが救いとなった。髭を生やした男を見直し、とてつもなく奇妙なことを目にした。男の頬と鼻にあった太くて黒い傷口が消えていたのだ。それが……切り口が、たぶん鋭利な刃物による切り傷があったところは、治りかけている桃色の傷痕《きずあと》にとってかわられていた。

俺の思い違いだったのだ。

ちがうぞ、ガンスリンガー、コートの声が戻ってきた。おまえが思い違いをするなんてことはない。自分でもわかっているだろうが。

少しの動きが再びローランドを疲労させた……あるいはおそらく、彼をほんとうに疲れさせたのは思考作用だった。虫の鳴き声と鐘の軽やかな音色が溶け合い、抗《あらが》いがたい子守歌となった。ローランドは目を閉じると、今度こそ眠りに落ちた。

III

五人の修道女。ジェンナ。エルーリアの医師。メダル。黙秘の約束。

再び目覚めたとき、最初にローランドは、まだ自分は夢を見ているのにちがいないと思った。それも悪夢を。

かつて、スーザン・デルガドと出会って恋に落ちたとき、ローランドはリーアという名の魔女を知った——彼が〈中間世界〉で初めて遭遇した正真正銘の魔女である。ローランドにもいくぶん責任があったとはいえ、スーザンを死にいたらしめた張本人は、その魔女だった。いま、自分は目を開けながら、一人のリーアではなく五人の彼女を見ている、とローランドは思った。昔日《せきじつ》の記憶が甦《よみがえ》っているのだ。スーザンを想起することで、俺はクーズの丘のリーアまで思い出しているのだ。リーアと彼女の姉妹たちを。

五人のリーアは天井のパネルや壁と同じように白い修道女の衣服を着ていた。彼女たちの年輪の刻まれた老婆顔《ろうばがお》は顎まで包む白い被りものに囲まれていたが、その頭布と比較すると、皮膚は旱魃《かんばつ》の起こった大地のようにかさかさで灰色だった。彼女たちは動いたりしゃべったりすると鳴る小さな鐘の連なりを髪（実際に髪があるかどうかわからないが）をおさえている絹のバンドに魔除《まよ》けのようにして吊りさげている。衣服の雪のように白い胸の上に血のごとく赤き薔薇《ばら》の刺繍《ししゅう》がある……〈暗黒の塔〉の徴《しるし》だ。それを目にして、ローランドは思った。俺は夢を見ているのではない。こいつら鬼婆《おにばば》は本物だ。

「目覚めたわ！」彼女たちのひとりがおぞましくも媚《こび》を含んだ声で叫んだ。

「オーッ！」

「ワーオッ！」

「アーッ！」

彼女たちは鳥のようにさわぎたてた。彼女たちの真ん中にいた奴《やつ》が前に進み出ると、他の者たちの顔が、この共同病棟の絹の壁のように揺らめき輝いたように見えた。つまるところ、彼女たちは年老いていなかった。ローランドの見たところ——中年といったところか、だが、年寄りではない。

いや、彼女たちは老婆だ。変化したのだ。

前に進み出た奴は他の者より背が高く、眉《まゆ》が太くて、わずかに突き出ている。彼女がローランドに屈《かが》み込むと、額に房飾り状に垂れている小さな鐘がチリンと鳴った。その音はローランドの気分を悪くし、どういうわけか、ちょっと前に感じていたより身体《からだ》が衰弱したような気がした。彼女の薄茶色の両目は強固な意思に満ちていた。おそらくは、貪欲《どんよく》なそれに。彼女がローランドの頬に触れると、麻痺感《まひかん》が広がっていくようだった。

やがて彼女はちらりと視線を下げ、顔を歪《ゆが》めた。そして手を戻した。

「目覚めたんだね、美しいお方。そうなんだね。よかった」

「おぬしらは？　ここはどこだ？」

「私たちはエルーリアの救護修道女会の者」彼女は言った。「私は修道女メアリー。こちらは修道女ルイーズと修道女マイケラ、修道女コキナ――」

「そして修道女タムラです」最後の者が言った。「可愛《かわい》らしい小娘です、二十歳をひとつ過ぎた」彼女はくすくす笑った。彼女の顔がかすかにきらめき、一瞬、彼女は再び世界と同じぐらい年老いた。鉤鼻《かぎばな》と灰色の皮膚。ローランドは、もう一度リーアを想起した。

　彼女たちは、ローランドが吊るされて横たわっている複雑な装具を取り巻くようにして接近してきた。彼がひるんで身体を動かすと、再び背中と負傷した脚に激痛が走り抜けた。ローランドはうめいた。彼を吊り下げている帯がきしんだ。

「オオーッ！」

「痛むのよ！」

「彼を痛めつけている！」

「ひどく痛むんだわ！」

　彼女たちはさらに近寄ってくる。まるで、ローランドの痛みに魅せられているかのように。そしていまや、ローランドは彼女たちの匂《にお》いを嗅《か》ぐことができた。干からびて土臭い匂いを。修道女マイケラという名の女が手を伸ばした――

「立ち去りなさい！　彼に近づかないで！　前にも言ったでしょ？」

彼女たちはこの声に驚き、飛び上がった。とりわけ、修道女メアリーがむっとしている。だが彼女はあとずさった。その際、ローランドの胸に乗っているメダルに一瞥《いちべつ》をくれた。彼は最初に目覚めたとき、メダルを寝巻の中にたくしこんだはずだったが、いま、それは再び外に出ていた。

六番目の修道女がメアリーとタムラを左右にぞんざいに押しのけながら現れた。この修道女こそ〝二十歳をひとつ過ぎた〟だけだろう。血色のよい頰と艶《つや》やかな肌、そして黒い瞳《ひとみ》の持ち主だった。彼女の銀白の衣服は夢のように風をはらんでうねり、胸の上の真っ赤な薔薇の刺繡は呪文《じゅもん》のようにくっきりと浮き出ていた。

「行きなさい！　彼にかまわないで！」

「オオーッ、あらまあ！」修道女ルイーズが笑っているとも怒っているともつかぬ声で叫んだ。「小娘ジェンナのお出ましだよ。彼女、彼に恋しちまったんじゃないの？」

「そうとも！」修道女タムラが声に出して笑う。「小娘は彼にメロメロさ！」

「ああ、そのとおり！」修道女コキナがあいづちをうった。

修道女メアリーは唇を真一文字に引きしめて新参者に振り向いた。「そなた、ここに用はないはず、生意気な小娘が」

「私があると言えば、あることになるのです」修道女ジェンナは返答した。いまや彼女は誰よりもその場の責任者然として見えた。修道女の頭布からはみ出した黒い巻き毛が額にコンマの形に垂れ下がっている。「さあ、行きなさい。彼はあなたたちの冗談の相手や笑い種《ぐさ》になれる状態ではありません」

「指図しなさんな」修道女メアリーが言った。「私たちは冗談など言ったことはない。あんたも承知しているでしょ、修道女ジェンナ」

少女の表情がわずかに和らいだ。ローランドは、彼女が恐れていることを見てとった。おかげで、少女のことが心配になった。同様に自分自身のことも。「行きなさい」彼女は繰り返した。「まだそのときではありません。看護すべき人は他にもいるでしょ？」

修道女メアリーはじっくり考えているようだった。他の者たちは彼女を見守っている。ようやく修道女メアリーはうなずき、ローランドに微笑《ほほえ》んだ。再び彼女の顔が輝き揺らいだようだった。まるで、陽炎《かげろう》を通して何かを見たような感じ。ローランドがその輝きの背後に見た（あるいは、見たと思った）のは、恐ろしくて油断のならぬものだった。「じっとしているのです、美しいお方」修道女メアリーはローランドに言った。「少しのあいだ、私たちと一緒にいなさい。そうすれば、私たちが治してあげますから」

どのみち、そうするしかあるまい？　ローランドは思った。

他の修道女たちが笑った。その化鳥じみた笑い声が薄明かりの中を上昇した。修道女マイケラがローランドに投げキスをした。

「さあ、淑女たち！」修道女メアリーが叫んだ。「少しのあいだジェンナを彼と一緒にさせておきましょう、私たちがこよなく愛した彼女の母親の記念に！」そう言うと、彼女は他の修道女たちを導いて中央通路を下っていった。衣服の裾《すそ》をなびかせるその姿は、まるで五羽の白い鳥が飛び去っていくようだった。

「かたじけない」ローランドは言いながら、冷たい手の持ち主を見上げた……というのも、彼女は、自分を撫《な》でていたのは彼女だということがわかったからである。

彼女は、ローランドの推測を証明するかのように彼の指を取って撫でた。「あの人たちはあなたに危害をくわえる気はないのです」彼女は言った……とはいえ、ローランドは、彼女がいま自分で言った言葉を信じていないことを見てとった。もちろん、彼も信じなかった。めんどうなことに巻きこまれた、かなりまずい、とローランドは思った。

「ここはどういうところなのだ？」

「私たちの住居」彼女はそっけなく答えた。「エルーリアの救護修道女会の宿泊所。修道院です」

「修道院ではない」ローランドは、彼女の背後の空いている寝台の列を見ながら言った。

「診療所だ。そうだな？」

「病院」彼女は、あいかわらずローランドの指を撫でながら言った。「私たちは医師に仕え……彼らもまた私たちに仕えています」ローランドは彼女のクリーム色の額にかかっている黒い巻き毛に魅せられた——手を伸ばせるものならば、それに触れてみたい。ただ、その手触りを知りたかった。ローランドはその巻き毛を美しいと思った。というのも、すべてが純白のこの場所にあって、それだけが黒かったからだ。彼にとっては、白はその魅力を失っていた。「私たちは慈善宗教団員です……あるいは、かつてはそうだった、世界が変転する以前は」

「そなたたちはイエスを信奉しているのか？」

一瞬、彼女は驚いたような、ほとんど衝撃を受けたような表情をしたが、やがて陽気な笑い声をあげた。「いえ、ちがいます！」

「そなたらが慈善宗教団員……看護婦……ならば、医師たちはどこに？」

彼女は唇を嚙《か》みしめながら、まるで何かを決断しようとしているかのようにローランドを見つめた。ローランドは彼女の迷っている表情にすっかりまいった。そして気づいた。自分が女性を女性として見つめていることを。こんなことはスーザン・デルガドが死んでからこのかた、初めてのことだ。彼女が亡《な》くなったのは、遠い昔のことだが、あの時以来、世界は変わった。それもいい方向にではなく。

「ほんとうに知りたいのですか？」

「ああ、もちろん」ローランドは少々驚いて言った。いささか胸騒ぎも覚えた。彼は相手の顔が他の修道女のように輝き揺らめいて変化するのを待ち続けた。だが、そうはならなかった。同時に、彼女は干上がった大地の不快な匂いもしなかった。

待て、ローランドは自らを戒めた。ここでは何も信じるな、とりわけ自分の感覚は。いまのところは。

「思うに、あなたは」彼女は溜《た》め息《いき》まじりに言った。おかげで、額のところで鐘がチリンと鳴った。その鐘は他の修道女たちが付けていたものより黒かった——といっても、彼女の髪ほどではなく、いくぶん木炭のような色合いで、まるで焚《た》き火《び》の煙に燻《いぶ》されていたようだった。しかし、その音色は明るく澄んでいる。「約束しなければなりません。叫び声をあげて、隣の寝台の思春者《ピユーブ》を起こさないと」

「思春者《ピユーブ》？」

「少年のこと。約束しますか？」

「いかにも」ローランドは自分でも気づかぬうちに、半ば忘れかけていた〈弧の外部〉の方言を口にしていた。スーザンの言い回しを。「以前叫び声をあげてから、かなりの歳月がたっている、麗人よ」

ローランドの呼びかけに、彼女はみるみる真っ赤になり、胸の薔薇よりも自然で活《い》き活《い》きとしたそれが頬に咲いた。

「ちゃんと見ることのできない相手を麗人などと呼ばないでください」彼女は言った。

「ならば、その頭布をとってほしい」

ローランドは彼女の顔をすっかり見ることができたが、見たくてたまらなかったのは彼女の髪だった——その思いは、ほとんど渇望《かつぼう》の域に達していた。夢のような白い世界に黒髪が洪水のように溢《あふ》れ出る様を目にしたかった。もちろん、それは短く刈られており、それがゆえに彼女たちは頭布を被っているのだが、ローランドはなぜかしらそうは思わなかった。

「いえ、それは許されておりません」

「誰に？」

「修道女長」

「自分のことをメアリーと呼んでる女《ひと》か？」

「しかり、彼女です」彼女はローランドから離れはじめたが、立ち止まり、肩ごしに振り返った。彼女と同い年で、同じぐらい美しい他の娘であったなら、その仕種は軽薄と映っただろうが、この少女の場合は威厳があるばかりだった。

「約束を忘れないで」

「いかにも、叫ばぬ」

彼女は衣服の裾を揺らしながら、髭《ひげ》を生やした男のところに行った。薄明かりのなか、彼女はぼんやりした影を投じながら無人の寝台の列を通りすぎていく。そして男（眠っているのではなく、意識を失っているのだ、とローランドは思った）のところに到達すると、もう一度ローランドを振り返った。彼はうなずいた。

修道女ジェンナは、寝台の向こうに回り、吊《つ》り下げられている男の脇《わき》に近づいた。おかげでローランドは、捩《ね》じれて輪になった白い絹越しに彼女を見ることになった。修道女ジェンナは男の胸の左側に軽く手を置き、その上に屈み込むと……まるで快活に否定するように、かぶりを左右に振った。同時に額に連なっている鐘が明瞭《めいりょう》な音を立てた。ローランドは今一度、おぞましい痛みの小波《さざなみ》を背中に感じた。まるで、身震いすることなく身震いしたような、もしくは夢の中で震えあがったような感じだ。

次の瞬間、喉元《のどもと》に絶叫がこみあげてきた。ローランドは、それを抑えるために唇を嚙みしめなければならなかった。もう一度、意識のない男の両脚が動くことなく動いたように見えた……実は、動いているのは両脚の上に乗っていたものだった。男の毛の生えた脛《すね》、足首、そして爪先《つまさき》は寝巻から出ていた。そしていまや、虫たちの黒い波がその両脚をくだっていた。虫の群れは、さながら行進しながら歌う軍隊のように激しく鳴いている。

ローランドは男の頰から鼻梁《びりょう》にかけて黒い傷痕《きずあと》――消えてしまった傷痕があったことを思い出した。もちろん、あれも同じ虫の群れだったのだ。そして、その虫たちは自分の身体にもいる。そのために、自分は震えることなく震えているのを感じたのだ。背中じゅうを虫の大群が這《は》い回っている。俺の身体の上で繁殖しているのだ。

悲鳴をあげずにいるのは、思ったよりたやすくなかった。

虫たちは吊るされている男の爪先へ下ると、やがて波打って飛び立った。まるで、堤防から川の深みへと跳躍する生き物のようだ。そして虫の群れは素早くひとつの有機体となり、下のまばゆいほど白いシーツにやすやすと着地すると、およそ一フィートほどの幅の大軍と化して床へ下りはじめた。ローランドはその様子を注視していることができなかった。遠く離れており、しかもかなり薄暗かったが、おそらく虫は蟻《あり》の二倍ほどの大きさがあり、花壇を飛び回ったのちに巣に戻る肥えた蜜蜂《みつばち》よりはいくぶん小さいていどだ、とローランドは思った。

虫の大軍は前進しながら歌った。

髭を生やした男は歌わなかった。男の捩じれた両脚を覆《おお》っていた虫の群れが減りはじめたとき、男は震えて呻《うめ》き声をあげた。若い女性は彼の額に手を当ててなだめている。眼前の光景には吐き気をもよおしていたものの、ローランドはいささか嫉妬《しっと》を感じた。

しかし、自分が目にしている光景はほんとうにそれほどおぞましいものだろうか？ギリアドでは、ある種の病に蛭《ひる》が使われていた――主として、脳や腋《わき》の下、そして鼠蹊《そけい》部の腫瘍《しゅよう》に。脳に関しては、蛭はおぞましいが、たしかに穿孔《せんこう》手術よりはましである。

とはいえ、虫の群れには何かしらおぞましいものが感じられた。それというのも、よく見ることができなかったし、それに無力な状態で吊るされている自分の背中じゅうをそれらが這い回っていることは想像するだに忌《い》まわしいからだ。だが、鳴いていないのはどうしたわけだ？　滋養を取っているからだろうか？　眠っているのか？　あるいはそれらを同時にしているとか？

髭を生やした男の呻き声が小さくなった。虫たちは床を横切って前進し、緩やかに小波打っている絹の壁のひとつに向かい、やがて影に入ったので、ローランドは彼らの姿を見失った。

修道女ジェンナが心配そうな目をして戻ってきた。「よくがんばりましたね。あなたの気持ちはわかります。顔に出ていますから」

「医師たちか」

「ええ。彼らの治療能力はすごいの。でも……」修道女ジェンナは声を落とした。「あの家畜商人は彼らにも手の施しようがなかったようです。両脚はいくぶんましになったし、顔の傷は治ったけど、医師たちの力のおよばないところを怪我《けが》していました」彼女は自分の腹部をなぞって、その怪我のありかを示した。

「で、俺は？」ローランドはきいた。

「あなたは緑色の民に襲撃されました」修道女ジェンナは言った。「かなり激しく彼らを怒らせたにちがいありません。すぐに殺されなかったからです。そのかわりに、あなたは縄にくくられ、引きずられました。そのとき、タムラとマイケラとルイーズが薬草採りに出かけていたのです。彼女たちは緑色の民があなたをいたぶっているのを目にして、やめさせたのです。けれど——」

「スロー・ミュータントたちは、いつもそなたたちの言うことをきくのか、修道女ジェンナ？」

彼女は微笑んだ。おそらく、ローランドが名前を覚えていたことがうれしかったのだろう。

「いつもとはかぎりません。でも、たいていは。今回は言うことをききました。さもなくば、あなたは雑木林の空き地で発見されたでしょう」

「さもありなん」

「背中の皮膚はほとんど剥《は》がされていました——うなじから腰まで真っ赤になっていました。傷は残るでしょうが、医師たちがほとんど治してくれました。彼らの鳴き声は、もう聞こえませんでしょ？」

「ああ」ローランドは言ったが、あの黒いものたちが自分の背中の剥《む》き出しの肉の上に居すわっていたことを思うと、やはり吐き気をもよおした。「世話になった、この借りは返す。俺にできることがあればなんなりと——」

「ならば、まずお名前を、ぜひともお聞かせください」

「ギリアドのローランド。ガンスリンガーだ。二丁のリボルバーを携帯していた、修道女ジェンナ。見かけなかったか？」

「火器は見ておりません」修道女ジェンナは言ったが、目をそらした。そして再び頬を赤らめた。彼女は優れた看護婦かもしれないし、美人ではあったが、嘘《うそ》をつくのはうまくない、とローランドは思った。彼はうれしかった。嘘つきはありふれていたが、かたや正直者は貴重だったからである。

いまは不実を見逃そう、ローランドは自分にいいきかせた。思うに、彼女は何かを恐れている。

「ジェンナ！」病棟の端の深い影から叫び声が聞こえたので——ガンスリンガーには今日の影はいつもより長いように思えた——修道女ジェンナはぎくりとして飛び上がった。

「こちらに来なさい！　あなた、二十人の殿方をたっぷり楽しませるほどおしゃべりをしたわよ！　さあ、彼を休ませてあげなさい！」

「承知しました！」修道女ジェンナは呼ばわってから、ローランドに向き直った。「医師をあなたに見せてあげたことをもらしてはなりませんよ」

「秘密ということか、ジェンナ」

彼女は再び唇を嚙みしめながら立ち止まると、不意に頭布をうしろになぎ払った。それは静かな鐘の音を立てながらうなじに落ちて引っかかった。束縛を解かれた彼女の髪が両頰を影のように撫でた。

「私はきれい？　どう？　ほんとうのことを言って、ギリアドのローランド——お世辞なしに」

「夏の宵のようにうつくしい」

その言葉よりもローランドの表情がジェンナを喜ばせたようだった。なぜなら、彼女はまばゆいほどの笑みを浮かべたからである。彼女は小さな指先を素早く動かして黒髪をたくしこみながら、再び頭布を引き上げた。「ちゃんとなってるでしょうか？」

「まずまずといったところ」ローランドはそう言ってから、用心深く片腕を上げて、相手の額を指した。「巻き毛が一か所……ちょうどそこのところに出ている」

「ええ、いつもこれが悩みの種」ちょっとおどけたしかめつらをして、ジェンナはそれをたくしこんだ。ローランドは彼女の薔薇色《ばらいろ》の頰にくちづけをしたくてたまらないと思った——そして、ついでにその薔薇色の唇にも。

「それで申し分ない」ローランドは言った。

「ジェンナ！」これまで以上に苛立《いらだ》った叫び声がした。「瞑想《めいそう》の時間よ！」

「いますぐに、まいります！」ジェンナは呼ばわると、いそいで立ち去るために、ゆったりとした長い裾を持ち上げた。だが、いま一度彼女は振り返った。その表情は重々しく、とても厳しかった。「もうひとつ」彼女は、囁《ささや》き声よりわずかに大きい声で言い、あたりをさっと見渡した。「あなたが身につけている黄金のメダルですが——それはあなたのものだから、そこにあるのです。わかりますか……ジェイムズ？」

「ああ」ローランドは隣の寝台で眠っている少年を見るためにわずかに首をめぐらした。「奴《やつ》は俺の弟だ」

「彼女たちにきかれたら、そう答えてください。ちがうことを言うと、このジェンナがとても困ったことになります」

どのように困るのか、ローランドはたずねなかった。どのみち、彼女は片手でスカートをつかみ、無人の寝台の列のあいだを走る通路を流れるように立ち去ってしまった。すでに顔から薔薇色は失《う》せ、頰と額は灰色になっていた。ローランドは、他の修道女たちの貪欲《どんよく》な表情を、彼女たちがどのように自分のまわりに興奮しながら集ったかを思い出した……それと、彼女たちの顔が揺らめき輝いたことを。

六人の女たち。五人は老いており、ひとりは若い。

鐘の音によって退散させられるとき、鳴いてから床を這《は》って横切っていく医師たち。

そして、現実のものとは思えない無数の寝台を備えた病棟、絹の屋根と壁でできている病棟……

……さらには、寝台は三台の他はすべて空いている。

ローランドは、どうしてジェンナが彼のポケットから死んだ少年のメダルを取り出して、首にかけてくれたのかわからなかったが、もし彼女のそうした行動を他の老婆《ろうば》たちが発見したら、エルーリアの修道女たちはジェンナを殺すかもしれないということだけはわかった。

ローランドは目を閉じると、医師虫たちの静かな鳴き声によっていま一度、眠りに誘われた。

IV

スープの碗《わん》。隣の寝台の少年。
夜勤看護婦たち。

ローランドは夢を見た。かなり大きい虫（たぶん、医師虫）が顔のまわりを飛びまわり、くりかえし鼻の頭にぶちあたってくる——その衝突は痛いというよりむしろ邪魔くさい。ローランドは何度もその虫を叩《たた》き落とそうとするのだが、普段ならば彼の両腕は目にもとまらぬ素早い動きをするにもかかわらず、狙《ねら》いをはずしてしまう。そして打ちそんじるたびに、虫は忍び笑いをする。

俺がとろいのは病気にかかっていたからだ、とローランドは思った。

いや、待ち伏せをくらい、スロー・ミュータントたちに大地を引きずられていたところをエルーリアの修道女たちに救われたのだ。

不意にローランドは、転覆した荷馬車の陰から伸びる人影のありありとしたイメージを抱いた。同時に、「バアーッ!」という粗野で喜びいさんだ叫び声を耳にした。

ローランドは、複雑な吊り装具に横たえられた自分の身体《からだ》が揺れるほど勢いよく目覚めた。おかげで、ローランドの頭の横に立ちながら、木のスプーンで彼の鼻を軽く叩いていた女は、いそいであとずさり、もう一方の手に持っていた碗を指のあいだから滑らせてしまった。

ローランドの両手がいつもと変わりなく素早く突き出された――苛立たしくも虫を捕らえ損ねていたのは夢の中の出来事にすぎなかったのだ。彼は中身を数滴こぼしただけで碗をつかんだ。女――修道女コキナ――は両目をまん丸にしてローランドを見つめた。

急激に動いたために背中じゅうに痛みが走ったが、以前ほどひどくはなかったし、皮膚が小波《さざなみ》立つような感覚もなかった。おそらく、〝医師たち〟は眠っているだけなのかもしれないが、ローランドは、彼らはもう立ち去ってしまったのだと思った。

ローランドは、コキナが彼にいたずらをしていた(彼はべつに、彼女たちのひとりが病人や眠っている人をからかったところで驚きはしなかったが、もしそういうことをジエンナがしたとしたら、驚いただろう)スプーンに片手を差し出した。相手は両目を大きく見開いたまま、それを彼に手渡した。

「なんて早業なの!」修道女コキナは言った。「まるで奇術みたい。しかも、まだ完全に目覚めていないというのに!」

「そのことを覚えておいてもらおう」ローランドは、スープを味見しながら言った。それには鶏肉《とりにく》がほんの申し訳ていどに浮かんでいた。他の状況であれば、おそらく味気ないスープだと思っただろうが、いまは、これ以上望むべくもないほど美味に思えた。彼はそれを貪《むさぼ》るように食べはじめた。

「どういう意味かしら?」修道女コキナはたずねた。いまや明かりはかなり薄暗く、壁のパネルは夕日を思わせる桃色がかった橙色《だいだいいろ》に染まっている。この明かりのもとでは、コキナはとても若くて可愛《かわい》らしく見える……が、それはあやかしなのだ、とローランドは確信していた。化粧という妖術《ようじゅつ》である。

「とりたてて意味があるわけではない」ローランドはゆっくりとスプーンを放し、碗を唇に当ててスープをじかに飲んだ。そのようにして四回大きく喉を鳴らして中身を空けた。「そなたらは親切にしてくれた――」

「しかり、そうですとも!」修道女コキナは、いささか憤然として言った。

「――が、俺は、その親切心の裏に何もないことを願っている。もしそうでないのなら、修道女、俺が早業の持ち主であることを覚えておけ。で、俺自身について言えば、常に優しくておとなしいとはかぎらんぞ」

修道女コキナは何も応《こた》えず、ただローランドが返してよこした碗を受け取った。彼女はその行為を細心の注意をもってした。たぶん、ローランドの指に触れたくなかったのだ。彼女の視線は、いま一度ローランドの寝巻の襟の下に隠れているメダルに据えられていた。ローランドはそれ以上は何も言わなかった。偉そうに大口を叩いた男が、実は武器を持っていず、背中の傷のために体重を支えられないので裸同然の姿で吊《つ》るされていることを相手に思い出させて、脅迫じみた言葉の効果を弱めたくなかったのだ。

「修道女ジェンナはどこに？」ローランドはきいた。

「オオーッ」修道女コキナは眉《まゆ》を上げながら言った。「私たち、彼女が好きよ。あの娘《こ》を見ると胸がときめいちゃう……」彼女は片手を胸の薔薇の刺繍《ししゅう》に当てると、せわしなくパタパタと動かした。

「いや、少しもそのようなことはない」とローランド。「だが、彼女はやさしい。おもうに、彼女はスプーンで俺をからかったりはしまい、誰かのように」

修道女コキナの笑みが消えた。そして怒っているような心配しているような表情をした。

「メアリーには何も言わないで、彼女があとで来ても。私、困ったことになるから」

「俺の知ったことか？」

「修道女ジェンナを困った状態にすることで、私を困った状態にした人に仕返しをするかもしれないわよ」と修道女コキナ。「彼女は修道女長のブラックリストに載ってるのよ、いまのところね。修道女メアリーは、あなたに対するジェンナの態度を快く思っていないし……また、彼女が〈暗黒の鐘〉を身につけてここに戻ってきたことも気にいらないのよ」

修道女コキナは、しゃべりすぎたとでもいうかのように、軽薄になりがちな器官を片手で押さえて黙りこんだ。

ローランドは、相手が言ったことに好奇心をそそられたが、いまはそれをおもてにだしたくなかったので、ただこう応じた。「そなたのことは黙っていよう、そなたがジェンナのことをメアリーに言わなければ」

コキナは安堵《あんど》したようだった。「しかり、取り引きよ」彼女は身体を前に乗り出した。「ジェンナは〈内省の館《やかた》〉にいるわ。山腹にある小さな洞窟《どうくつ》で、悪い行ないをしたと修道女長に見なされた人は、そこに行って瞑想しなければいけないの。彼女はメアリーに許されるまで、そこにとどまって自分の非礼を悔いなければならないのよ」彼女はいったん口を閉じ、いそいで付け加えた。「あなたの横の寝台にいる人は誰？　知ってる？」

ローランドは首をめぐらすと、その若者が目覚めており、自分たちの会話を聞いていたことに気づいた。若者の瞳《ひとみ》はジェンナのそれと同じく漆黒だった。

「こいつを知ってるかだと？」ローランドは、馬鹿《ばか》にしたような口調になっていることを願いながら言った。「自分の弟を知らないとでも？」

「そうかしら？　彼とあなたではだいぶ年が離れているようだけど？」闇《やみ》の中から新たな修道女の声が聞こえた。修道女タムラだ。自分自身のことを二十歳をひとつ過ぎただけと言った人物である。ローランドの寝台に到着する直前、彼女の顔は八十……もしくは九十の老婆のそれに見えた。それがチラチラと揺らめき、いま一度三十歳のふっくらとした健康的な婦人のように見えた。ただし、両目は別だった。それらは角膜が黄色く、隅に目脂《めやに》がたまっており、狡賢《ずるがしこ》かった。

「そいつは末っ子で、俺は最年長なのだ」とローランド。「あいだに七人いる。両親が共に暮らした二十年のあいだに」

「なんてすてきなの！　もし、彼があなたの弟なら、名前を知ってるでしょ？　とってもよくね」

ガンスリンガーがしどろもどろにならぬうちに、若者が答えた。「彼女たち、あにきがジョン・ノーマンていう単純な名前を忘れちまったと思っているみたいだよ。なんてアホな奴らなんだろうね、ジミー？」

コキナとタムラはローランドの隣の寝台にいる青ざめた少年を見つめた。怒りの色もあらわに……そして、明らかに出し抜かれたという表情をして。少なくとも、いまのところは。

「あんたら、その肥やしのような食い物をあにきに与えたんだから」少年（彼のメダルにはまちがいなく、「ジョン、家族に愛されし者、神に愛《め》でられし者」と記されていた）は言った。「もう行けよ、おしゃべりさせてくれよ」

「あら！」修道女コキナはむっとして言った。「けっこうな感謝のお言葉だこと！」

「与えてくれるものには感謝するさ」ジョン・ノーマンはコキナを見据えたまま応じた。

「だけど、取り上げられる場合はいやなこった」

タムラは鼻息も荒く、ゆったりとした衣服を乱暴に翻《ひるがえ》し、ローランドの顔に風を吹きつけて去っていった。コキナはしばらくとどまっていた。

「いい子にしてなさい、そうすれば、あなたが私よりも好きな誰かさんが、今晩から一週間後ではなく明日の朝には、その干し台から連れだしてくれるでしょうよ」

相手の返事を待たずに、コキナは踵《きびす》を返して、修道女タムラのあとを追った。

ローランドとノーマンは、彼女たちふたりが行ってしまうまで待った。やがてノーマンがローランドに向き、低い声でしゃべった。「俺のあにき、死んだ？」

ローランドはうなずいた。「彼の縁者と出会ったときのために取ったメダル。これはまさしくおまえのもの。あにきのことは御愁傷さまだ」

「かたじけない」ジョン・ノーマンの下唇は震えたが、やがて固く引きしめられた。

「緑色の奴らがあにきに何をしたか知ってるさ。あいつら老婆はたしかなことを言おうとしないけど」

「たぶん修道女たちはたしかなことは知らないのだ」

「知ってるさ。まちがいないよ。あいつら多くを語らないけど、いろんなことを知ってるんだ。ただひとり、ジェンナはちがうけど。おしゃべり婆《ばばあ》が〝あんたのお友だち〟と言ったのは、それってジェンナのことなんだろ？」

ローランドはうなずいた。「それに彼女は、〈暗黒の鐘〉について何か言っていた。俺は、そのことに関してもっと知りたい。もし、知っているのであれば、話してくれ」

「彼女は特別なんだ、ジェンナはね。お姫さまって感じ――血筋で生まれつき高位の身分が定められていて、その運命を否定しようがないって人だね――修道女というより。ぼくはここに横たわって、寝たふりをしている――そのほうが安全だと思うから――けれど、彼女たちの言ってることはぜんぶ聞いてる。ジェンナは彼女たちの仲間に最近なったばかりなんだ。そして〈暗黒の鐘〉って、何か特別のことを意味している……けれど、実権を握っているのはメアリーだ。〈暗黒の鐘〉は単に何か儀式的なことみたいだな。むかし〈男爵《だんしゃく》〉たちが父親から息子に譲った指輪みたいなものさ。ジミーのメダルをあんたの首にかけてくれたのは彼女なんだろ？」

「ああ」

「それだけは、はずしちゃだめだよ、あんた、なにがあっても」ノーマンの顔はぞっとするほどまじめになった。「神か黄金のせいかわからないけど、彼女たちはそれに近づきたくないんだ。まだぼくがここにこうしていられるのも、それだけのためだと思う」そして声を落として囁《ささや》いた。「あいつら、人間じゃない」

「まあな、たぶんいくらか妖術や魔術を心得ているのだろうが……」

「ちがう！」あきらかに努力して、少年は片肘を立てて起き上がり、ローランドを思いつめた表情で見つめた。「あんた、妖婆や魔女みたいなものを考えている。あいつらはそんなもんじゃない。彼女たちは人間じゃないんだよ！」

「ならば、なんなんだ？」

「わかんない」

「おまえ、どうしてここにきたんだ、ジョン？」

声を低めて、ジョン・ノーマンは自分に起こったことをローランドに語った。彼と彼の兄、そして他の四人の若者たちは威勢がよくて機敏で、かつ良質の馬を所有していたので見張りとして雇われ、馬に乗って、七台の荷馬車——種、食物、工具、郵便物、そして四人の花嫁を搭載していた——からなる輸送隊を守護しながら、エルーリアの西部から二百マイルほど離れたところのテジュアスという地区に向かっていた。見張りたちは荷馬車の列の前後を交代で挟むようにして進んだ。兄弟は前後それぞれの組に分かれた。ノーマンの説明によれば、そのほうが戦いの場で絆《きずな》が深まる。まるで……なんて言うか、そのう……

「兄弟たちのように」ローランドは補った。

ジョン・ノーマンは短く、痛々しい笑みをもらし、「そのとおり」と言った。

ジョンが加わっていた三人の一行は、エルーリアで緑色のスロー・ミュータントの奇襲をくらったとき、荷馬車の列のおよそ二マイル後方を警備していた。

「あんた、あの場所で何台の荷馬車を見た？」ノーマンはローランドにたずねた。

「一台のみ。引っくり返っていた」

「死体は？」

「おまえの兄だけだ」

ジョン・ノーマンは厳《いか》めしい顔つきでうなずいた。「あいつら、メダルのせいで運び去らなかったんだと思う」

「スロー・ミュータントか？」

「修道女たちさ。スロー・ミュータントたちには神も黄金も知ったこっちゃない。だけど、あいつら牝犬《めすいぬ》たちは……」ノーマンは、いまや真っ暗になった闇を見つめた。ローランドは、再び気だるさが身体じゅうを這《は》いずりまわるのを感じたが、それがスープのせいだとわかるのはあとになってからのことである。

「他の荷馬車は？」ローランドはきいた。「転覆しなかったやつは？」

「スロー・ミュータントたちが奪っていったんだろうね、もろもろの品物といっしょに」とノーマン。「奴《やつ》らは神や黄金に関心がなく、修道女たちは物品には関心がない。たぶん、彼女たちには彼女たちなりの食い物があるんだ。考えたくもないようなものがね。何かおぞましいもの……あの虫みたいに」

ノーマンと他の仲間はエルーリアに到着したが、そのときには戦闘は終わっていた。男たちが倒れており、ある者はこと切れていたが、多くの者はまだ息があった。少なくとも花嫁たちの二人は、まだ生きていた。歩くことのできる生存者は、ひとつに集められて緑色の民に連れていかれた——ジョン・ノーマンは山高帽子を被《かぶ》った男、およびぼろぼろの赤いベストを着た女のことをよく覚えていた。

ノーマンと他のふたりの若者は闘おうとした。だが、彼は仲間のひとりが腹部を矢で射抜かれたのを目撃したのち、それ以上の光景を目にしなかった——背後から何者かに頭を殴られ、闇に沈んだのだ。

ローランドは、背後に隠れ潜んでいた奴が攻撃のさいに、「バアーッ！」と叫んだかどうか気になったが、きかなかった。

「そして意識を取り戻すと、ここにいたのさ」とノーマン。「他の何人か——ほとんどの奴だけど——が、あのおぞましい虫に這いまわられているのを見たよ」

「他の？」ローランドは無人の寝台を見た。深まりゆく闇の中で、それらは白い島のようにかすかに光っている。「ここに何人ぐらい運びこまれたのだ？」

「少なくとも二十人。彼らは治ると……虫が治療したんだ……ひとりまたひとりと、消えていった。あんた、眠ってごらん、次に目覚めたときには、またひとつ誰もいない寝台がふえてるよ。ひとりずつ、彼らは出ていき、ついにぼくと、あの向こうにいる人だけになった」

ノーマンはローランドを深刻な表情で見つめた。

「いまはあんたもいるけど」

「ノーマン」ローランドの頭が泳いだ。「俺——」

「ぐあいが妙なんだろ」ノーマンは言った。その声は遥《はる》か遠くから……まるで、この世の最果ての曲がり角から聞こえてくるようだった。「スープのせいさ。でも、男は食べなくっちゃならない。女もね。とにかく、もし、彼女が普通の女なら。あいつら普通じゃないから。修道女ジェンナさえ、まっとうじゃない。いい人だからって、普通じゃないことにはかわりない」声がしだいに遠ざかっていく。「けっきょくは、彼女だってあいつらと同じさ。ぼくの言ったことをよく覚えておきなよ」

「動けん」口を開くことさえ、多大な努力を要した。さながら玉石をどかすような感じだ。

「そうさ」ノーマンは不意にけたたましく笑った。そのぞっとするような笑い声は、ローランドの頭に広がった濃くなりまさる闇の中でこだました。「あいつらがスープに入れたのはただの睡眠薬じゃない。動きを封じる薬でもあるのさ。ぼくはもうぐあいが悪くない……なのに、どうしていまだにここにいるんだと思う？」

ノーマンの声は、いまやこの世の最果ての曲がり角からではなく、もはや月から届いているような感じだ。彼は続けた。「ぼくらのどちらも、もう一度、大地を踏みしめてお天道《てんとう》さまを拝めることになるとは思えないな」

そいつはちがう、とローランドは応《こた》えようとしたが、その気は大いにあるにもかかわらず、口からは何も出てこなかった。彼は月の暗黒面を航海しながら、そこで発見した空隙《くうげき》に自分の言葉をすべて失っていった。

とはいえ、正気をすっかり喪失したわけではなかった。たぶん、修道女コキナはスープに混入する〝薬〟の投与量を大幅に計算まちがいをしたのか、あるいはおそらく、彼女たちはこれまでガンスリンガーに罠《わな》を仕掛けたことがなく、また、いまそのガンスリンガーを相手にしていることに気づいていないのだろう。

ただしもちろん、修道女ジェンナは別だ――彼女は知っている。

夜のある時点で、囁き、忍び笑う声と鐘の軽やかな音色がローランドを、完全な眠りでも失神でもない闇から引き戻した。彼の周囲には、たえまなく続いているためにかえってほとんど聞き取れない状態になっていたが、鳴き声を上げている〝医師たち〟がいた。

ローランドは両目を開けた。漆黒の大気の中にぼんやりとした気まぐれな光が踊っているのが見えた。忍び笑いと囁き声が接近してくる。ローランドはこうべをめぐらせようとしたが、最初はうまくいかなかった。小休止をし、意識を朧《おぼろ》な光の玉に集中して、いま一度試みた。今度は、頭を動かすことができた。ほんの少しだったが、そのわずかな動きで充分だった。

五人の修道女――メアリー、ルイーズ、タムラ、コキナ、マイケラだった。彼女たちは悪戯《いたずら》に出かける子供のように声を合わせて笑い、手には細長い蠟燭《ろうそく》を立てた銀の燭台《しょくだい》を持ち、そして頭布の額帯に連なって吊《つ》るされた鐘を涼やかに鳴らしながら、闇に包まれた診療所の長い通路をやってきた。彼女たちは、髭《ひげ》を生やした男の寝台のまわりに集まった。彼女たちの輪の中から、蠟燭の照り輝きがチラチラ揺らめく円柱となって立ち昇っているが、それは絹の天井の高みの半ばまで達して消えていた。

修道女メアリーが簡潔にしゃべった。ローランドは彼女の声はわかったが、言葉は聞き取れなかった――それはロー・スピーチ語でもハイ・スピーチ語でもなく、まったく異なる言語だった。ひとつのフレーズは次のように聞こえた――キャン・デ・ラチ、ミ・ヒム・アン・タウ――が、その意味はまったくわからない。

ローランドは、いまや鐘の音しか聞こえていないことに気づいた――医師虫は鳴きやんでいた。

「ラス・ミー！　オン！　オン！」修道女メアリーは嗄《しゃが》れた力強い声で叫んだ。蠟燭が消えた。修道女たちが髭を生やした男の寝台のまわりに集まったときに彼女たちの頭布の翼を通して光り輝いていた明かりが消え、いまひとたび、すべてが闇《やみ》に包まれた。

ローランドは、次に何が起こるのかと待ち受けた。皮膚が冷たくなっていた。両手と脚を曲げようとしたが、できなかった。だが、頭をおよそ十五度ぐらい持ち上げることができた。それ以外は、さながら蜘蛛《くも》の巣にがんじがらめに捕らわれて宙吊りになっている蠅《はえ》のように身体《からだ》が麻痺《まひ》していた。

闇の中でかすかに鐘が鳴り……そして、何かを吸う音が聞こえた。その音を耳にするや、ローランドは、まさにそれを自分は待っていたということに気づいた。自分のある部分では、エルーリアの修道女たちの正体にはなから気づいていたのだ。

もし両手を上げることができたなら、ローランドは、その音を聞かないように両耳をふさいだことだろう。だが実際には、身動きもままならず、彼は音を耳にしながら、それがやむのをただひたすら静かに横たわって待つしかなかった。

しばらくすると――ローランドには永遠のように思われた――彼女たちは吸うのをやめた。そして、かいば桶《おけ》から半ば液状化した餌《えさ》を鼻を鳴らしながら漁《あさ》る豚さながらにフガフガ、ペチャペチャと下品な音をたてた。あまつさえ、忍び笑いに続いて、おくびをした（こうした下品な音は修道女メアリーが一言――〝ヘイズ！〟と口にしたときにとだえた）。そして一度、低いうめき声が起きた――髭を生やした男だ、とローランドは確信した。そうであるなら、その声は臨終のそれであるにちがいない。

彼女たちの食事の音が先細りになるにつれ、虫の鳴き声が始まった――初めはためらいがちに、やがて自信たっぷりに。囁き声と忍び笑いが再開した。同時に、蠟燭が再び灯された。ローランドはいま、こうべを反対側に向けていた。自分が目撃していたことを気取られたくなかったからだが、それだけではなかった。もうそれ以上ぜったいに目にしたくなかったのだ。もう嫌というほど見聞したのだから。

しかし、いまや忍び笑いと囁き声はローランドに接近していた。彼は自分の胸の上にあるメダルに意識を集中させながら、両目を閉じた。「神か黄金のせいかわからないけど、彼女たちはそれに近づきたくないんだ」とジョン・ノーマンは言っていた。修道女たちが聞き覚えのない他国の言語でペチャクチャおしゃべりしながら闇の中を徘徊《はいかい》しているときによいことを思い出したものだが、漆黒の闇の中にあって、メダルではまことに心細い防御のように思える。

かすかに、かなり遠くで、ローランドは十字架犬が吠《ほ》えているのを聞いた。

修道女たちに取り囲まれたとき、ガンスリンガーは彼女たちの臭《にお》いを嗅《か》ぐことができた。下品で不快な臭いだった。まるで腐った肉のよう。いったいどうしてそんな臭いがするのだろう?

「美男子だね」修道女メアリーが言った。低い声で、瞑想《めいそう》しているような口調である。

「でも、醜い徴《しるし》を身につけてるよ」と修道女タムラ。

「とりのぞいてしまえ!」と修道女ルイーズ。

「そうすれば、私たち、接吻《せっぷん》できる!」と修道女コキナ。

「身体じゅうにね!」修道女マイケラが熱狂的な叫び声を上げたので、全員が高らかに笑い声をあげた。

ローランドは、つまるところ、自分の身体じゅうが麻痺しているわけではないことに気づいた。事実、彼のある部分は、彼女たちの声に反応して睡眠から目覚め、立ち上がっていた。彼の身にまとっている寝巻の下に手が侵入してきて、固くこわばっているそれに触れ、握り、愛撫《あいぶ》した。ローランドは眠っているふりをしながら、静かな恐怖のうちに身をこわばらせていたが、やがて、ほとんど爆発するように温かく粘ついた体液が彼自身から迸《ほとばし》った。手はしばらくその場にとどまり、親指で萎《な》えていく肉竿《ざお》を上下に擦《こす》った。やがて手は彼自身を放してから、下腹部の少し上に伸び、白濁の水たまりを探し当てた。

微風のような忍び笑い。

軽やかな鐘の音。

ローランドは薄目を開けて、蠟燭の明かりの中で自分を笑いながら見おろしている年老いた顔を見上げた——ギラついている目、黄色い頰、下唇に覆《おお》いかぶさるように突き出た歯。修道女マイケラと修道女ルイーズは山羊《やぎ》髭を生やしているように見えたが、いうまでもなく、それは黒くなく、髭を生やした男の血だった。

メアリーは両手を碗《わん》の形にしており、それを修道女から修道女へとまわした。蠟燭の明かりの中で、彼女たちはメアリーの掌《てのひら》にすくいあげられたものを嘗《な》めた。

ローランドは両目を固く閉じ、修道女たちが立ち去るのを待った。ようやく、彼女たちはそうした。

二度と眠るものか、とローランドは思った。だが、五分後には、自分自身と世界を見失っていた。

V　修道女メアリー。伝言。訪問者ラルフ。ノーマンの運命。修道女メアリー再び。

ローランドが目を覚ますと、あたりには日の光が満ち、頭上の絹の屋根は白く輝き、穏やかな風に大きくうねっていた。医師虫が競い合うように鳴いている。左横では、ノーマンが熟睡しており、無精髭のある頬が肩につくほど頭を一方に傾《かし》げていた。

そこにいるのはローランドとジョン・ノーマンだけだった。診療所の彼らのいる側の遥か向こうにある、髭を生やした男にあてがわれていた寝台はもぬけの殻で、上掛けシーツは伸ばされてきちんと端を寝台にたくしこまれ、枕《まくら》は真新しくこぎれいなカバーに覆われている。患者がくるまれていた複雑に入り組んだ吊《つ》り帯は消えていた。

ローランドは蠟燭を思い出した——修道女たちが髭を生やした男のまわりに集ったとき、その炎の輝きが彼女たちを照らしだしながら、融合して円柱をなしていた様子を。そして忍び笑いと彼女たちの忌《い》まいましい鐘の音色を。

そしていま、ローランドの思いに引き寄せられたかのように、修道女メアリーが修道女ルイーズを背後に引き連れていそいで滑るようにやってきた。ルイーズはお盆を運んでおり、おどおどしているように見える。メアリーは顔を曇らせていて、見るからに機嫌がよい状態ではない。

たらふく食ったあとは不機嫌になるのか？　とローランドは思った。まったく、修道女さんよ。

修道女メアリーはガンスリンガーの寝台にたどりつき、彼を見おろした。「おまえには少しも感謝していないよ」彼女はいきなり本題を切り出した。

「俺はあんたに礼を乞《こ》うたか？」彼は古本のページのように埃《ほこり》っぽくてほとんど使用されていないような声音で応えた。

メアリーはそれを無視して続けた。「おまえは、ジェンナを生意気で腰の定まらぬまったく反抗的な修道女にしてくれた。まあ、彼女の母親もそうだったけど。おかげで、ジェンナをここに戻して、まもなく死んじまった。手をあげな、恩知らず」

「できぬ。ぜんぜん動かせんのだ」

「あらら、抜け作だね！　おまえは聞いたことないの、〝母親を馬鹿《ばか》にしてはいけない、彼女が目をそらすまでは〟という言葉を？　私には、おまえに何ができて何ができないか、よくわかってるのさ。さあ、手をおあげ」

ローランドは、実際よりも努力を要するように見せかけようとしながら、右手を上げた。そして、今朝は、吊り帯の束縛から自由になれるほど力があるように思った……が、それからどうなる？　実際に歩くことは数時間先にならなければできそうにもない、新たに〝薬〟を投与されなくても……なのにいま、修道女メアリーのうしろでは修道女ルイーズがスープの入った碗の覆いを取っている。それを見て、ローランドの胃がゴロゴロ鳴った。

修道女長はその音を耳にして、わずかに微笑《ほほえ》んだ。「寝台に横たわっているだけでも、時がたてば、壮健な殿御は食欲を募らせるもの。そうではあるまいか、ジェイスン、ジヨンの兄弟？」

「我が名はジェイムズ。承知のはず、修道女」

「私が？」修道女メアリーは怒ったように笑った。「あら！　もし、私がおまえのお気に入りの娘をたっぷりと時間をかけてこっぴどく叩《たた》いたら――彼女の背中から血が汗のように飛び散るまで――ちがう名前を聞き出せるのでは？　あるいは、あのちょっとした会話のあいだ、おまえはそこまで彼女を信頼しなかった？」

「彼女に触れてみろ、きさまを殺す」

修道女メアリーは再び微笑んだ。その顔がきらめき揺れた。きりりと引き締められた唇が死んだクラゲに似た何かに変化した。「我らを殺すなどと口走るでない、抜け作め。同じ言葉をわれらに言われることのないようにな」

「修道女、おまえとジェンナとが意見の一致を見ないのであれば、彼女を破門にし、好きにさせればよいではないか？」

「ジェンナの誓約を解いたり、自由の身にしたりするのはもってのほか。彼女の母親は出ていこうとしたが、舞い戻ってきた。自分は死にかけ、娘は病気にかかって。けっきょく、母親が塵《ちり》となって〈世界の終焉《しゅうえん》〉に向かって風に吹き飛ばされたのち、ジェンナを看護して健康を回復させたのは、私たちなんだよ。なのに、彼女ときたら、少しも感謝の念がない！　さらには、彼女は〈暗黒の鐘〉を所持している。我ら修道女会の徴を。

我らの〈カ・テット〉を。さあ、食べるのだ——おまえの腹は正直者、腹をすかしていると告げておる」

修道女ルイーズは碗を差し出したが、彼女の視線はローランドの寝巻の胸に浮き出しているメダルの形に彷徨《さまよ》っていた。これが嫌いなんだな？　とローランドは思った。そして蠟燭の明かりに照らしだされたときのルイーズを思い出した。彼女は輸送隊の男の血を顎《あご》に滴《したた》らせながら、ローランドの迸らせた体液をすくった修道女メアリーの掌に身を屈《かが》め、年老いた貪欲《どんよく》な目つきでそれを嘗めていた。

ローランドは頭を横に向けた。「何もほしくない」

「だけどお腹《なか》がすいてる！」ルイーズは言い募った。「食べなければ、ジェイムズ、どうやって力を回復するの？」

「ジェンナを寄こせ。彼女に食わせてもらう」

修道女メアリーは難色を示した。「おまえは、もはや彼女に会うことはない。ジェンナは瞑想《めいそう》の時間を倍にするという約束で、〈内省の館《やかた》〉から解放された……同時に、この診療所には近寄らぬということも誓った。さあ、食べなさい、ジェイムズ、ほんとうのところはなんと呼ばれているかわからぬが。スープに入っているものを摂取しなさい、さもなくば、我らはそなたを刃物で切り裂いてしまおう。どのみち、我らにとっては同じこと。そうだね、ルイーズ？」

「ですね」とルイーズ。彼女はいぜんとして碗を突き出していた。湯気が立ち、鶏肉《とりにく》のよい匂《にお》いがしている。

「でも、おまえには事情がちがうかもしれない」修道女メアリーは不自然なほど大きな歯を剝《む》きだしながら、可笑《おか》しみのない笑みを浮かべた。「このあたりでは出血は危険。医師たちはそれが嫌いでね、血を見ると興奮するんだよ」

血を見て興奮するのは虫たちばかりではない。そのことをローランドは知っていた。また、スープについて選択の余地がないこともわかっていた。彼はルイーズから碗を受け取り、ゆっくりと中身を口にした。そして、できることなら修道女メアリーの満足げな表情をぶちのめしたいと思った。

「よろしい」ローランドが碗をルイーズに戻すと、修道女メアリーが言った。そして、実際に完全にからになっているかどうか確かめるために碗の中を覗《のぞ》きこんだ。彼は手を吊り帯にドサリと落とした。すでに上げていることができないほど重くなっていたのだ。ローランドは、再び世界が退いていくのを感じた。

修道女メアリーは前屈みになったので、彼女の垂れ下がった衣服の端がローランドの左肩の皮膚に触れた。メアリーの匂いを嗅ぐことができた。爛熟《らんじゅく》しながらも乾燥しているような香り。ローランドは体力があれば、嘔吐《おうと》していただろう。

「少しでも体力を回復したならば、その小汚い飾りものを取りはずしなさい――それを寝台の下のオマルに入れるのです」

しゃべることは多大な努力を要したが、ローランドは言った。「それがほしいなら、自分で取れ。俺は止めることができんのだから」

いまいちど、メアリーの顔が黒ずんだ。さながら入道雲が現れたかのように。ひっぱたかれるぞ、とローランドは思った。メダルがあるところまで近づく勇気があればの話だが。しかしながら、彼女がローランドに触れることができるのは腰までだった。

「おまえはもう少し事を深く考えたほうがよいと思う」修道女メアリーは言った。「私はその気になれば、まだジェンナを鞭打《むちう》つことができる。彼女は〈暗黒の鐘〉を携帯しているが、私は修道女長なのだから。このことをよく肝に銘じておきなさい」

修道女メアリーは立ち去った。修道女ルイーズがその後に続く。その際、彼女はまなざし——恐れと欲望の入り混じった奇妙な一瞥《いちべつ》——を肩越しに投げかけた。

ローランドは思った。ここから抜け出さねば——ぜったいに。

しかし、彼は完全なる眠りではない暗黒の場所へと漂い戻った。あるいは、おそらく眠った、少しのあいだ。そしてたぶん、夢を見た。指が彼の指を愛撫し、唇がまず耳にくちづけをしてから囁《ささや》いた。「あなたの枕の下を見て、ローランド……でも、私がここにいたことを誰にも教えてはだめ」

しばらくして、ローランドは再び目を開いた。その際、自分の上に可愛《かわい》らしい修道女ジェンナの顔があり、頭布の下から黒髪のコンマがいま一度突き出ているのではないかと半ば期待していた。誰もいなかった。頭上の絹の揺れは最高潮に輝いており、正確には何時であるかわからなかったが、ローランドは、正午前後と推測した。おそらく、修道女の二度目のスープを口にしてから三時間はたっているだろう。

ローランドの隣のジョン・ノーマンはまだ眠っており、かすかに鼾《いびき》をかいている。

ローランドは片手を上げ、それを枕の下に滑り込ませようとした。だが、手は動こうとしない。指先をくねらせることはできるが、それだけだ。彼はできるだけ心を落ちつかせ、根気よくじっと待った。だが、忍耐力を持続させることは容易ではなかった。そこで、ノーマンが言っていたことを考え続けた——襲撃の生存者は二十名いた……少なくとも当初は。ひとりずつ、彼らは出ていき、ついにぼくと、あの向こうの方にいる人だけになった。いまはあんたもいるけど。

少女はいなかった。ローランドの心はそっと語った。彼の旧友のひとり、何年も前に亡《な》くなったアレンの残念そうな口調と似ていた。彼女はこようとはしない。監視されていなくとも。あれは夢だったのだ。

しかしローランドは、単なる夢ではないと思った。

それからだいぶたってから——頭上の緩慢な輝きの動きから推し量って、一時間ぐらいだろう——ローランドはもう一度手をあげてみた。今回は、それを枕の下に入れることができた。枕はふわふわと柔らかく、ガンスリンガーの首を支えている幅広の吊り帯の中に案配よくたくしこまれていた。初めのうちこそ何も見あたらなかったが、指をさらに奥深く這《は》わせていくと、細い枝の束のような感じのものに触れた。ローランドは休み、もう少し力を蓄え(動くたびに膠《にかわ》の中を泳いでいるようだ)、それからさらに手を深くもぐりこませた。枯れた花束のようだ。そして、それをひとつにくくっているのはリボンのようだった。

ローランドは周囲を見わたした。いぜんとして病棟には人の気配がなく、隣人のノーマンが眠っているかどうかたしかめてから、枕の下にあったものを引っ張り出した。頭の部分は茶色くなり、下のほうは緑が失《う》せはじめた六本のもろい茎だった。それらは発酵しているような奇妙な匂いを放っていた。おかげでローランドは、子どものころ、〈大いなる館〉の厨房《ちゅうぼう》への探検――いつもカスバートと一緒に食物略奪に繰り出した早朝のことを想起した。茎は幅広の白い絹のリボンでくくられており、焦《こ》げたパンのような匂いがした。リボンの下には布が折り畳まれている。この呪《のろ》われた場所の他のすべてのもの同様、その布は絹のようだった。

ローランドは呼吸を荒らげ、眉《まゆ》に汗が滴るのを感じた。彼は折り畳まれた布を取って開いた。次のような伝言がかすれた炭の文字で苦労して記されていた。

頭の部分を少し齧《かじ》って。一時間置きに。多すぎると、激しい腹痛を起こすか死にます。

明晩。あせらずに。

用心して!

何の説明もなかったが、そんな必要はないと思った。また、彼には何の選択権もなかった。ここに居残れば、死が待ち受けているばかり。彼女たちはローランドからメダルを取りはずすだけでよいのだし、修道女メアリーにはそうする方法を考えつくだけの頭はある。

ローランドは乾燥した茎の頭のひとつをそっと齧った。味は、子どものころ、厨房でせがんでもらった焦げパンと似ていた。喉《のど》に苦く、胃の中で熱かった。齧ったのち一分もたたぬうちに、動悸《どうき》が二倍になった。筋肉が目覚めた。だが、熟睡したのちの心地よい回復感とはほど遠い。最初、筋肉は震えていたが、やがて結ばれたかのようにひとつに固く引き締まった。この感覚は急激に過ぎ去り、一時間ほどのちにノーマンが目覚めたときには、胸の鼓動は通常に戻ったが、ローランドはジェンナの伝言がどうして一度に多く口に含まないように警告していたか理解した――この茎の効能はかなり強いのだ。

ローランドはシーツの上に落ちていた齧り滓《かす》を念入りに払い落としながら、茎の束を枕の下に戻した。それから親指の腹で布の切れ端に木炭で記された文字をこすった。それが終わると、意味のない四角い汚れがあるばかりとなった。その布もまた、彼は枕の下にたくしこんだ。

ノーマンが起きたとき、彼とガンスリンガーは手短に若き見張りたちの故郷——ディレインについて語った。その地は、ときおり冗談半分に、竜の巣《ドラゴンズ・レア》、ないしは嘘つきの天国《ライアーズ・ヘヴン》として知られていた。あらゆるホラ話の出所はディレインだと言われている。少年は、もし可能であれば、自分のメダルを取って、兄のと一緒に故郷にいる両親に手渡し、自分たち兄弟、ジェスの息子たちに何が起きたかをできるかぎり詳しく話してくれとローランドに頼んだ。

「自分でできるだろ」ローランドは言った。

「できないよ」ノーマンは片手をあげようとした。おそらく、鼻でもかこうとしたのだろうが、それさえできなかった。手は六インチほどあがってから、寝台のカバーの上に落ちて小さな音を立てた。「だめだと思う。こんな状況で出会うなんて残念だね——あんたのこと好きだよ」

「俺もだ、ジョン・ノーマン。もっとよき出会いであったらと思う」

「ああ。あんな魅力的なご婦人たちの介護を受けている状態でなければね」

その後すぐに、ノーマンは再び眠りに落ちた。そしてローランドは、彼とは二度と言葉を交わすことはなかった……が、彼の声は聞いた。そう、ローランドは自分の寝台の上に吊《つ》られて横たわり、たぬき寝入りをしながら、ジョン・ノーマンの末期《まつご》の絶叫を耳にしたのだった。

修道女マイケラが夕食用のスープとサンドウィッチを持ってやってきたちょうどそのとき、ローランドは茶色く変色した茎を二度目に齧り、その結果生じた筋肉の震えと激しい動悸がおさまったばかりだった。マイケラはローランドの火照《ほて》った顔を興味深げに見つめたが、熱はないと断言されたので、その言葉を受け入れるしかなかった。彼女はあえてローランドに触れて熱を計ろうとはしなかった――メダルが彼女を接近させなかったのだ。

スープは薄く、パンは革のようで、中に挟んである肉は固かったが、ローランドは、いつもと同じようにがつがつとむさぼり食った。マイケラは胸を抱えるように両腕を組み、ときおりうなずきながら、ひとりよがりの笑みを浮かべて見守っていた。ローランドがスープを飲み干すと、マイケラは互いの指が触れないように細心の注意を払いながら碗《わん》を取り戻した。

「治りかけてるね」と修道女マイケラ。「じきに退院できるよ、そして私たちには、あんたはただの思い出になっちまうのさ、ジム」

「それは真《まこと》か？」ローランドは静かにきいた。

相手はローランドを見つめるばかりで、舌を上唇に押しあてて、くすくす笑い、あげくの果てに立ち去った。ローランドは目を閉じ、枕《まくら》に頭を乗せて横たわりながら、再び気だるさが身体《からだ》じゅうを覆《おお》ってくるのを感じていた。彼女の好奇な目……ちらりと先をのぞかせた舌。ローランドは、ローストチキンや骨付きマトンの焼き上がり状態を考えながら、それらを眺める女性の表情に似ていると思った。

ひどい睡魔に襲われたが、ローランドは一時間が経過したと思われるまでは覚醒《かくせい》状態を必死に保ち、それから枕の下から茎を一本取り出した。新たに〝動きを封じる薬〟を投与されたので、その作業は困難をきわめ、実際のところ、ローランドは茎を取り出すことはおろか、リボンにくくられている束の中から一本だけ取り出すことは不可能だと思った。明晩。ジェンナの伝言にはそうあった。それが脱出を意味するのであれば、その考えは馬鹿《ばか》げているように思える。いまの自分の身体の状態は、年老いるまで、この寝台に寝たきりでいそうな感じだったからである。

ローランドは茎をひと嚙《か》みした。力が体内の組織に押し寄せ、筋肉が引き締まり、動悸が激しくなったが、活力は、それが生じたときと同じように急に失せ、修道女のより強力な薬の下に埋没した。彼にできることは期待を抱き……眠るだけだった。

目覚めると、あたりは真っ暗だったが、ローランドは自分が吊り帯の中で自然に四肢を動かすことができることに気づいた。枕の下から茎の一本を引き抜き、用心して少し貪った。ジェンナは六本置いていったが、最初の二本はほとんど食べつくしていた。ガンスリンガーは茎を枕の下に戻し、それからびしょ濡《ぬ》れになった犬よろしく震えはじめた。食べすぎた、ローランドは思った。これで痙攣《けいれん》を起こさずにすめば運がいい——

心臓は、暴走するエンジンのように猛《たけ》り狂っている。そして、さらに悪いことに、通路の向こう端に蠟燭《ろうそく》の明かりが見えた。すぐに彼女たちの衣擦《きぬず》れの音と室内履きの床を掃くような音が聞こえてきた。

ああ、なんでいまごろ？　奴《やつ》らに俺が震えているのがわかってしまう、それを知られたら——

意志の力と自制力をかきあつめ、ローランドは両目を閉じ、ピクついている四肢を鎮《しず》めることに意識を集中した。くそ忌《い》まいましい吊り帯は、ローランドの痙攣に合わせて、まるでそれ自体がおこりにでもかかっているかのように震えた。ああ、せめて寝台に横たわっているのであれば！

修道女たちがしだいに近づいてくる。彼女たちの蠟燭の明かりがローランドの閉じられた瞼《まぶた》の中で赤く咲き誇る。今夜の彼女たちは忍び笑いをせず、囁き声で会話を交わしていない。彼女たちがローランドに覆いかぶさるほど接近して初めて、彼は中央に見知らぬ姿があることに気づいた——息と鼻水とがまざってズルズルとやかましい音のする呼吸を鼻でしている生き物だ。

ガンスリンガーは両腕と両脚のはなはだしい痙攣と引きつりを抑制し、目を閉じて横たわっていたが、筋肉はまだ凝固して痙攣し、皮膚の下で疼《うず》いていた。近くで観察したならば、誰であろうと、たちどころに、彼のぐあいのおかしいことが見てとれただろう。心臓は鞭でせきたてられる馬のように全力疾走しており、たしかに傍から見ても——

しかし、修道女たちが見ていたのはローランドではなかった——少なくとも、今はまだ。

「あれを取りのぞくのだ」メアリーが言った。彼女は、ローランドがほとんど理解できないほどくずれたロー・スピーチ語でしゃべった。「やれ、ラルフ」

「ウィックスキーは？」鼻水ズルズルがきいた。その男の方言はメアリーよりさらにひどい。

「タッバケーは？」

「よし、よし、たんとウィスキーとタバコをくれてやる。けれど、そのおぞましいものを取りはずしてからだよ！」その声には、苛立《いらだ》ち、そしておそらく、同じぐらい恐れがまざっていた。

ローランドは用心しながら頭を左に向けて、パッと瞼を開けた。

エルーリアの六人の修道女のうちの五人が眠っているジョン・ノーマンの寝台の向こ

う側に集まっており、彼女たちの蠟燭の光が少年の身体に投げかけられている。その光はまた、彼女たちの顔をも照らしだしており、それは最強の男でさえ悪夢に見そうな顔だった。いまや夜の溝の中では、魔法の力の世話になることもないと考えたのか、彼女たちはたっぷりした衣類に包まれたいにしえの死体以外のなにものでもなかった。

修道女メアリーはローランドの二丁拳銃《けんじゅう》のひとつを手にしていた。自分の拳銃を握っている彼女を見て、ローランドは相手に憎悪《ぞうお》の激情を抱き、その下劣な行為に対する報いをかならず受けさせてやると心に誓った。

寝台の足元に立っているものは、奇怪ではあったが、修道女たちと比べれば、ほとんどまっとうに見えた。そいつは緑色の民のひとりだった。ローランドは、一度ラルフを目にしていた。忘れもしない山高帽子の男である。

いま、そのラルフがノーマンの寝台のローランドに近い側を迂回《うかい》してゆっくりと歩いている。一瞬、ガンスリンガーの視界から修道女たちが消えた。しかしながら、スロー・ミュータントの姿がノーマンの頭の方へと消えてしまうと、ローランドのわずかな視界にいま一度魔女たちが見えた。

ノーマンのメダルは剝《む》き出しの状態で胸の上に乗っていた——少年は、おそらく、そうしたほうがさらに自分を守ってくれることを信じながら、メダルを寝巻の外に出しておくことができるほどには目覚めていたのだろう。ラルフは、溶けて爛《ただ》れた手でメダルを拾い上げた。蠟燭の光に照らしだされた修道女たちが熱心に見守るなか、緑色の男はメダルの鎖の端っこをつまみ……そしてもとの位置に落とした。彼女たちは意気消沈してがっくりうなだれた。

「こんなもん、どうでもいい」ラルフは鼻づまりの声で言った。「ウィックスキーがほしい！　タッバケーがほしい！」

「くれてやる」修道女メアリーは言った。「おまえとおまえの蛆虫《うじむし》仲間たちにじゅうぶんなだけ。だが、まず最初に、あのおぞましいものを取りのぞくんだよ！　ふたつとも！　わかったかい？　それと、私たちをからかうんじゃない」

「さもないと？」ラルフはきくと、声をあげて笑った。喉を詰まらせ、うがいをしているような音で、何か喉か肺に悪性の病をかこって死にゆく人の笑い声だったが、ローランドは修道女の忍び笑いよりはましだと思った。「さもなくば、修道女メアリー、わしの血を飲むってか？　わしの血はあんたらを即死させちまって、闇《やみ》の中で発光させるぜ！」

メアリーはガンスリンガーのリボルバーを構えて、ラルフに狙《ねら》いを定めた。「あの不快なものを取るんだよ、さもなくば、おまえは即死さ」

「そして、あんたのお望みどおりのことをしたあとでも即死、なんてこともありえる」

その言葉に対して、修道女メアリーは応《こた》えなかった。他の修道女たちは漆黒の瞳《ひとみ》でラルフを凝視している。

ラルフはこうべを垂れて、思案しているようだ。この山高帽子の御仁は考えることができる、とローランドはうすうす感づいていた。修道女メアリーと彼女の同僚は、そうは思っていないかもしれないが。だがもちろん、ここにやってきたとき、ラルフはローランドの銃のことは念頭になかった。

「あんたに拳銃をわたすなんてヘマをした奴は誰だ？」ラルフはようやく口を開いた。「俺には一言もなかったな。あんた、そいつにウィックスキーをやったんか？　タバッケーをくれてやったんか？」

「そんなことはおまえと関係ない」修道女メアリーは応えた。「いますぐ少年の首から黄金を取れ。さもなくば、弾丸の一発をおまえのわずかに残った脳ミソにぶちこんでくれるわ」

「わかったよ」とラルフ。「おおせのとおりに」

もう一度、ラルフは手を伸ばして黄金のメダルを溶けた拳《こぶし》につかんだ。それをゆっくりとやってのけた。だがそのあとの行動は早かった。彼はメダルをひっつかむと、鎖をちぎり、黄金を考えもなしに闇に放り投げた。そしてもう一方の手を伸ばすと、長くてぎざぎざの爪《つめ》をジョン・ノーマンの首に沈めて引き裂いた。

血が哀《あわ》れな少年の喉から、蠟燭の炎より黒ずんだ赤い放流となって噴き出した。彼は一声、泡立った絶叫をあげた。女どもも悲鳴をあげた——が、恐怖のためではない。胸ときめかせた興奮状態にある女たちがあげる悲鳴だ。緑色の男は忘れられた。ローランドのことも。すべてが忘れられた。ジョン・ノーマンの喉からとくとくと流れ出る生命《いのち》の血以外のことは。

彼女たちは蠟燭を落とした。メアリーはローランドのリボルバーを同様の無頓着《むとんちゃく》かつ不作法な流儀で手放した。ラルフが影の中へ猛然と走り去ったとき（ウィスキーとタバコはまたの機会にしよう、とラルフは考えたのにちがいなく、今晩は、自分の命を救うことが最大の関心事となった）、ローランドが最後に目にしたのは、血が乾いてしまわないうちにできるだけ多く放流をとらえようと前屈《まえかが》みになっている修道女たちの姿だった。

ローランドは、筋肉を震わせ、心臓を激しく脈打たせ、自分の隣の寝台にいる少年の生命をむさぼり食っている怪女たちに耳を傾けながら、闇の中に横たわっていた。それは永遠に続くかと思われたが、ついに彼女たちは少年に満足した。修道女たちは各自の蠟燭に明かりを灯すと、ぶつぶつ言いながら去っていった。

スープに混入された薬がいま一度、茎の薬を圧倒し、ローランドはありがたいと思った……とはいえ、ここに来てから初めて、彼の眠りは悪夢に悩まされた。

夢の中で、ローランドは、『悪行および矯正処置の記録簿』と題された本の中の一行のことを考えながら、町の水桶《みずおけ》の中の膨張した死体を立って見おろしていた。「ここより緑色の民が送られた」と本には記されていた。おそらく、緑色の民はここから追いやられたのだろう。その結果、さらに悪い種族がやってきた。エルーリアの修道女、彼女たちは自らをそう呼んでいる。今から一年後には、彼女たちは、テジュアスの修道女、ないしはカンベロの、あるいはさらに西部の遠方の村の名前をいただいた修道女となるのかもしれない。彼女たちは鐘と虫を携帯してやってくる……どこから？　誰が知る？

そんなことは重要ではあるまい？

ローランドの映っている水桶の浮き滓《かす》だらけの水の上に影が落ちた。彼は振り向き、相手と対峙《たいじ》しようとした。できなかった。ローランドは、その場に釘付《くぎづ》けになっていた。やがて緑色の手に肩をつかまれ、ぐるりと身体をまわされた。ラルフだった。山高帽子をうしろに逸《そ》らして被《かぶ》っている。そして、ジョン・ノーマンの血にまみれたメダルを首にかけていた。

「バアーーッ！」ラルフは叫んだ。唇を左右に広げ、歯のないにたにた笑いを浮かべながら、擦り切れた白檀《びゃくだん》の銃把の大きなリボルバーを構えている。そして撃鉄を起こして

――

――ローランドは、震えあがり、びっしょり汗をかき、同時に氷のように冷えきった皮膚をして、ビクッと目覚めた。そして左側の寝台を見た。誰もいない。シーツは皺《しわ》ひ

とつなく伸ばされ、きちんと整えられており、枕は雪のように白いカバーの中に納まって置かれている。ジョン・ノーマンがそこにいた痕跡《こんせき》はまったくない。何年も空いていたのかもしれない、その寝台は。

いまやローランドただひとりだった。神々の御加護により、ローランドはエルーリアの修道女たち、愛らしい慈善宗教団員の最後の患者となった。このおぞましい場所で、いまだに生きている最後の人間、血管に温かい血が流れている最後の人間だった。

ローランドは、宙吊り状態で横たわりながら、拳にしっかりと黄金のメダルを握りしめ、通路の向こう側にある無人寝台の長い列を見つめた。しばしのち、枕の下から一本の茎を取り出し、少し齧《かじ》った。

十五分後に修道女メアリーがやってきたとき、ガンスリンガーは彼女が持ってきた碗を身体が弱っているふりをして受け取った。碗の中身はスープではなくお粥《かゆ》だった……が、基本的な成分は相変わらず同じにちがいない。

「今朝は調子がいいようね」と修道女長。そう言う彼女自身の血色がよい――おかげで、顔がきらめき揺らいで、彼女の内部に潜んでいる太古の吸血鬼《ヴァンピール》が姿を垣間見《かいまみ》せることもない。血をじゅうぶんに啜《すす》ったことで、しっかりと偽りの姿を保っていられるのだろう。そう考えて、ローランドの胃はでんぐりがえった。「すぐに自分の足で立てるようになる、請け合うわ」

「たわごとを」ローランドは悪意を込めて唸《うな》るようにして言った。「俺の体調を悪くしてるのは、おまえらだ。俺は、おまえらが食べ物に何か入れてやしまいかと思いはじめてる」

修道女メアリーは陽気な笑い声をあげた。「まあ、威勢のいい若造だこと！　いつだって自分の弱さを策士の女性のせいにするのに熱心なんだから！　どうして私たちを恐れる——そうか、見かけによらず、肝っ玉が小さいんだね、そんなにおびえて！」

「俺の弟はどこへいった？　夜、彼の周囲でひと騒動あった夢を見たが、いま見れば、彼の寝台には誰もいない」

メアリーの笑みが小さくなり、目がきらめいた。「彼は急に熱に冒されて、発作を起こしたのさ。だから、〈内省の館《やかた》〉に移した。いちどならず、そこは伝染病棟として使用されていたからね」

彼を移した場所は墓場だろうが、とローランドは思った。

「おまえが彼の兄弟ではないことは知っている」修道女メアリーは、お粥を食べているローランドを見守りながら言った。すでにローランドは、お粥の中に含まれている薬が力を消耗させはじめているのを感じ取っていた。「徴《しるし》があろうとなかろうと、おまえが彼の兄ではないことはわかっている。なぜ、嘘《うそ》をつく？　神に背くことだ」

「なぜそのようなことを言う？」ローランドは、相手が銃のことを口にするかどうか知りたくてたずねた。

「修道女長は知るべきことは知っているのだ。白状したらどうだ、ジミー？　告白は魂にとってよきこと、と言うではないか」

「暇つぶしにジェンナをよこしてくれれば、たぶん、あんたにもっと多くを語ってやってもよい」とローランド。

修道女メアリーの細い笑みが暴風雨の最中《さなか》に書かれたチョークの文字のように消えた。

「どうして彼女にこだわる？」

「かなりの美人だから」とローランド。「おぬしらとちがって」

メアリーの唇が左右に大きく引かれて、大きすぎる歯があらわになった。「彼女には二度とお目にかかれないね。おまえはあの娘の心をかき乱す。よって、私が会わせぬ」

メアリーは踵《きびす》を返した。弱々しく見えるように装《よそお》い、かつ大げさにならぬように願いながら（ローランドは演技が得意だったことはなかった）、彼は空の碗を差し出した。

「これはいらんのか？」

「頭に被ってナイトキャップにするがいい。あるいはケツに突っ込んでおきな。じきにしゃべらせてやる――私が黙れと命じるまでしゃべり、もっとしゃべらせてくれと請うことになるんだよ！」

そう捨てぜりふを吐くと、メアリーはスカートの前を床から持ち上げて、女王然とした様子で颯爽《さつそう》と去っていった。ローランドは、彼女のような種族は昼日中は歩き回れないと聞いていたが、そうした昔話のある部分はたしかに嘘だと思った。しかしながら、他の部分は真実であるように思えた。つまり、彼女の右側の無人の寝台の列に沿って、ぼやけて不明瞭《ふめいりよう》な形が彼女の歩に合わせてつきしたがっていたが、彼女は実際に影と呼べるような代物《しろもの》は落としていなかったのである。

VI

ジェンナ。修道女コキナ。タムラ、マイケラ、ルイーズ。十字架犬。サルビアの茂みの出来事。

ローランドの人生において、最も長い一日のひとつだった。まどろみはしたが、熟睡はしなかった。茎は効き目を発揮していたので、ジェンナの助けを得れば、実際にここから脱出できるかもしれないと信じはじめた。それと、自分の拳銃のこともあった――たぶん、それも彼女がなんとかしてくれるだろう。

ローランドは、緩慢に流れる時を過去を考えることでやりすごした――ギリアドと自分の友人たち、〈収穫の祭り〉でもう少しで勝者になりそうだったなぞかけ競技のことなどである。その競技では、けっきょく、他の者に賞品の鵞鳥《がちよう》を奪われてしまったが、ともあれ、ローランドにもその機会はあったのだ。彼は母親と父親のことも考えた。そしてアベル・ヴァッネイのことも。善行の人生を足を引きずって生きた人物である。また、エルドレッド・ジョナスのことも。悪行の人生を足を引きずって生きた人物だった……が、それもローランドが、砂漠日和《びより》のある日、彼を鞍《くら》から撃ち落とすまでのことだった。

そして、いつものように、スーザンのことを想《おも》った。

愛してるなら、抱いて、とスーザンは言った……ゆえに、ローランドはそうした。

彼はそうしたのだ。

そのようにして時が過ぎていった。だいたいの目安で一時間おきに、ローランドは枕《まくら》の下から茎を一本取り出し、少し齧った。いまや、茎の効能が組織に浸透していく際、筋肉はそれほどひどく震えなかったし、心臓もそれほど激しく鼓動しなかった。茎の葉は、もはや修道女の薬とさほど激しく戦う必要がなくなったのだ、とローランドは思った。茎は勝利を収めつつあった。

太陽の拡散した輝きが病棟の白い絹の天井を横切って移動し、常に寝台の高さに浮遊しているようだった薄闇が立ち昇りはじめた。長い部屋の西側の壁に薔薇色《ばらいろ》が溶けて橙《だいだい》色《いろ》に変化した夕闇が花開いた。

その晩、ローランドに夕食を持ってきたのは修道女タムラだった――スープとポプキンだ。彼女はローランドの手の横にユリを置いた。そうしたとき、彼女は微笑《ほほえ》んだ。頬の血色が良い。修道女の誰もかれも、今日は血色が良い。破裂しそうなほど満腹した蛭《ひる》さながらの色合いだった。

「おまえのお気に入りからだよ、ジミー」とタムラ。「彼女はおまえに首ったけさ！　ユリの花言葉は、〝私の約束を忘れないで〟だよ。彼女、どんな約束をしたんだい、ジミー、ジョニーの兄さん？」

「俺と再び会って、話を交わすと」

タムラがあまりにも激しく笑ったので、彼女の額に連なっている鐘が鳴った。そして、大喜びして両手を打ち鳴らした。「なんとまあいじらしい！　ああ、そうとも！」彼女は笑みをたたえたまなざしをローランドに向けた。「その約束がけっして守られないなんて悲しいね。あんた、彼女と二度と会うことはないよ、色男さん」彼女は碗《わん》を取り、「修道女長が決めたのさ」と言って、タムラはあいかわらず微笑みながら立ち上がった。

「そのいけすかないメダルを取りなよ」

「ごめんこうむる」

「あんたの弟は取ったよ——見てごらん！」タムラが指さしたので、ローランドはメダルが通路の遥《はる》か向こう側に落ちているのを盗み見た。それはラルフに放り投げられたままだった。

修道女タムラはあいかわらず微笑みながらローランドを見守っている。

「彼はあれが自分を病気にしているんだと悟って、投げ捨てたのよ。あなたもそうしなさい、おりこうさんなら」

ローランドは繰り返した。「ごめんこうむる」

「あら、そう」修道女タムラは馬鹿《ばか》にしたように言うと、ローランドを深まりゆく闇《やみ》の中でちらちら光っている無人の寝台の列にひとり置き去りにした。

ローランドは募りくる睡魔に抗《あらが》いながら、診療所の西側の壁を染めて血のように真っ赤に燃えあがっている色合いが沈静して灰色と化すのをじっと待った。そして茎の一本を翳り、力――筋肉の震えや激しい動悸《どうき》ではない、ほんとうの力――が体内に甦《よみがえ》るのを感じた。ローランドは、最後の明かりの中できらめきながらジョン・ノーマンの沈黙の約束を投げかけているメダルが落ちている場所を見つめた。俺は、いま自分が首にしているメダルと一緒にあれをノーマンの身内に手渡すのだ。〈カ〉の思《おぼ》し召しによって、探索の旅の途上で彼らと出会うことがあれば。

その日初めて、心が完全に安らぐのを感じながら、ガンスリンガーはまどろんだ。目覚めると、あたりは漆黒の闇だった。医師虫が激しい金切り声で鳴いている。ローランドが枕の下から茎を一本取り出し、それを翳りはじめると、冷やかな声が聞こえた。

「やっぱりね――修道女長の言ったとおりだった。あんたには、そんな秘密があったたんだ」

　ローランドは自分の心臓が止まったかと思った。ぐるりを見わたすと、修道女コキナが立っているのが目に入った。彼女は、ローランドがまどろんでいるあいだに忍び寄り、彼を監視するために寝台の下に潜んでいたのだ。

「それをどこから手に入れた？」とコキナ。「それは――」

「私があげたのよ」

　コキナはくるりと振り向いた。ジェンナがこちらに向かって通路をやってきた。修道服は着ていない。それでも、前頭の外縁に鐘の連なった頭布は被っている。だが、縁は顎《あご》で結ばれていず、格子《こうし》模様のシャツを着た肩の上にだらりと垂れていた。下半身はジーンズと履き古されたブーツといった出《い》で立ち。そして両手に何か持っている。それが何であるかを見極めるには暗すぎる。しかし、ローランドは思った――

「あんた」修道女コキナはかぎりない憎しみをこめて囁《ささや》いた。「このことを修道女長に言いつければ――」

「おまえは誰にも言うことはあるまい」ローランドは言った。

　自分をがんじがらめにしている吊《つ》り帯から抜け出すことを前もって企《たくら》んでいたのなら、まちがいなくローランドは失敗しただろうが、いつものように、ガンスリンガーは考えもなしに行動するときこそ、最善の結果を導きだす。一瞬にして、ローランドの両手は自由になった。そして左脚も。しかしながら、右脚はくるぶしのところで宙吊りになっていた。

コキナが猫のようにシューッと言いながらローランドに振り向いた。唇が内に丸めこまれて針のような歯を覆《おお》っている。彼女はローランド目がけて突進した。両指が広げられ、爪《つめ》は鋭利な鋸《のこぎり》状になっていた。

ローランドはメダルをわしづかみにすると、コキナに向かって突き出した。彼女はあいかわらず威嚇《いかく》するようにシューッと言いながらあとずさり、くるりと身体《からだ》を半転させると、白いスカートを翻《ひるがえ》してジェンナと向き合った。「やっつけてやる、このおせっかいな淫売《いんばい》め！」彼女は低い嗄《しゃが》れ声で叫んだ。

ローランドは右足を自由にしようともがいたが、できなかった。それはしっかり固定されており、実際、くそ忌《い》まいましい吊り帯は、さながら輪縄の罠《わな》のようにくるぶしを捕らえて放そうとしない。

ジェンナが両手をあげた。そしてローランドは、自分の思いが正しかったことを目にした。彼女が手にしていたのは、ガンスリンガーが最後の大火災ののち、ギリアドをあとにしたときに身に帯びていた二本の古いガンベルトのホルスターに収まっていた二丁のリボルバーだった。

「撃て、ジェンナ！　彼女を撃つんだ！」

だが、ジェンナはホルスターに収まった銃を掲げたまま、ローランドが彼女の髪を見るために頭布をうしろにずらすように説得した日と同じようにかぶりを振った。鐘が鋭い音を立てた。ガンスリンガーには、その音色が頭に杭《くい》のように突き刺さるかと思われた。

〈暗黒の鐘〉。彼女たちの〈カ・テット〉の徴。それは――

医師虫の鳴き声がさらに甲高くなり、ジェンナが身に着けている鐘の響きにも似て、耳をつんざくまでになった。いまやそれらの音色に軽やかさは微塵《みじん》もない。修道女コキナの両手がジェンナの喉《のど》もとにためらいがちに迫っていく。当のジェンナは、たじろぐでもなく、瞬《まばた》きひとつしない。

「うそ」コキナは囁いた。「あなたにできるわけがない！」

「もう、やったわ」とジェンナ。すると、ローランドは虫を見た。かつて彼は、髭《ひげ》を生やした男の脚から降りてくる大群を観察したことがあった。いま、影から這《は》い出てくるそれは、前代未聞《みもん》の軍勢だった。彼らが昆虫ではなく人間だったら、〈中間世界〉の長い血塗られた歴史の中で武器を手にしたことのある男たちが一堂に会した数より多いかもしれなかった。

にもかかわらず、ローランドがその後いつも思い出すことになるのは、また、一年かそれ以上にわたって悪夢として甦ってくるのは、虫たちが通路を下って進む光景ではなく、彼らが寝台を覆っていく様子だった。通路の左右両側の寝台が二台一組になって次々と黒く変容していった。まるで、二対の薄明るい長方形の電灯が消えていくように。コキナは悲鳴をあげ、かぶりを振りはじめた。おかげで、彼女自身の鐘が鳴った。だが、〈暗黒の鐘〉とくらべると、か細くて鈍い音色だった。

いぜんとして虫たちは行進しつづけ、床を闇と化し、寝台を漆黒で覆っていく。

ジェンナは悲鳴をあげている修道女コキナの横をすばやく通りすぎると、二丁の銃をローランドの傍らに落としてから、ねじくれた吊り帯を一度強く引っ張ってまっすぐに直した。その結果、ローランドは右足を自由に動かすことができるようになった。

「来て」とジェンナ。「私は虫たちを駆り出したけど、彼らを押し止《とど》めるとなると話は別なの」

いまや修道女コキナの悲鳴は恐怖のゆえではなく、苦痛から発せられていた。虫たちが彼女を発見したのだ。

「見ちゃだめ」ジェンナはローランドが立ち上がるのに手を貸しながら言った。彼は、生まれてこのかた、これほど両足で立つということがうれしかったことはなかったと思った。「来て。いそがないと——彼女が他の者を呼び起こす。この先の道にあなたのブーツと衣類を置いておいたわ——できるだけ多く運んだの。ぐあいはどう？　力はある？」

「かたじけない」ローランドは自分がどのぐらい持ちこたえることができるか見当もつかなかった……が、目下のところ、そんなことは問題ではない。彼はジェンナが茎を二本引っつかむのを見た——吊り帯からもがきながら脱出する際、茎が寝台の頭部にちらばってしまったのだ——そして、ふたりは通路をいそぎ、虫の群れと修道女コキナから遠ざかった。コキナの絶叫は、いまや小さくなっていた。

ローランドは二丁の銃を歩調をくずさず身に着けた。

ふたりは両側に並ぶ寝台をわずかにみっつ通り過ぎただけで、テントの入口に着いた……そう、そこはテントであって、大天幕ではなかった。絹の壁と天井は擦り切れたキャンバス布でできており、弓張り月となった〈接吻《せっぷん》の月〉の光を通すほど薄い。しかも、寝台はまっとうな寝台ではなく、汚らしい簡易寝台にすぎなかった。

ローランドは振り返り、修道女コキナがいた床の上に黒くてのたうちまわっている塊を見た。その光景を目にして、ローランドは不快な思いに打たれた。

「ジョン・ノーマンのメダルを忘れた!」悔恨の痛々しい思い——悲嘆に近い思い——が一陣の風のようにローランドの身内を通過した。

ジェンナは自分のジーンズのポケットに手を入れ、そのメダルを取り出した。それは月光にきらめいた。

「拾っておいたの」

ローランドはいずれの理由によって自分が喜んでいるのかわからなかった──メダルそのものを見たためか、あるいは、それが彼女の手の中にあるのを見たためなのか。つまり、ジェンナは他の修道女たちとはちがうということだ。

やがて、その思いがしっかりとローランドに根づくまえに、それを払い去るかのように、ジェンナが言った。「これを取って、ローランド──これ以上、持ってられないわ」

ガンスリンガーはメダルを受け取ったとき、相手の指が黒く焦《こ》げているのをはっきりと目にした。

ローランドはジェンナの手を取り、焼けた指にくちづけをした。

「かたじけのうございます」ジェンナは言った。そしてローランドは彼女が泣いているのを見た。「ありがたき幸せ。くちづけをされてうれしゅうございます、痛い思いをしたかいがありました。さあ……」

ローランドはジェンナの視線が動くのを見て、そのあとを追った。岩だらけの小道をひょこひょこ下ってくる光があった。その小道の向こうに、修道女たちが暮らしている建物が見える──それは修道院ではなく、一千年もの歳月を経たように見える崩壊した農場の母屋《おもや》だった。三本の蠟燭《ろうそく》が見えた。それらが接近してくるにつれて、ローランドは修道女が三人しかいないことに気づいた。彼女たちの中にメアリーはいない。

ローランドは銃を抜いた。

「おおーっ、ガンスリンガー殿ではないか！」とルイーズ。

「物騒なお人だこと！」とマイケラ。

「彼は自分の拳銃《けんじゅう》のみならず愛《いと》しの貴婦人をも見つけたというわけね！」とタムラ。

「生意気な売春婦をね！」とルイーズ。

怒気を含んだ笑い声があがった。彼女たちは恐れていない……少なくとも、ガンスリンガーの武器を。

「銃をしまって」と言って、ジェンナはローランドを見たが、すでに彼がそうしているのがわかった。

その一方で、敵はさらに接近してきた。

「おおーっ、ごらんよ、彼女、泣いてる！」とタムラ。

「修道服を脱いじまったよ、彼女は！」とマイケラ。「たぶん、戒律を破ったんで泣いてるんだ」

「どうしたんだい、その涙は、可愛《かわ》い子ちゃん」とルイーズ。

「彼が私の火傷《やけど》をした指にくちづけをしてくれたからよ」ジェンナは言った。「生まれて初めてくちづけされたわ。それで泣いてるの」

「おおーっ！」

「すっばらしーい！」

「お次は、ナニを身体の中に突っこまれるよ！　もっとすっぱらしーい！」ジェンナは彼女たちの悪質な冗談を怒った様子も見せずに耐え忍んだ。相手のからかいが一段落つくと、彼女は言った。「私、彼と一緒に行くの。どいて」

彼女たちは、ぽかんと大口を開けてジェンナを見つめた。ショックのあまり、心にもない笑みはすっかり消え去っている。

「だめだよ！」ルイーズは囁いた。「気が狂ったのかい？　どうなるかわかってるだろうに！」

「いいえ、そしてあなたたちにもわかってないわ」ジェンナは言った。「それに、私はどうなろうと気にしない」彼女は半ば振り返るようにして、古びた診療テントの入口に手を差しのべた。

月明かりの中で、テントは色あせてくすんだ茶色に見え、屋根には古びた赤十字が記されていた。修道女たちは、いったいどのぐらいの町を渡り歩き、外観はちっぽけだが、内部は広大で荘厳《そうごん》に見えるこのテントを設営してきたのだろう、とローランドは思った。いったいいくつの町を通過し、いつからこんなことをしているのだろう。

いま、そのテントの入口から黒くて輝く舌が押し出された。医師虫の大群だ。もはや彼らは鳴いていない。その沈黙がなにがなし不気味だった。

「どきなさい、さもなくば、彼らをけしかけます」ジェンナは言った。

「そんなことするもんか！」修道女マイケラが低い怯《おび》えた声で叫んだ。

「いいえ。すでに、修道女コキナにそうしたわ。いまでは彼女、彼らの薬の一部よ」

修道女たちの呻《うめ》き声が枯れ木を通過する冷たい風のように聞こえた。明らかに、ジェンナのしたことは彼女たちの理解を超えていた。

「なら、呪《のろ》われるがいい」修道女タムラが言った。

「どきなさい！」

彼女たちはそうした。ローランドは修道女たちを通り過ぎた。彼女たちはローランドからあとずさった……が、ジェンナのほうをもっと恐れて避けた。

「呪われる？」農場の母屋の外れを越え、その向こうの小道に達したとき、ローランドはたずねた。〈接吻の月〉が崩壊した岩屑《がんせつ》の上でおぼろに輝いている。その明かりの中で、ローランドは断崖《だんがい》の下に小さな黒い穴があるのを見ることができた。修道女たちが〈内省の館《やかた》〉と呼んでいた洞窟《どうくつ》だ、とローランドは推測した。「どういう意味なんだ、呪われるとは？」

「気にしないで。いま私たちが心配しなければならないのは、修道女メアリーのこと。彼女の姿を見かけなかったなんて、気にくわないわ」

ジェンナは足を速めようとしたが、ローランドは彼女の腕をつかみ、振り向かせた。彼はまだ虫たちの鳴き声を聞くことができたが、かすかにだった。ふたりは修道女たちの場所を背に去りつつあった。もし、ローランドの頭の中のコンパスがまだ機能しているならば、エルーリアからも。町は逆方向にある、とローランドは思った。実際には、町の脱け殻だ、と彼は思い直した。

「どういう意味なのか教えてくれ」

「たぶん、なんでもない。きかないで、ローランド——どうでもいいじゃない？　賽《さい》は投げられたのよ、橋は焼け落ちたわ。後戻りはできない。できるとしても、その気はないけど」ジェンナは唇を嚙《か》みながらうつむいたが、再び顔をあげたとき、ローランドは彼女の頰に新たな涙が伝うのを見た。「私は彼女たちと夕食を共にしてきた。どうしようもなかったのよ。たとえ、何が入っているかわかっていても、あなたが彼女たちのスープを飲まざるを得なかったように」

ローランドはジョン・ノーマンが言っていたことを思い出した。男は食わなければならない……女もまた。彼はうなずいた。

「もう、こんな生き方はしたくないの。たとえ、呪われようとも、自分で生き方を選びたい、彼女たちの生き方ではなく。私の母はよかれと思って私を彼女たちのところに連れ帰ったけれど、それはまちがいだった」ジェンナは恥ずかしそうにかつ怯えたようにローランドを見た……が、まなざしは彼の両目に注がれていた。「私、あなたと一緒に生きる、ギリアドのローランド。私の生あるかぎり、あるいは、あなたが私をそばに置いてくれるかぎり」

「喜んでそなたの人生を受け入れよう」とローランド。「そして俺は——」

そなたを伴侶《はんりょ》にできてうれしい、と言葉を結ぶつもりだったが、そう言うまえに、前方の月影の錯綜《さくそう》した場所、修道女たちが妖術《ようじゅつ》を実践していた岩だらけの不毛な渓谷をようやく抜け出せる小道から声が聞こえてきた。

「こんなに愛らしい駆け落ち組を阻止するなんて、悲しいお務めだよ。でも、私は、しなけりゃならんのさ」

修道女メアリーが影の中から現れた。彼女のまぶしいほど赤い薔薇《ばら》の印の付いた真っ白な修道服は、その本来の姿を取り戻していた。それは屍衣《しい》だった。皺《しわ》だらけで肉の弛《たる》んだ顔を包んで覆《おお》っている汚らしい頭布の中でふたつの黒い目が凝視している。それらは腐ったナツメヤシの実のようだった。その下で、笑みらしきものによって、四本の大きな門歯がきらりとあらわにされていた。

修道女メアリーの額の引き伸ばされた皮膚の上で鐘がチリンと鳴った……が、それは〈暗黒の鐘〉ではない、とローランドは思った。あたりまえのことだが。

「道を開けて」とジェンナ。「さもなくば、キャン・タムをしむける」

「ことわる」修道女メアリーは、さらに足を踏み出しながら言った。「おまえにはできない。虫たちはこんなに遠くまでやってこない。頭を振って、そのくそったれの鐘を鳴らしてごらん。舌が落ちるまでね。それでも虫はぜったいに来ないから」

ジェンナは命じられたとおりにした。狂ったようにかぶりを左右に振る。〈暗黒の鐘〉が耳をつんざくほどに鳴ったが、先だってローランドの頭に杭《くい》のように突き刺さった超常的な音色を欠いている。そして、医師虫――キャン・タムと呼ばれる生き物――はやってこなかった。

修道女長の笑みがさらに広がった（ローランドは、メアリー自身は実際に事が生じるまで自分の言ったことに自信を持っていなかったのだと思った）。屍女は、大地を漂うようにふたりに接近した。彼女はローランドに鋭いまなざしを向け、「それをしまいな」と言った。

ローランドは見おろし、自分が銃を片手に握っていることに気づいた。彼にはそれを引き抜いた記憶がなかった。

「祝福を受けていなかったり、ある種の聖水――血や水、精液――に浸されてなければ、私のような眷属《けんぞく》に何ら害をおよぼすにはいたらん、ガンスリンガー。というのも、私は実体というよりも影に近く……にもかかわらず、あらゆる点で、そなた自身と等しい生身の力を持っているのだ」

メアリーは、どのみちローランドは撃とうとするだろうと思った。そのことをガンスリンガーは相手の目の中に読みとった。その銃がおまえのすべて。メアリーの目はそう語っていた。それらがなければ、おまえは我らが魔法を張りめぐらしたテントに戻り、吊《つ》り帯に捕らわれ、我らのお楽しみとなるのを待つがいい。

撃つかわりに、ローランドはリボルバーをホルスターに落とし、両手を突き出して突進した。修道女メアリーは驚愕《きょうがく》の悲鳴を発しかけたが、すぐにそれは途切れた。ローランドの指が彼女の喉《のど》を締めつけ、悲鳴を途中で押し殺したからだ。

メアリーの肉の感触はおぞましかった――単に生きているというだけではなく、それはローランドの手の下で多様に蠢《うごめ》いた。まるで彼から這《は》って逃げだそうとするかのように。ローランドは、それが液体が流れるように走っているのを感じ、筆舌につくしがたいおぞましさを味わった。しかしながら、彼は生命《いのち》を絞り出してやると決意し、相手の喉をさらに強く締めた。

そのとき、青い閃光《せんこう》が起こり(宙にではなく、あとになってローランドは考えたが、それは自分の頭の中に生じたのであって、メアリーが放った短いながらも強力な精神錯乱光線の一撃とでもいうべきものだった)、彼は相手の首から両手を放した。一瞬、目の眩《くら》んだ状態で、ローランドは相手の灰色の肉に大きな湿った溝を見た――それは彼の両手がつけた溝跡だった。続いて、彼は背後に撥《は》ね飛ばされた。おかげで、背中を岩屑に打ちつけ、後頭部を突き出た岩に強打し、二度目の、しかし最初のよりはましな閃光を見た。

「だめだよ、色男さん」メアリーはしかめ面《つら》をし、濁ったおぞましい目で笑いながら言った。「私のようなものは絞め殺せない。だけど、私はおまえをじっくりいたぶって殺してやる──私の喉の渇きを癒《いや》すために身体《からだ》じゅうを切り刻んでやるよ。その前に、そうだね、この修道女の誓願を破った娘をいただこう……そして、その忌《い》まいましい鐘をもぎとってやる。おまけとしてね」

「できるものならやってごらん！」ジェンナは震える声で叫び、かぶりを左右に振った。〈暗黒の鐘〉が小馬鹿《こばか》にしたように、腹立たしげに鳴った。

メアリーの歪《ゆが》んだ笑いが失《う》せた。「おお、できるとも」彼女は息を吸い、口を大きく開いた。月光の下、彼女の歯肉から出た牙《きば》がきらめく。さながら、真っ赤な枕《まくら》から突き出た骨の針のようだ。「できるとも、そして──」

彼らの頭上で唸《うな》り声が起こった。やがてそれは、唸るような吠《ほ》え声に変わった。メアリーは左を向いた。そのとき、吠えているものが跳びあがり、いままで自分のいた岩の上から離れた。ローランドは、修道女長の顔に当惑の色が現れるのをはっきりと目撃した。

そいつはまっすぐメアリーに飛びかかった。星々を背景に、四肢を広げた黒い影は、まるで不気味なコウモリかと思われたが、そいつが修道女に激突し、彼女が半ばあげかけた両腕の上の胸にぶちあたりながら、しっかりと相手の喉に歯を食いつかせる前には、ローランドは正確にそれが何であるかわかっていた。

黒い影に仰向けに倒されたとき、メアリーはとぎれとぎれの絶叫をあげた。それは、ローランドの頭に〈暗黒の鐘〉と同じような効果をおよぼした。彼は喘《あえ》ぎ、ふらつきながら、どうにか立ち上がった。黒い影は前脚で相手の頭を挟み、後ろ脚を屍衣に包まれた胸に植えつけて、メアリーを引き裂いた。

ローランドはジェンナをつかんだ。彼女は倒れた修道女を凍りついたように見おろしていた。

「さあ、行くぞ！」ローランドは叫んだ。「そいつがそなたをも食い殺す気にならぬうちに！」

ローランドがジェンナを引っ張って通りすぎても、野良犬《のらいぬ》はふたりに関心を示さなかった。そいつは修道女メアリーの頭部をほとんど喰いちぎってしまっていた。

彼女の肉は、どういうわけか変化していくように思われた――腐敗現象の可能性がある――が、何が起こっていようと、ローランドはそれを目にしたくなかった。また、ジェンナにも見てほしくなかった。

ふたりは半ば歩き、半ば走るようにして尾根の頂までやってきた。月明かりの中、頭《こうべ》を垂れ、両手をつなぎ、息をつぐために一休みしたとき、彼らふたりともぜいぜいと喘いでいた。

ふたりの下方での唸るような吠え声はかすかになっていた。修道女ジェンナが頭を上げてローランドにきいた。「あれは何だったの？　あなたは知ってる──そう顔に書いてあったもの。それに、あれはどうしてメアリーを襲うことができたの？　私たちは動物を支配できる力を持ってるのよ。とりわけ、彼女には絶大な力がある──あった」

「あいつには効かなかったのだ」ローランドは、隣の寝台にいた薄幸の少年を思い出した。ノーマンは、メダルが修道女たちを腕の長さより近寄らせない理由を知らなかった──それは黄金のせいか神のせいかわかっていなかった。いまや、ローランドは答えを知っていた。「あれは犬だった。町の単なる野良犬だ。俺はあいつを広場で見かけた。緑色の民に気絶させられ、修道女に捕らわれる前に。逃げることのできる他の動物は逃げたのだと思う。だが、あいつはちがった。あの犬はエルーリアの修道女を恐れなかったし、どういうわけか、自分でも恐れるにたりずとわかっていたのだ。あいつは胸にイエスの印をつけている。白地に黒の十字架だ。想像するに、それは生まれついての偶然の産物にすぎない。とにかく、あいつはメアリーを倒し、いまやそのへんをうろついている。俺は、あいつが二、三度吠えているのを耳にした」

「どうして？」ジェンナは囁《ささや》いた。「どうして、あいつはやってきたの？　どうして、ここにいるの？　そして、どうしてメアリーを襲ったの？」

ギリアドのローランドは、この手の無益で当惑させるような問いが発せられたとき、これまで行なってきたように、そしてこれからも言うように答えた。「〈カ〉だ。さあ、行こう。身を潜める前に、この場所からできるだけ遠ざかろう」

できるだけ遠くまで進めたとして、せいぜい八マイル……そしてたぶん、ふたりは張り出した岩の下で甘い香りを放つサルビアの茂みに身を沈めることになるだろう、とローランドは思った。おそらく、五マイルか。歩みがのろくなったのはローランドのせいだった。あるいはむしろ、スープに混入された毒の残留物のためだった。ひとりではこれ以上進めないことが明確になったとき、ローランドはジェンナに茎の一本を求めた。だが、彼女は拒否した。茎の効能と急激な運動とが相まって心臓を破裂させてしまうからだ。

「それに」ジェンナは言った。ふたりは自分たちの見つけたちょっとした盛土に背をもたせて座っていた。「彼女たちは追ってこないわ。あとに残った修道女たち――マイケラ、ルイーズ、タムラ――は場所を移動するために荷造りしてるでしょう。彼女たちは引き際《ぎわ》を心得ているの。そのおかげで、修道女たちはいままで生き残ってきたのよ。いろんな面で、私たちは強いの。でも、それ以上に弱い面もある。修道女メアリーはそれを忘れたのよ。彼女が滅んだのは、十字架犬のためであると同時に自分の傲慢《ごうまん》さのせいだと思う」

ジェンナはローランドのブーツと衣服のみならず、彼のふたつの背嚢《はいのう》のうち小さいほうも尾根のこちら側に持ってきて隠しておいた。彼女がローランドの大きいほうの背嚢と携帯用寝具を持ち出せなかったことを謝ろうとしたとき（彼女が言うには、そうしようとしたのだが、単純にそれらは重すぎたのだ）、ローランドは指を相手の唇に当てて言葉を封じた。彼は、いまあるものだけでも奇跡だと思った。それに（このことは口に出さなかったが、どのみち、たぶん彼女は気づいていた）、ほんとうに重要な唯一《ゆいいつ》のものは銃だった。ローランドの父親の銃、その父親の父親の銃、来歴をたどれば、エルドのアーサー王の日々、夢と竜が地上をまだ闊歩《かっぽ》していたころにまでさかのぼれる銃。

「だいじょうぶか？」ふたりの人心地がつくと、ローランドはジェンナにきいた。月は沈んだが、夜明けまでにはまだ少なくとも三時間はある。彼らは甘い匂《にお》いのサルビアに囲まれていた。紫色の芳香、そのときローランドは思った……そして、それ以降も。すでに彼は自分の下に一種の魔法の絨毯《じゅうたん》が形成されつつあるのを感じていた。やがて、それはすぐにも自分を眠りの王国へと誘《いざな》うだろう。いまだかつて、このように疲労困憊《こんぱい》したことはない、とローランドは思った。

「ローランド、私にはわからない」しかし、そのときでさえ、ジェンナにはわかっていた、とローランドは思った。彼女の母親はかつて、彼女を連れ帰った。そして彼女は他の者と一緒に夕食を取り、修道女の交わりを持った。〈カ〉は車輪だ。それはまた、誰も逃れることのできない網目でもある。

しかしそのときのローランドは、あまりにも疲れていて、そのようなことをじっくり考えることができなかった……それに、どのみち考えたところでどうにかなるものでもあるまい？　ジェンナが言ったように、橋は焼かれたのだ。たとえ、渓谷に戻ることになったとしても、そこには修道女たちが〈内省の館《やかた》〉と称していた洞窟があるだけだ、とローランドは思った。生き残った修道女たちは、悪夢でできたテントをたたんで移動しており、鐘の音と虫の鳴き声が深夜の風に運ばれて聞こえるだけだろう。

ローランドはジェンナを見ると、片手をあげ（重く感じられた）、彼女の額にまたも垂れ下がっている巻き毛に触れた。

ジェンナは笑い、当惑した。「これ、いつも抜け出してきちゃうの。偏屈もの。ご主人さまと同じ」

ジェンナは巻き毛を押し戻そうとして手をあげたが、そうするまえにローランドが彼女の指をつかんだ。「それ、きれいだ」とローランド。「夜のように黒く、永遠のごとく美しい」

ローランドは上体を起こした――そうするにはかなりの努力を要した。衰弱が柔らかな手のように彼の身体を引っ張っている。彼は巻き毛に接吻《せっぷん》した。ジェンナは両目を閉じて溜《た》め息《いき》を洩《も》らした。ローランドは相手が震えているのを唇に感じた。彼女の額の皮膚はとても冷たく、偏屈な巻き毛の漆黒の曲がりぐあいは絹のようだった。

「頭布を後ろに下げてくれ、先だってそうしたように」ローランドは言った。

ジェンナは黙ってそうした。しばらく、ローランドは彼女を見つめているだけだった。ジェンナは厳かに見返した。視線をローランドに釘付《くぎづ》けにして。彼は両手で艶《つや》やかな重みを感じながらジェンナの髪を梳《す》いた（雨のようだ、とローランドは思った。重量感のある雨）。そして彼女の肩をつかみ、両頰にくちづけをすると、しばし身体を引いた。

「男の人が女性にするようにくちづけをしてくれない、ローランド？　私の口に？」

「ああ」

ローランドは、自分が絹の診療所テントに横たわって捕らえられていたときに渇望《かつぼう》したように、彼女の唇に接吻をした。ジェンナは、おそらく夢の中以外では一度もくちづけをしたことがないような甘くぎこちない接吻を返した。そのときローランドは彼女と愛を交わそうと思った——それは長い長いものとなり、ジェンナは美しいだろう——が、彼女にくちづけをしたまま、彼は眠りに落ちた。

ローランドは十字架犬の夢を見た。そいつは広大な風景を吠えながら横切っていた。彼は跡をつけた。犬が何に対して興奮しているのか見たかったのだが、すぐにその思いはかなえられた。開けた平原の遥《はる》か果てに〈暗黒の塔〉が聳《そび》え立っていたのだ。沈んでいく夕日の鈍い橙色《だいだいいろ》に縁取られた煤《すす》けた石塔を無数の不気味な窓が螺旋《らせん》状に取り囲んでいる。野良犬はその光景に立ち止まり、遠吠えを始めた。

鐘――奇妙にも鋭い音で、運命のように恐ろしい――が鳴り始めた。〈暗黒の鐘〉だとローランドにはわかったが、その音色は銀のように輝かしい。その音に、〈塔〉の漆黒の窓が真っ赤な明かりに照り映えた――毒された薔薇《ばら》の赤だ。闇夜《やみよ》に耐えがたき苦痛の絶叫が起こった。

即座に夢は消し飛んだが、絶叫は耳に残り、いまやそれは悲しげな呻《うめ》き声と判明した。夢の中でその部分だけは現実だった――〈世界の終焉《しゅうえん》〉の果てのその場所にたちこめている嘆きの声は、〈塔〉と等しく現実のものだ。ローランドは夜明けの輝きとサルビアのほのかな甘い紫色の芳香へと帰還した。彼は拳銃《けんじゅう》を二丁とも引き抜き、目覚めていると自覚もせずに立っていた。

ジェンナはいなかった。ローランドの背嚢の横に彼女のブーツが横たわっていた。その少し先に、彼女のジーンズが蛇の脱け殻のようにぺしゃんこになっている。その上方にシャツがあった。ローランドが不思議に思って調べてみると、シャツの裾《すそ》はジーンズにたくしこまれたままの状態だった。その先には、主のいない頭布があり、鐘の連なりが埃《ほこり》っぽい大地に横たわっている。それらの鐘は鳴っており、自分が最初に聞いたまごうことなき音色を奏《かな》でている、とローランドは一瞬思った。

鐘ではなく虫の声だった。医師虫。彼らはサルビアの茂みの中で、いささかコオロギに似た、だが遥かに甘い鳴き声で歌っていた。

「ジェンナ？」

応《こた》えはない……虫の反応以外は。彼らは不意に鳴くのをやめた。

「ジェンナ？」

何もない。ただ、風とサルビアの香りのみ。

自分がしていることに考えがあったわけではないが（演技のような、理にかなった言動は彼の性にあわない）、ローランドは屈《かが》みこんで頭布を拾い、それを振った。〈暗黒の鐘〉が鳴った。

しばらくは何も起こらなかった。やがて、無数の小さな黒い生き物がサルビアの茂みから岩屑だらけの大地に集結しながらちょこちょこといそぎ足で出てきた。ローランドは、輪送隊の男の寝台の横を行進しながら下る大群を想起して、後ろに退いた。そして静止し、見ていると、大群も動きを止めた。

ローランドは理解したと信じた。この理解のある部分は、自分の両手の下で修道女メアリーの肉の蠢《うごめ》いたときの感触の記憶に由来する……いかに彼女の肉がひとつではなく多様に変容すると感じられたことか。また、理解の他の部分は、ジェンナが口にしたことに由来する。すなわち、私は彼女たちと夕食を共にした。彼女たちのような種族はけっして死ぬことがないのかもしれない……が、変化するのかもしれない。

昆虫たちは震え、漆黒の雲となって白い土埃に覆《おお》われた大地を消していく。

ローランドは再び鐘を振った。

震えがかすかな波となって虫たちに伝わった。やがて、大群は形を作り始めたが、どのようにして進むのか確信がもてないかのようにためらい、ひとたび形を崩したのち、再編成した。最終的には、虫の大群は土埃の上に大文字のひとつを形成した。Cだった。だが実際には、それは文字ではなかった。ガンスリンガーは見た。巻き毛だった。虫たちが鳴きはじめた。ローランドには、その音色は彼の名前を歌っているように聞こえた。

鐘がローランドの力を失った手から落ち、地面に当たってチリンと音を立てると、虫の群れは散り散りになり、四方八方へと走っていった。彼は虫を呼び戻そうと考えた――鐘をもう一度鳴らせば、そうできるかもしれない――が、なんのために？　目的は？

きかないで、ローランド。賽《さい》は投げられたのよ、橋は焼け落ちたわ。

にもかかわらず、ジェンナは、最後にもう一度やってきた。そして、全体がその結合力を失ったときには、無数の異なる部分は思考能力を失っていたにちがいないのだが……それでも彼女はどうにか思考して、虫の群れに自分の意思を押しつけて、あの形を作ったのだ。どんなに力が必要とされたことだろう。

昆虫たちは、どんどん大きく扇形に広がってゆき、あるものはサルビアの茂みの中に消え、あるものは張り出した岩の両側をゆっくりと大儀そうに登り、割れ目の中に落ちていった。おそらく、そこで日中の熱を避けて待機するのだろう。

昆虫たちは消えた。そして彼女も消えた。

ローランドは地面に座り、両手に顔を埋《うず》めた。泣くかもしれないと思ったが、ひと足先に激情は去った。再び顔をあげたとき、彼の両目は乾いていた。黒衣の男と呼ばれるウォルターの跡を追跡するために、いつの日か向かう砂漠のように。

呪《のろ》われようとも、とジェンナは言った。自分で生き方を選びたい、彼女たちの生き方ではなく。

ローランドは自分の呪われた道に関してはほとんど知らなかった……が、試練は始まったばかりだということは心得ていた。

ジェンナは彼の煙草《たばこ》の入った背嚢を持ってきてくれた。ローランドは紙煙草を巻き、それを膝《ひざ》を立ててうずくまるようにして吸った。彼は紙巻き煙草の先端が真っ赤になるほど吸い、脱け殻と化したジェンナの衣服を見ながら、彼女の揺るぎないまなざしを思い出していた。そしてメダルの鎖によってできた彼女の指の焦《こ》げ跡を思い出した。彼女がメダルを拾い上げたのは、ローランドがそれをほしがることを知っていたからだ。彼女はあえて苦痛を冒して、彼女はそうしたのだ。いまローランドはふたつのメダルを首にかけていた。

太陽がすっかり昇ると、ガンスリンガーは西に進んだ。けっきょく、新たな馬を見つけることになるだろう。あるいは騾馬《らば》を。しかし、目下のところは、歩くことで満足した。その日一日、彼は耳の中でリンリンと歌う音色に取り憑《つ》かれていた。それは鐘の音に似ていた。何度も立ち止まって、あたりを見まわした。跡を追ってくる我々の最善と最悪の記憶の影のように大地を浮遊して背後に従う漆黒の姿を目にするのではないかと思ったが、何の姿も見あたらなかった。彼は、エルーリア西部の田園地帯の低い丘陵にあってひとりきりだった。

まったくのひとりぼっちだった。

初出

「第四解剖室」　『サイコ』（祥伝社文庫）

「エルーリアの修道女」　『伝説は永遠に①ファンタジイの殿堂』（ハヤカワ文庫）

その他　訳し下ろし

S・キング
永井淳訳
キャリー
狂信的な母を持つ風変りな娘――周囲の残酷な悪意に対抗するキャリーの精神は、やがてバランスを崩して……。超心理学の恐怖小説。

S・キング
山田順子訳
スタンド・バイ・ミー
―恐怖の四季 秋冬編―
死体を探しに森に入った四人の少年たちの、苦難と恐怖に満ちた二日間の体験を描いた感動編「スタンド・バイ・ミー」。他1編収録。

S・キング
浅倉久志訳
ゴールデンボーイ
―恐怖の四季 春夏編―
ナチ戦犯の老人が昔犯した罪に心を奪われた少年は、その詳細を聞くうちに、しだいに明るさを失い、悪夢に悩まされるようになった。

S・キング
浅倉久志他訳
幸運の25セント硬貨
ホテルの部屋に置かれていた25セント硬貨。それが幸運を招くとは……意外な結末ばかりの全七篇。全米百万部突破の傑作短篇集！

E・アンダースン
矢口誠訳
夜の人々
脱獄した強盗犯の若者とその恋人の、ひりつくような愛と逃亡の物語。R・チャンドラーが激賞した作家によるノワール小説の名品。

P・オースター
柴田元幸訳
孤独の発明
父が遺した夥しい写真に導かれ、私は曖昧な記憶を探り始めた。見えない父の実像を求めて……。父子関係をめぐる著者の原点的作品。